진범의
얼굴

진범의 얼굴

마에카와 유타카 장편소설 | 김성미 옮김

BOOK PLAZA

목차

.....

제1부

그의 자백에는 리얼리티가 살아 있다!

시사잡지 '여명' 심층취재 보고서
'가와구치 사건의 진범은?'

【여명】 2009년 10월호 게재(존칭 생략, 일부 가명)

친형이 살인 용의자다!

내가 나카네 료코(41세)로부터 남동생 부부가 행방불명된 사건에 대한 이야기를 처음 들은 것은 2009년 8월 12일 오후 1시경이었다(세간에서 이 사건을 일명 '가와구치 사건'이라고 일컫는다). 때는 이 사건이 발생하고 1년이 지났을 무렵으로, 남동생 살해 혐의로 기소되었던 토다 타츠야(43세)에 대해 도쿄지방법원 1심 재판부가 무죄판결을 내린 직후였다. 검찰은 항소를 포기함으로써 무죄가 확정되었다.

료코는 무역회사에 근무하는 남성과 결혼했는데 남편이 해외 근무 중이었기 때문에 초등학생인 외동딸과 함께 살고 있었다. 그날은 수요일로 딸은 초등학교에 갔고, 나는 거실에 놓인 곤색 응접세트에서 료코와 마주보고 앉아 3시간 가까이 이야기를 나눴다.

료코는 행방불명된 남동생 토다 하야토(행방불명 당

시 39세)와는 연년생인 누나였고, 용의자로 몰린 오빠 타츠야의 2살 아래인 여동생이었다. 료코는 내 인터뷰 제안을 흔쾌히 받아들였다. 그런데 인터뷰 내용은 의외로 내 예상을 벗어났다.

"오빠가 동생을 정말로 죽이지 않았는지는 저도 확신할 수 없습니다."

료코는 입을 열자마자 그렇게 말했다. 나는 료코가 가족으로서 당연히 오빠인 타츠야를 감싸고 돌 거라 예상했었다. 어쩌면 무리하게 기소한 검찰을 강하게 비난할지도 모른다고 생각했다.

"이런 말씀 드리기 좀 그렇습니다만, 료코 씨는 오빠가 살인을 저질렀을지도 모른다고 생각하시는 건가요?"

수준 떨어지는 삼류잡지 기자의 질문으로 들릴 것을 알면서도 그렇게 물었다. 타츠야의 가족 중에도 그를 의심하는 자가 있다는 소문이 나돌았기 때문이다. 다만, 가족 중 누군지 모를 뿐이었다.

"그렇습니다. 저는 지금도 오빠를 의심하고 있습니다. 사실 법원도 완전히 무죄라고 판결한 것은 아니라고 생각합니다."

예상외의 답변에 너무 놀라서 나도 모르게 몸이 뒤로 젖혀졌다. 도쿄지방법원이 내린 1심 판결은 분명 료코의 말대로 모호했다. 하지만 도쿄지방법원의 판결문을 언급하기 전에, 이 심층기사를 읽는 독자의 편의를 위해서 먼저 가와구치 사건의 개요를 설명하겠다. 물론 이 사건에 대해 지금까지 여러 언론이 다양한 형태로 보도를 해왔기 때문에 가와구치 사건은 많은 사람들이 알고 있는 유명 사건이다. 그럼에도 불구하고 사건 관계자의 증언이 난립하는 상당히 복잡한 사건이기도 하고, 그로 인해 사건의 세부적인 진상이 아직도 상당 부분 수면 아래 묻혀 있다.

2008년 8월 13일 밤 혹은 다음 날 새벽, 하치오지 시(市) 가와구치 초(町)의 주택가에서 한 쌍의 부부가 홀연히 모습을 감췄다.

행방불명된 것은 토다 하야토와 그 아내인 미도리(당시 35세)로, 둘 다 사이타마 현(県) 내에 있는 어느 고등학교의 체육교사였다. 평소에는 다른 곳에 살고 있지만 그날은 추석이라 2박 일정으로 하야토의 본가에 왔던 것이다.

처음 이상한 낌새를 눈치챈 것은 친정에 와 있던 타츠야의 여동생 료코였다.

"저는 평소 일찍 일어나는 편이어서, 그날도 오전 6시경 잠에서 깨어나 세수를 하려고 2층 부모님 방에서 1층에 있는 욕실로 향했습니다. 남동생 부부가 자는 3평짜리 다다미방을 지나칠 때, 창호지문의 창호지 일부가 찢겨져 있고 혈흔 같은 것이 꽤 넓은 범위에 걸쳐 묻어 있는 것을 발견했습니다."

료코가 창호지문을 열고 안을 들여다보니 그 안에는 이미 피바다가 펼쳐져 있었다. 하지만 이불 두 세트가 깔려 있을 뿐, 하야토와 미도리의 모습은 어디에도 없었다고 한다. 료코는 곧바로 경찰에 신고했다.

경찰청 신고센터가 전화를 받은 시각은 오전 6시 16분으로 기록되어 있다. 처음에 현장에 도착한 것은 지역 경찰서의 순찰차였다. 도착시각은 오전 6시 31분이었는데, 신고한 지 15분만이었다. 그리고 다시 5분 후에 순찰대와 구급차가 거의 동시에 도착했다.

이 무렵에는 토다 가(家)의 가족들 모두가 일어나 있었고, 료코와 함께 행방불명된 부부를 찾기 시작했다. 2층 주택이라고는 해도 그렇게 넓은 집은 아니었다. 1

층에 있는 욕실과 화장실을 제외하면 2층에는 5평짜리 방과 6평짜리 방이 있고, 1층에는 3평짜리 다다미방과 응접실로 사용하는 4평짜리 거실, 그리고 작은 주방이 있다. 수색이라고 해봤자 기껏 실내 벽장을 열어보는 정도이고, 시간이 오래 걸리는 일도 아니었다.

하야토 부부를 찾는 일은 정원에서도 이뤄졌다. 북동쪽 모퉁이에 있는 헛간도 조사해 봤지만 부부는 발견되지 않았다.

이윽고 초동수사를 담당하는 강력반과 감식반 차량이 속속 도착하고, 집 주변은 소란스러운 분위기에 휩싸였다. 이웃집 사람들이 도로에 나와 불안감과 호기심 어린 눈으로 토다 가 쪽을 주시했다.

곧바로 가족들의 진술을 듣기 시작한 경찰 2명은 그날 밤 토다 가에 묵었던 사람들의 가족관계를 파악하는 데 시간을 들였다. 각 방으로 나눠져 8명이 자고 있었기 때문이다.

료코는 2층에 있는 6평짜리 방에서 부모님과 함께 자고 있었고, 5평짜리 방에는 하야토 부부의 딸인 초등학교 3학년생인 유카, 초등학교 6학년생인 료코의 딸 사에가 함께 자고 있었다. 평소에는 자주 만나지 못하는 사촌끼리 오랜만에 재회해서 흥분한 나머지 같은 방에서 자겠다고 요청했기 때문이다.

하야토와 미도리는 1층에 있는 다다미방을 사용했다. 편의에 맞춰 각자 방을 나눠 쓰기로 한 것인데, 그 여파는 토다 가의 장남이자 평소 부모님과 함께 이 집에 살던 타츠야에게 미쳤다.

"오빠는 거실 소파에서 아무렇게나 잤습니다."

료코의 설명에 따르면, 타츠야는 그날 밤 평소에 사용하던 2층 소재 5평짜리 방을 아이들에게 양보하고 1층 응접실을 쓰고 있었다. 타츠야는 그 점에 대해 딱히 불평하지 않았다고 한다.

그날 경찰이 토다 가와 그 주변에 대해 대규모 수색을 벌인 후에도 부부의 행방은 여전히 오리무중이었다. 그런데 그 후에 이루어진 DNA 감정에 의해 중대한 사실 하나가 밝혀졌다. 부부가 자고 있던 방의 다다미, 이불, 창호지문에 튀었던 엄청난 피는 AB형 혈액 한 종류뿐으로, 그것은 모두 토다 하야토의 것이라는 사실이었다. 게다가 그 혈액의 양은 충분히 치사량에 달해 있다고 했다.

다시 말하면, A형이었던 미도리의 혈액은 전혀 발견

되지 않았다는 것인데, 이로써 몇 가지 시나리오가 성립했다. 미도리는 하야토와 달리 산 채로 납치되었을 수도 있고, 출혈을 동반하지 않는 교살(목을 졸라 죽임-편집자 주) 등의 방법으로 살해당한 후 치웠겼을 수도 있다.

두 사람의 행방은 사건 발생일로부터 한 달이 지나도록 묘연했다. 경찰은 적어도 하야토는 사망했을 가능성이 높다고 판단했다. 사건은 그때부터 사체 없는 살인사건의 양상을 띠기 시작했다.

그렇다고 해서 수사가 교착상태에 빠진 것은 아니었다. 비교적 이른 시점에 유력한 용의자가 드러났기 때문이다. 그런데 용의자는 뜻밖에도 하야토의 친형인 타츠야였다. 타츠야는 마흔 살이 넘도록 독신이고, 직업도 일정하지 않았다.

"그렇다고 수입이 없었던 건 아닙니다. 가끔씩 이웃집에 가서 정원 청소와 나무 벌채 등 잡다한 일을 하고 일당을 받았습니다. 우리 가족 모두 체면을 중시해서 그런 일을 하는 오빠를 달갑게 생각하지는 않았지만, '일하지 않는 자, 먹지도 마라.'라는 것이 토다 가의 가훈이기 때문에 우리도 대놓고 반대하지 못했습니다."

평소 타츠야는 얌전한 성품이었고, 적어도 일상생활 속에서 폭력성을 보이지는 않았다. 그러나 하야토와 료코는 타츠야를 약간 꺼려했던 듯하다. 덧붙여 3남매 중에서 대학에 가지 못한 것은 타츠야뿐이었다.

타츠야의 이런 배경이 경찰의 관심을 끌었던 것은 부정할 수 없다. 하지만 물론 경찰이 그것만을 이유로 타츠야를 용의선상에 올린 것은 아니다.

뜰에 있는 헛간에서 하야토의 피가 묻은 원예용 도끼가 발견되었고, 그 손잡이에 타츠야의 지문이 남아 있었다. 그러나 이것 역시 결정적인 증거라고는 말할 수 없었다. 그것은 평소 타츠야가 일할 때 사용하는 원예용 도끼였기 때문에 타츠야의 지문이 묻어 있다고 해도 이상할 것이 없었다. 타츠야도 부모님도 그런 취지의 증언을 했다.

그렇다면 누군가가 그 원예용 도끼를 헛간에서 꺼내서 범행에 사용한 후 원래 자리에 돌려놓았다는 시나리오도 가능하다. 헛간은 열쇠로 잠겨 있지 않았기 때문에 누구라도 자유롭게 드나들 수 있는 상태였다.

하지만 그 후 타츠야에게 결정적으로 불리한 정보

가 경찰에 들어왔다. 료코의 딸 사에가 그날 밤 타츠야의 모습을 목격했다고 증언했던 것이다.

사에는 유카와 3살 차이가 나지만, 유카와 무척이나 친했다. 그날 밤 오랜만에 만난 유카와 이야기를 하느라 사에가 잠자리에 든 건 새벽 2시가 넘어서였다.

먼저 유카가 잠들었고, 사에는 목이 말라서 물을 마시려고 주방이 있는 아래층으로 내려갔다. 모두가 잠들어 있을 거라고 생각했기에 사에는 가능한 한 발소리가 나지 않도록 계단을 살금살금 걸어갔다고 한다.

계단 아래까지 다 내려왔을 때, 사에는 놀라서 그 자리에 멈추지 않을 수 없었다. 하야토와 미도리가 자고 있는 다다미방 앞 복도에 무릎을 꿇고 앉아 있는 그림자가 보였기 때문이다. 사에는 순간 도둑인 줄 알았다고 했다.

하지만 창호지문에 살짝 틈을 만들어 안을 들여다보는 옆얼굴이 복도의 약한 형광등 빛에 비쳤을 때 사에는 경악했다. 그 인물은 외삼촌 타츠야였기 때문이다.

사에는 무언가 봐서는 안 될 것을 봐버렸다는 생각에 주방으로 가지 않고 다시 살금살금 걸어 계단을 올랐다.

그 후 사에는 바로 잠들었기 때문에 아래층에서 나는 소리는 전혀 듣지 못했다고 한다. 사에의 이런 진술은 수사관들을 술렁이게 했다.

경찰은 타츠야 체포를 감행했다. 이때까지만 해도 절도죄 혐의였기 때문에, 사실은 불법적인 별건체포(별개의 범죄 수사를 위해서 이와는 관계가 없는 다른 죄목으로 피의자를 구속하는 일-옮긴이 주)가 명백했다. 일 때문에 들렀던 이웃집 자전거를 가져와서, 편의점까지 간 뒤 거기에 자전거를 방치했다는 혐의였다. 이것은 불법영득의사가 없으므로 절도라기보다 무단사용이라고 봐야 할 사안이기 때문에, 후에 타츠야의 변호인이 검찰을 비판하는 훌륭한 근거가 되었다.

그러나 이런 불법적인 수사기법도 경찰 입장에서 보면 반드시 실패는 아니었다. 절도죄로 체포하고 48시간이 채 지나지 않아 타츠야가 경찰의 강압적인 취조에 못이겨 남동생 부부를 살해했다고 자백했기 때문이다. 자백 내용은 경찰이 예상한 그대로였다.

다만, 한 가지 달랐던 것은 타츠야가 훔쳐보고 있었던 것은 동생 부부의 섹스장면이 아니라, 미도리가 자는 모습이었다는 것이다. 하지만 그런 차이는 형사들에게는 아무래도 상관없었다. 타츠야는 살인 혐의로 다시 체포되었다.

타츠야는 미도리를 교살한 후 하야토를 원예용 도끼로 때려죽이고, 두 사람의 사체를 자택에 있던 왜건 승용차에 실어 참억새가 흐드러지게 핀 다마가와 하천 부지까지 옮긴 뒤, 그 주변에 삽으로 구덩이를 파고 묻었다고 진술했다. 하지만 사체를 묻은 장소에 관한 타츠야의 진술이 계속 바뀌는 바람에 두 사람의 사체는 끝내 발견되지 않았다.

후에 타츠야의 변호인 측은 이것을 경찰의 유도심문 혹은 강압에 의한 임의성이 없는 자백이라고 주장했다.

실제로 타츠야는 공판 단계에서 자백을 뒤집고 무죄를 주장한다. 한편 검찰은 타츠야가 원래부터 방향 감각이 둔해서 자기가 묻은 사체의 위치를 정확히 알지 못할 뿐이라고 반박했다.

사체가 발견되지 않았음에도 불구하고 검찰은 타츠야를 끝내 살인죄로 기소했다. 밝혀진 증거에 비하여 이러한 재판 전개는 꽤나 이례적이다.

다만, 검찰이 기소한 것은 하야토에 대한 살인 혐의 뿐이었다. 실내에서 발견된 하야토의 혈액이 치사량에 달했던 점과 그 외 여러 가지 정황증거를 종합하면, 하야토가 타츠야에게 살해당한 것은 분명하고 사체가 없어도 공판 유지는 가능하다고 본 것이다. 즉, 미도리의 살해에 관해서는 일부러 입건을 미루고, 사체가 발견된 단계에서 별건으로 기소한다는 이중 기소 전략이었다고 추정된다(그렇게 되면 하야토에 대한 살인 혐의가 무죄로 판명 나더라도 일사부재리 법칙의 적용을 받지 않는 미도리에 대한 살인 혐의로 다시 기소할 수 있기 때문이다-편집자 주).

그러나 2009년 4월 25일, 도쿄지방법원 1심 재판부는 타츠야에게 무죄판결을 내렸다. 검찰의 구형은 무기징역이었음에도 불구하고.

모호한 판결문

하야토 부부가 행방불명되고 나서 1년이 지난 현재까지 두 사람의 사체는 발견되지 않고 있다. 따라서 료코 같은 가족 입장에서는 사건이 아직 해결되지 않았다고 생각해 무척 초조해 했다.

"저뿐만이 아닙니다. 대부분의 친인척들이 지금도 오빠를 의심하고 있습니다."

"하지만 당신의 부모님은 그렇지 않지요?"

내 질문에 료코는 시선을 떨구었다. 잠시 후, 생각에 잠긴 모습으로 료코가 다시 입을 열었다.

"네, 부모님만은 오빠를 감싸고 있습니다. 하지만 그건 오빠가 무죄라는 믿음 때문이라기보다는, 토다 가의 명예를 위해서 어쩔 수 없이 그런 입장을 취하고 있는 거라고 생각합니다."

토다 가의 명예. 이해 못 하는 바도 아니다. 피해자뿐만 아니라 가해자가 자기 자식이면, 부모는 한층 더 견디기 힘든 상태일 것이다.

"저는 물론 법률 문외한이지만 나름대로 판결문을 읽어봤습니다. 그 판결문은 오빠를 확실하게 무죄라고 말하는 것이 아니고, 사체가 없기 때문에 오빠를 범인이라고 단정할 수는 없다고 말하는 것에 지나지 않더군요."

총명한 인상의 료코가 하는 말은 이번 판결문이 가진 문제점을 제대로 파악하고 있는 듯했다. 물론 그 판결문의 골자를 완벽히 이해하려면 좀 더 법률적인 해설이 필요할 것이다. 왜냐하면 타츠야에게 내려진 무죄판결은 사실관계에 근거하고 있다기보다 오히려 형사소송법적인 문제점에 무게를 둔 판결이었기 때문이다. 그것은 살인죄로 공소제기한 사실 그 자체의 결점을 지적하고 있었던 것이다.(피의자가 다른 죄를 저질렀을지언정 살인죄를 저지르지는 않았는데 살인죄로 기소된 경우 일단 무죄판결을 내려야 한다는 형사소송법의 원리 때문이다-편집자 주)

토다 하야토의 혈액으로 판명된 혈액이 치사량에 달한다는 사실만으로 시신이 발견되지도 않은 사람의 사망을 단정하기에는 의심의 여지가 남아 있어, 살인죄가 성립하였음에 대하여 합리적 의심을 할 여지가 전혀 없을 정도로 확신에 이르지 않는 이상 피고인을 살인죄로 처벌할 수 없다.(도쿄지방법원 1심 판결문 중 일부)

이러한 판결문은 유죄라고 하기엔 입증이 부족하다는 소극적 무죄론에 가깝다. 판결문은 검찰이 주장한 여러 가지 정황증거도 스모킹 건으로 인정하지 않았다. 도쿄지방법원이 특히 문제로 삼은 것은 치사량의 개념이었다. 같은 사람이라도 개인차가 있을 수 있으므로, 출혈량이 치사량에 달했다고 해서 하야토가 사망했다고 절대적으로 단정할 수 없다는 판단을 한 것이다. 나아가, 경찰과 검찰이 취조 단계에서 타츠야가 한 자백에 강제성이나 유도심문이 전혀 없었다고 단정할 수도 없다는 입장도 보이고 있었다.

그 결과 검찰은 항소를 포기하고 하야토 살인에 관한 타츠야의 무죄판결은 확정되었다. 따라서 타츠야는 일사부재리라는 형사소송법 원칙 때문에 하야토 살인 혐의로 다시 기소되지 않는다. 뒤집어 말하면, 검찰이 미도리 살인 혐의로는 아직 타츠야를 기소할 수 있다는 의미이다.

"오빠의 평소 모습을 잘 아는 우리가 볼 때 검찰 측이 제시한 시나리오는 무척 설득력이 있습니다. 오빠가 그 나이까지 독신이다 보니, 여동생인 제게도 오빠의 그 강한 성욕이 징그러울 만큼 전해져 왔습니다."

료코의 말에 꽤나 공감이 갔다. 나는 재판을 하루도 빼놓지 않고 방청했기 때문에 타츠야의 외모를 잘 알고 있었다. 그 인상을 한마디로 말하기는 어렵지만, 뭔가 종잡을 수 없고 탁한 눈빛을 띠고 있었다.

물론 사람을 외모로 평가하는 건은 잘못이고, 타츠야가 가와구치 사건의 피고인이 된 것 자체가 그런 선입견을 준다고 할 수도 있다. 하지만 여성인 료코의 입에서 나온 그 표현이 묘한 설득력을 가지는 것도 분명했다.

"그 말씀은 사건이 일어나기 전에도 그렇게 느끼실 만한 뭔가 구체적인 일이 있었다는 의미일까요?"

나는 조심스럽게 물었다.

"뭐, 구체적이라고 말할 수 있을지는 모르겠지만 특히 미도리 올케를 보는 오빠의 눈빛이 이상했습니다. 이건 저뿐만이 아니라 대부분의 친척이 눈치채고 있던 것입니다. 올케는 미인인 데다 대학시절에는 체조 선수였기 때문에 몸매까지 좋아서 여자인 제가 봐도 반할 정도였습니다. 사건이 일어나기 전날도 응접실에서 다같이 텔레비전을 봤는데, 올케의 대각선 앞에 앉아 있던 오빠가 몸을 비틀듯이 해서 유카타를 입은 올케의 옷단이 흐트러지는 부분을 들여다보려고 애를 썼습니다. 올케도 그것을 알아채고 몇 번이나 옷단을 다시 정리했습니다. 남동생도 싫은 내색을 했지만, 직접적으로는 주의를 주지는 않았기 때문에 보다 못한 제가 오빠에게 핀잔을 줬습니다. 그래서 갑자기 분위기가 싸늘해져 버렸고, 그로 인해 모두 흩어져서 오빠를 남겨두고 각자의 방으로 돌아갔습니다."

나는 그 묘한 분위기를 떠올리고 딱히 할 말이 없어 답답했다. 분위기를 전환하기 위해 나는 다른 질문을 꺼냈다.

"그 응접실에는 부모님도 계셨습니까?"

"아니요, 없었어요. 부모님은 손주들과 함께 2층에 있는 부모님 방에서 텔레비전을 보고 있었습니다. 그 방에 있던 건 저와 오빠와 남동생 부부뿐입니다."

"하지만 원래 오빠에게 그런 성향이 있었다면, 넷이서 텔레비전을 함께 보는 것이 처음부터 꺼려지지 않았습니까? 아니면, 네 분이 원래 그 정도의 친밀함은 있었다는 뜻-."

"어쩔 수 없었어요." 료코는 내 말을 끊고 다시 말을 이었다.

"텔레비전은 2층 부모님 방과 응접실에만 있는데, 2층 텔레비전은 아이들이 점령해서 어린이용 방송을 보고 있었습니다. 마침 보고 싶은 드라마가 있어서 저희는 1층에 있는 응접실에서밖에 볼 수가 없었습니다."

안타깝지만 제3자인 내게도 료코가 타츠야에게 품고 있는 혐오감이 강렬하게 전해졌다. 나는 타츠야에게 동정이 느껴지기도 했지만, 료코가 말한 이야기는 타츠야의 진술조서에서 느껴지는 우발성과는 거리가 멀었다. 즉, 진술조서에 나타난 타츠야의 범행은 갑작스레 일어난 성욕이 어떤 우발적인 계기에 의해서 살인으로 발전했다는 내용이었다. 검찰도 살인의 계획성이 없었던 점은 암암리에 인정하고 있었는데, 친누나인 료코는 도리어 그 반대의 주장을 하고 있었다.

자백의 신빙성

재판 과정에서 드러난 타츠야의 진술조서를 자세히 보면, 타츠야가 수사과정에서 한 자백에 어느 정도의 신빙성을 인정할 수 있다는 것도 느껴졌다. 타츠야는 원래 말이 많은 남자는 아니다. 그렇기 때문에 더듬더듬 늘어놓은 진술에는 일종의 진지함이 느껴졌기 때문이다.

물론 경찰이 피의자에게 받은 진술조서라는 것이 피

의자가 한 말을 그대로 베껴 쓰는 것이 원칙임에도 수사관이 취조하면서 진술내용을 다소 과장하여 글자나 어구를 미묘하게 수정하는 것은 흔한 일이다. 예를 들면 피의자가 사용하는 스스럼없는 일상표현을 딱딱한 경찰용어로 바꾸는 일은 드문 일도 아니다. 그것이 수사관의 창작에 이를 정도로 날조한 것이라면 비난받아 마땅하지만 어디까지나 정도의 문제였다.

타츠야의 자백이 담긴 진술조서는 몇몇 어구를 제외하면 수사관의 노골적인 유도심문이나 강제성이 보이지 않았다. 특히 실제 사건을 경험한 당사자가 아니면 알 수 없는 자세한 묘사가 담겨 있어서, 그것이 신빙성을 담보하는 듯했다.

타츠야가 일 때문에 드나들었던 이웃집에서도 좋지 않은 소문이 흘러나왔다. 뜰에서 일을 하던 타츠야가 그 집 화장실과 욕실을 훔쳐보는 관음증이 있었다는 것이다. 피해를 당한 것은 주로 젊은 아가씨가 사는 집이라고 했다. 이러한 사실을 알아낸 수사관이 일단 동생 부부를 엿보았다는 음란 행위에 대한 타츠야의 자백을 이끌어낸 다음, 살인죄를 추궁하려고 한 것은 어찌보면 당연한 취조 기법이었다.

내가 8월 13일 밤에 행한 일을 숨김없이 말씀드립니다.

그날은 제 남동생인 토다 하야토가 아내와 아이를 데리고 귀성했습니다. 남동생의 딸 유카와 여동생의 딸 사에가 평소 제가 사용했던 2층 방에서 잤기 때문에 남동생 부부가 1층 다다미방에서 자고, 저는 그 옆에 있는 응접실 소파에서 자게 되었습니다.

그런데 한밤중이 지나서도 좀처럼 잠이 오지 않았습니다. 열대야가 지속되는 무더운 밤이었지만 응접실에 에어컨을 계속 틀어놨기 때문에 잠을 못 이룰 정도로 괴로운 상황은 아니었습니다. 제가 잠들지 못했던 것은 옆방에서 자고 있는 남동생 부부가 몹시 신경 쓰였기 때문입니다. 저는 이전부터 남동생의 아내인 미도리 씨를 좋아했습니다. 아름다운 사람으로, 대학시절에는 체조 선수를 해서 매우 아름다운 몸매를 가지고 있었습니다. 제가 제대로 된 직장이 없고 결혼도 하지 않은 탓에 저를 우습게 보고, 저와는 별로 말을 섞지 않았기 때문에 언젠가 혼을 내주고 싶다는 마음도 가지고 있었습니다. 또, 그런 제수씨가 바로 옆방에서 자고 있다고 생각하자, 욕정이 불끈불끈 끓어올랐습니다. 아이들은 2층에서 자고 있었기 때문에 남동생 부부는 둘만 있을 테고, 그렇다면 어쩌면 성행위를 하고 있을지도 모른다는 생각에 그 두 사람의 모습을 꼭 보고 싶다는 생각도 들었습니다.

　저는 살짝 응접실을 빠져나가 살금살금 복도를 걸어서 남동생 부부가 자는 방의 창호지문 앞에 무릎을 꿇었습니다. 복도에 형광등 램프는 켜져 있었지만, 창호지문 안쪽은 캄캄하고 이야기 소리도 들리지 않았습니다. 귀를 기울이자 남녀의 숨소리가 들렸습니다. 그것은 남동생 부부가 성행위를 하지 않고 있다는 의미였기 때문에 저는 조금 실망했습니다. 그러나 저는 포기하지 못하고 떨리는 손으로 창호지문을 2~3센티 정도 옆으로 열고 안을 들여다보았습니다. 역시 안은 캄캄해서 처음에는 아무것도 보이지 않았습니다. 선풍기가 돌아가는 소리가 꽤 크게 들렸던 것을 기억합니다. 에어컨은 끈 것 같았습니다. 예전에 남동생이 '나는 한여름에 밤에도 에어컨을 켜지 않으면 잠을 못 자는데, 미도리는 에어컨 바람을 싫어해서 자주 싸운다.'고 이야기했던 것이 생각나서 에어컨을 끄고 선풍기를 돌리는 것은 미도리 씨를 배려한 것이라고 느꼈습니다. 제가 쓰고 있던 에어컨이 켜진 응접실에 비해 그 방의 공기는 열기를 띠고 있어서 방 안의 무더움이 바깥 복도에 전해져오는 듯했습니다.

　방을 응시하는 사이에 눈이 어둠에 익숙해진 듯 방 안의 모습을 어렴풋이 볼 수 있었습니다. 남동생과 제수씨는 이불을 따로 펴고 자고 있었고, 남동생은 방의 왼편 안쪽에서, 제수씨는 제 눈앞에서 자고 있었습니다. 제 눈의 위치에서 제수씨의 발톱 끝까지 60센티 정도밖에 떨어져 있지 않았다고 생각합니다. 제수씨의 몸이 너무 가까이에 있어서 시야에 들어오는 구체적인 형상을 파악하기 힘들다는 느낌마저 들 정도였습니다. 그렇지만 참을성 있게 계속 제수씨를 응시하는 사이 제수씨의 모습을 대략적으로 알 수 있었습니다. 복도에 켜져 있던 형광등 불빛의 도움도 있었습니다. 제수씨는 목욕가운을 입고 자고 있었습니다. 전날 밤, 밤 10시경까지 응접실에서 저와 남동생, 그리고 여동생인 료코와 제수씨 넷이서 수박을 먹으며 텔레비전을 보았는데, 제수씨는 그때도 목욕 가운을 입고 있었습니다. 아마도 그 모습 그대로 잠들었을 거라고 생각합니다. 다만, 목욕가운의 모양이나 색까지는 뚜렷하게 보이지 않았습니다.

그날 가장 놀란 것은 평소에는 야무지고 빈틈없는 미도리 씨가 이불도 걷어차고 칠칠맞지 못하게 다리를 벌리고 자고 있었던 것입니다. 목욕가운도 심하게 벌어져 있고, 허벅지에서 배꼽에 걸쳐 하반신이 거의 그대로 드러나 있었습니다. 하얀색 팬티도 어둠 속에 어렴풋이 떠올라서 사타구니 연결 부위의 봉긋한 부분까지 보였습니다. 저는 너무 흥분해서 가슴이 심하게 뛰기 시작했습니다. 그러나 여전히 시야가 어두워서 제수씨의 하반신 윤곽이 뚜렷하지 않았기 때문에, 저는 더 자세히 관찰하고 싶다는 욕망을 누르지 못하게 되었습니다. 뜰의 헛간에 회중전등이 있는 것이 불현듯 떠올라서 그것을 가져와 제수씨의 하반신을 비춰보자는 생각이 들었습니다.(여기서 피의자는 진술을 멈추고 이후에 일어난 일은 하루 생각한 다음, 다음 날 다시 진술하고 싶다는 제안을 했다. 수사관이 그러면 여기까지 진술한 것은 인정하느냐고 물어보자, 피의자는 동의하고 진술조서에 서명, 날인했다. 수사관은 다음 날 모든 진상을 이야기한다는 피의자의 제안에 거짓이 없는지 확인한 다음 그날의 취조는 오후 10시 50분에 종료했다.)

이 진술조서는 타츠야가 체포된 날의 다음 날에 해당하는 9월 2일에 경찰관이 작성한 것이고, 타츠야의 진술은 여기서 끝났다. 괄호 안에 있는 수사관의 코멘트는, 취조가 결코 강제적이지 않았던 점을 강조하는 취지로 덧붙인 것일 수도 있지만, 진술이 어정쩡하게 끝난 데에는 나름의 사정이 있었음을 알리고 싶었던 것으로 추측된다.

형사소송법에 의하면, 경찰은 피의자를 긴급체포한 후 48시간 이내에 검찰로 송치하여 구속영장을 받아내야 계속 구금 상태를 유지한 채 수사를 이어갈 수 있다(그렇지 않으면 풀어주고 불구속 상태에서 수사를 이어가야 함-옮긴이 주). 하지만 이때까지 타츠야는 자전거 절도라는 가벼운 죄목으로 체포된 상태였기 때문에 애초에 검찰에 송치하여 구속영장을 받아내는 것이 취조의 목적은 아니었다고 볼 수 있다. 구속보다는 취조 과정에서 타츠야로부터 살인에 관한 진술을 끄집어내고, 살인죄로 다시 체포하여 살인죄를 이유로 구속영장을 청구하려는 전략이었다고 판단된다.

그러나 타츠야는 이날까지 남동생 부부의 방을 들여다본 행위만 자백했을 뿐, 남동생 부부를 살해한 혐의에 대해서는 자백하지 않았다. 설령 실제로 살인을 저질렀더라도 사람 둘을 죽였다는 것은 사형도 예상되는 범죄이기 때문에 자백하는 데는 상당한 심적 갈등을 겪었을 것이다.

재판 과정에서 밝혀진 경찰 진술조서에 따르면, 타츠야가 하야토와 미도리를 살해했다고 자백한 것은 9월 3일의 밤이었다. 이 시점은 절도죄로 검찰에 송치해서 법원에 구속영장을 청구하지 못하면 풀어주어야만 하는 아슬아슬한 타이밍이었다. 결과적으로는 타츠야가 체포 후 48시간 이내에 살인에 대해서까지 자백을 한 것이 되었지만, 타츠야가 경찰이 그린 시나리오대로 순순히 범행 일체를 자백한 것이 아니었음을 진술 조서를 통해 어렵지 않게 추측할 수 있었다.

【여명】 2009년 11월호 게재

재산문제

가와구치 사건 현장은 가와구치 초등학교에서 걸어서 5분 정도 걸리는 위치에 있었다.

하치오지 시(市) 외곽 지역으로 교통편이 좋은 곳은 아니었지만 대중교통을 이용해 이 주변에서 도쿄 도심에 있는 직장까지 통근하는 직장인들도 많았다.

토다 가는 완만한 언덕길을 따라 50미터 정도 올라간 막다른 곳에 있다. 아무런 특색 없는 2층 단독주택으로 주변 집들과 비교했을 때 화려한 집으로 보이지는 않는다.

주변에는 토마토, 시금치, 오이, 완두콩 등 농작물을 재배하는 농가도 있고, 작은 텃밭이 있는 집도 보인다. 주택지와 농지, 그리고 야트막한 야산이 혼재한 작은 마을이라 보면 될 것이다.

토다 가 식구들이 직접 농작물을 재배하는 것은 아니지만, 근처에 있는 땅을 빌려주고 소작을 시키는 경우는 있었다. 토다 가 바로 앞에 있는 나카야스 가(家) 사람들은 작은 텃밭에서 완두콩을 재배하는데, 이 텃

밭도 사실은 토다 가가 소유한 밭이다.

이웃집들 중에서는 나카야스의 집이 토다 가와 가장 가까이 있고, 다른 집들은 꽤 떨어져 있었다.

나카야스 료지(52세)는, 8월 14일 새벽 4시 전후에 "하얀색 왜건 차량이 토다 가에서 나가는 것을 봤다."고 증언했다. 사건 직후 강력반 형사들이 이웃집들을 돌면서 탐문수사를 한 끝에 나카야스 료지가 한 진술이었다. 이 증언은 재판 과정에서 "하얀색 왜건 차량이 토다 가에서 나가는 소리를 들었다."로 수정되었다.

이러한 진술 번복도 무죄판결이 나오는 하나의 요인이 되었음을 부정할 수 없다. 원래 나카야스의 증언은 검찰이 제시한 중요한 정황증거 중 하나였다. 거기에 하야토의 혈흔이 묻어 있었던 원예용 도끼가 헛간에서 발견된 사실과, 사에가 새벽에 삼촌을 보았다는 증언을 한 점을 결합시켜, 검찰은 사체가 발견되지 않았음에도 살인죄로 기소한 취약점을 보강하려 하였다.

그러다 보니, 재판 단계에서 유력한 정황증거 중 하나였던 나카야스 료지의 진술이 '본 것'에서 '들은 것'으로 수정된 점은 검찰에게 큰 타격이었다. 그것은 단순한 문구 수정으로 보이지만, 사실은 그 이상의 의미를 품고 있었다. 평소에도 이곳이 막다른 골목인 줄을 모르고 헤매는 차량들이 꽤 있었기 때문이다. 이웃 사람들은 그런 차량들이 유턴하는 소리를 종종 들었다.

검찰은 그 소리를 들었다는 시간이 새벽임을 감안할 때, 하얀색 왜건 차량 외에 또 다른 차량이 있었을 확률이 거의 없다고 주장했다. 즉, 나카야스가 차량을 본 것이 아니라 들은 것이라고 하더라도 그 소리가 길을 잘못 들어선 차량이 낸 소리였을 가능성은 낮다는 주장이었다. 하지만 이것은 어디까지나 가능성의 문제였기 때문에, 나카야스의 진술 번복은 하얀색 왜건 차량 안에서 타츠야의 혈액이 발견되지 않은 점과 더불어 검찰의 설득력을 약화시키고 말았다.

그렇게 되자, 타츠야를 유죄로 만들 수 있는 유력한 정황증거는 오로지 사에가 새벽에 방문 앞에서 삼촌을 목격하였다는 증언뿐이었다. 그러나 사실은 이것도 타츠야가 방 안을 들여다보는 행위를 했다는 사실을 증명할 뿐, 두 사람을 살해했다는 직접적인 증거가 되지 않는다. 이렇게 보면 검찰이 제시한 정황증거라는 것이 얼마나 박약한 것이었는지 느낄 수 있다.

궁지에 몰린 검찰은 재판이 진행되는 과정에서 당초

제시했던 범행 동기와 약간 다른 설명도 하기 시작했다. 검찰은 그동안 타츠야가 처음 동생 부부의 방 안을 훔쳐본 것이 동생 부부의 정사 장면을 훔쳐보기 위한 것이라고 설명해 왔었다. 그런데 그러한 동기였다면 타츠야가 원예용 도끼를 헛간에서 가져올 이유가 없다는 타츠야 변호인의 주장이 있었다. 따라서 검찰은 그에 대한 반박으로 타츠야에게 동생 부부를 엿볼 의도 외에 하야토를 살해할 경제적인 동기가 있었다는 주장을 늘어놓기 시작한 것이다.

사실 토다 가의 가장 토다 류지(75세)는 엄청난 자산가였다. 타츠야가 막일을 해서 품삯을 받으며 생활하고 있다보니 토다 가의 자산이 별로 없을 것이라고 생각하기 쉬우나, 어지간히 이웃 사정에 어둡지 않은 이상 토다 가문이 상당한 자산을 보유하고 있음을 모르는 사람은 없었다.

토다 가의 식구들이 놓여 있던 상황은 약간 복잡했다. 차남 하야토는 고교 교사라는 안정된 직장을 얻어 분가한 뒤 아이를 낳았고, 장녀인 료코도 무역회사에 다니는 남편과 결혼해서 역시 자식이 있다. 그에 비해, 결혼은커녕 직장도 없는 장남 타츠야는 분명 부모에게 골칫거리였을 것이다.

토다 가 내부 사정을 잘 아는 사람에 따르면, 류지는 도회적이고 세련된 사람이라기보다는 시골 사람 같은 성품으로, 무척 실용적인 사람이었다고 한다. 그러다보니 타츠야가 아무 일도 하지 않고 빈둥대는 것보다는 소일거리라도 하는 것을 허락했다. 물론 아내인 키쿠코(71세)는 아들이 임시로라도 그런 일을 하는 것을 못마땅하게 생각했다. 그래서 아들이 그런 일을 하는 것을 그만두도록 류지를 설득한 적도 있지만, 완고한 류지는 이를 받아들이지 않았던 듯하다.

류지는 평소에 타츠야에게 단호하게 말해왔다. "네가 제대로 일을 하지 않으면 우리는 하야토에게 가문을 잇게 할 거다."

류지는 이미 부동산 회사의 경영을 그만두었기 때문에, 그가 '뒤를 잇게 한다.'라고 한 말의 뜻은 '재산 승계'를 의미한다고 볼 수도 있다.

검찰은 이런 상황을 늘어놓은 다음, 타츠야가 모든 재산을 하야토가 물려받을 것을 우려했을 수 있다고 하면서, 타츠야에게 하야토를 살해할 경제적 동기가 있었음을 넌지시 비추었다. 즉, 사건이 발생한 최초의 계기 자체는 우발적인 요소가 강했다 하더라도, 원예용 도끼를 준비한 것은 여차하면 하야토를 죽이겠다는 마음이 있었기 때문이라고 설명했다. 그러나 이러한 검찰 주장에 대해서는 지난달 호에서 인터뷰에 응한 료코조차 회의적인 견해를 늘어놓았다.

"재산 문제는 별로 관계가 없을 겁니다. 물론 오빠도 돈을 가지고 싶었겠지요, 장남이니까요. 요즘은 자식들이 모두 공평하게 재산을 나눠 받을 권리가 있다고 하지만, 이곳은 아직 낡은 풍습이 남아 있는 지역이기 때문에 부모의 재산은 장남이 이어가는 것이라는 관념이 강합니다. 아버지도 그런 사고방식을 가진 사람입니다. 그래서 오빠가 남동생 부부에게 재산을 빼앗길 것을 우려했다는 건 생각하기 힘듭니다. 무엇보다 오빠는 이재에 밝은 타입이 전혀 아닙니다. 그렇기 때문에 오빠가 살인을 저질렀다면, 그 동기는 역시 성욕 말고는 생각할 수 없습니다."

그렇다면 갑자기 검찰이 재산 문제로 인해 타츠야가 살해 동기를 품었다는 주장을 한 것은 타츠야가 동생 부부를 훔쳐보는 행위와 무관해 보이는 원예용 도끼라는 범행 도구를 준비한 이유를 설명하기 위함이라

볼 수 있다. 주요 살해 동기는 재산 문제가 아니었다고 보는 것이 타당하다.

나아가 타츠야가 장남인 데다 부모님을 모시고 함께 살고 있기에 민법상으로도 기여분 제도를 주장할 수 있어, 어차피 다른 자식들보다 많은 재산을 상속받을 수 있는 점도 고려하면, 타츠야가 재산 문제 때문에 하야토에게 살의를 품었다고 보기 힘들다.

후에 증인으로 출석한 토다 류지 역시 변호인의 질문에 답하기를, 평소 타츠야에게 엄격하게 대했던 것은 '어디까지나 타츠야를 분발하게 만들기 위해서였다.'고 증언했다. 하야토나 료코에게도 얼마간의 재산을 남길 생각이었지만, 어차피 대부분은 타츠야에게 상속할 생각이었다는 말까지 명확히 했다.

변호인의 괴로운 입장

하마나카 아츠시 변호사(46세)는 타츠야의 형사재판을 맡은 변호인이었다.

내가 하마나카 법률사무소를 찾은 것은 2009년 8월 19일로, 료코와 인터뷰를 하고 나서 일주일 뒤였다. 나는 이전에도 하마나카 변호사와 안면이 있었다. 재판을 방청하러 갔을 때와 재판 종료 후에 이따금 말을 걸었기 때문이다. 물론 그때는 재판이 진행 중인 것을 이유로 취재를 계속 거절당했다.

물론 그것은 형사재판을 담당하는 변호인으로서 당연한 태도여서 취재 거부도 납득할 수 있었다. 그러나 이제는 도쿄지방법원에서 무죄판결이 나왔고, 검찰도 항소를 포기한 상태이기 때문에 하야토 살해 혐의에 대해 타츠야는 무죄가 확정되었다. 따라서 하마나카도 내 취재를 거부할 명분을 찾기는 어려울 것이다.

나는 가와구치 사건에 대한 조사를 계속해 나가는 사이 묘한 기분이 들기 시작했다. 타츠야의 무죄 확정 후 대형 신문사에서는 가와구치 사건이 타츠야가 엄연히 무죄인데도 억울하게 누명을 쓰고 형사소송에 휘말렸다는 논조로 바뀌었지만, 솔직히 나는 조사하면 조사할수록 타츠야의 무죄판결에 의문이 생겼기 때문이다. 다시 말하면, 타츠야가 적어도 남동생 부부의 행방불명에 일정한 관여를 했다는 생각이 들었다. 이는 내가 타츠야의 여동생 료코와 만나 솔직한 심정을 들었기 때문일 수도 있다.

뿐만 아니라, 검찰 측이 주장하는 것처럼 타츠야의

단독 범행이라면 이상하지만, 타츠야에게 공범이 있다고 가정하면 사건의 전개를 이해할 수 있을 것 같았다. 내가 하마나카 변호사를 만난 것은 이 의문점을 해소하기 위한 목적이었다. 따라서 이 인터뷰는 처음부터 파란을 예고했다고 해도 좋다.

하마나카 변호사는 가와구치 사건을 맡은 변호인이었지만, 이 사건을 담당하기 전부터 수완이 좋은 변호사로 법조계에서 유명한 인물이었다. 살인 사건 변호로 정평이 나 있을 뿐만 아니라, 유명한 정치가의 뇌물수수 사건을 무죄로 이끈 것으로도 알려져 변호사로서의 활동 폭이 상당히 넓은 듯했다.

하마나카 변호사를 약삭빠른 변호사라는 인상보다는 온화하고 노련한 변호사로 보였다. 머리칼에 새치가 섞인 마흔 중반의 남자로, 금테 안경을 쓴 상냥하고 품위 있는 소아과 의사 같은 인물이었다.

우리는 그의 법률사무소 응접실에 앉아 이야기했다. 나는 곧바로 본론에 들어가지 않고, 올해부터 실시되고 있는 배심원 제도에 대한 하마나카의 의견을 물었다. 이것은 내가 연출한 폭풍전야의 고요함이었다.

나는 원래 미국의 배심원 제도에 깊은 관심을 가지

고 있었다. 나는 대학에서 법학을 전공하였기 때문에 미국법 전문 교수의 세미나에 들어간 적도 있었다. 그때 얻은 지식을 통해 나는 하마나카에게 일본과 미국 사법 제도의 차이에 대해 이야기했다.

"일본이 이상할 정도로 유죄율이 높은데 반해서, 미국이 유죄율이 훨씬 낮은 것은 역시 배심원 제도 때문인지도 모르겠네요. 그러나 아시다시피 미국에서 판사는 배심원들의 심의나 평결에 참여하지 않습니다. 그러나 일본의 경우에는 판사가 배심원들의 심의나 평결에 참여하고, 중심적인 역할까지 하게 됩니다. 그 경우 아마추어인 배심원들이 프로인 판사의 말을 따르게 될 가능성이 높고, 그러다 보니 오히려 유죄판결의 비율이 올라가는 결과가 되는 것이 아닌지 걱정됩니다. 배심원 제도는 억울한 누명을 쓴 사람을 구제하기 위해 일반 시민들이 형사재판에 참여하기 위한 제도인데도 말이죠."

"무슨 말씀이신지 알겠습니다. 저도 배심원 제도를 이왕 도입한 이상, 판사는 배심원들이 하는 심의나 평결에 참석하지 않는 편이 좋다고 생각합니다. 현재와 같은 일본 배심원 제도 하에서는 배심원이 그저 판사의 결론을 동조함으로써 보증해주는 정도의 역할로 전락할지도 모르니까요."

하마나카 변호사의 대답은 내 우려에 동조하는 것처럼 들렸다. 나는 기분이 우쭐해져 말이 많아졌다.

"변호사님도 역시 그렇게 생각합니까? 저는 사실 현재 일본 법조계에 대해 우려를 느끼고 있습니다. 당연한 일에 대해서도 여론을 두려워해서 본심을 말하지 않지요. 예를 들면, 하마나카 변호사님께서 무죄 판결을 이끈 예전 뇌물수수 사건에서도 죄형법정주의 원칙상 무죄라고 판결이 났다면 무죄라고 말해야 하는데도, 배심원들의 심의가 없었던 것을 이유로 여론은 무죄판결이 잘못된 판결이라고 난리였지요. 이에 반해 미국은 죄형법정주의와 법치주의가 확실히 자리 잡은 것 같습니다. 미국에서 'OJ 심슨 사건'이 있었습니다. 국민적 인기를 자랑했던 전직 미식축구 흑인 선수가 백인 아내와 그 애인을 죽인 혐의로 기소되었는데, 심슨 측 변호인이 백인 수사관의 인종차별적 폭언이 담긴 테이프를 법정에서 폭로한 것을 계기로 결국 배심원들은 무죄판결을 내렸습니다. 부당한 취조나 위법한 절차가 있었던 경우에 실체적 진실에 어긋나는 판결이 나오더라도 무죄가 되는 것도 전체 사법 질서를 위하여 어쩔 수 없다는 의식이 미국에는 철저히 자리 잡혀 있습니다. 물론 후에 심슨은 민사소송에서 패소하여 엄청난 배상금을 물게 되었지만, 이는 민사소송과 형사소송의 차이를 보여주는 선진적인 법률 제도의 상징적 단면이라고 생각합니다. 형사소송은 민사소송보다도 한층 엄격한 법치주의가 요구되니까요."

하마나카 변호사는 내가 하고 싶은 말의 취지를 금세 알아들었을 것이다. 그러나 그의 대답은 자못 노성한 인간의 연륜이 묻어나는 답변이었다. 참으로 사회와 인간에 대한 균형 감각이 가득한 말이었다.

"당신처럼 법률을 잘 아시는 분들은 그렇게 생각하겠지만, 대중의 진실을 알고 싶다는 마음도 무시할 수 없는 시대니까요. 그런 대중적 욕구와 누명을 쓴 억울한 사람을 만들지 말아야 한다는 근대 형법의 절충이 필요한 시대가 아닐까요?"

하마나카는 그렇게 말하고 익살스럽게 웃었다. 이야기가 옆길로 새는 것이 싫었는지, OJ 심슨 사건에 대해서는 언급하지 않았다. 그는 무척 여유로워 보였다.

문득 하마나카가 이 사건 변호를 맡은 경위가 궁금

해졌다. 타츠야에게 처음 붙은 변호인은 국선이었는데, 재판이 시작되기 직전에 하마나카로 교체되었기 때문이다.

"선생님, 이 사건을 맡게 된 계기는 뭐였습니까?"

비서가 타온 녹차를 마시며 물었다. 슬슬 본론으로 들어간다는 신호였다. 내게 주어진 인터뷰 시간은 1시간뿐이다. 30평 남짓 되는 사무실에는 하마나카 외에 5명의 변호사와 6명의 비서가 있고, 우리가 계속 떠드는 동안에도 각자의 책상에 놓인 전화가 쉴 새 없이 울려대 분위기는 무척 분주했다.

"피고인의 아버지가 제가 아는 사람을 통해서 의뢰했습니다."

하마나카의 대답은 참으로 시원스러웠다. 앞서 언급한 것처럼 타츠야와 하야토의 아버지인 류지는 상당한 자산가였다. 가와구치 마을 근처에 있는 수백 평의 토지와, 하치오지 시내의 번화가에 있는 빌딩과 연립주택을 소유하고 있었다. 예전부터 도 내에도 여러 개의 점포를 가진 부동산 임대업자였던 듯하다.

따라서 상당히 비싼 변호사 비용도 감당할 수 있는 경제력이 있을 것으로 추정되었다. 그러다 보니, 아버지 입장에서 보면 검찰이 상정하는 가해자와 피해자가 모두 자기 아들인 사건에서, 어떻게든 타츠야의 사건 관여만큼은 부정하고 싶었을 것이다.

"계기는 그러셨지만, 역시 이 사건이 이상하다고 느꼈기 때문에 사건을 맡으신 거죠?"

"아니, 그렇지는 않습니다. 주선자가 꼭 사건을 맡아달라고 간곡히 부탁을 하기도 했고, 우연히 그 시기에 다른 중요 사건은 맡고 있지 않았기 때문에 어쩌다가 맡은 셈입니다. 물론 의뢰를 받아들이고 조사를 해나가다 보니 이상한 느낌을 받아서, 변호인으로서 그다지 어려운 사건이라고 생각되지는 않았습니다. 게다가 피고인 본인을 만나보니 '정말 안 죽였다'고 주장하고 있기도 하고 말이지요. 그래서 제가 그때부터라도 진실을 말하도록 잘 설득해서 공판에서는 수사기관에서 했던 자백을 부인하도록 했습니다."

"그렇다면 역시 사체가 발견되지 않은 점이 검찰 측 논리의 치명적 약점이라고 생각하셨습니까?"

"사체가 발견되지 않은 것이 약점이라고 단정하기는 어렵습니다. 사체가 발견되지 않은 상태에서 검찰이 피고인을 살인죄로 기소하는 것이 이례적이긴 하지만, 전

례가 없는 것도 아닙니다. 사이타마 현의 쿠마가야 시에서 일어난 애견가 살인 사건 같은 경우, 이제는 사람들의 기억에서 옅어지긴 했지만 드럼통에 사체를 넣고 소각해버렸기 때문에 끝까지 사체는 나오지 않았지요. 그래도 검찰 측은 애견 카페를 운영하는 부부가 피해자를 죽인 것이 틀림없다고 판단하고, 판사에게 이를 설득시킬 수 있는 정황증거를 여러 가지 준비했어요. 물론 본건에서는 그때와 다르게 검찰이 낸 정황증거가 전혀 효과가 없었지만요."

"원예용 도끼 말인가요?"

"뭐, 그것뿐만은 아니지만, 원예용 도끼가 검찰이 제시한 정황증거 중 가장 좋지 않았던 것만큼은 사실이네요. 원예용 도끼는 평소에 피고인이 사용하는 것이니까, 거기에 지문이 묻어 있는 것은 당연합니다. 뭐, 그 원예용 도끼에 하야토 씨의 혈액이 묻어 있으니까 그것이 흉기로 사용된 것 역시 엄연한 사실이지만, 자기가 범행에 쓴 흉기를 다시 원래 있던 헛간에 돌려놓는다는 것도 보통 사람의 행동이라고 보기 힘듭니다. 검찰은 그것을 피고인의 우둔함 탓으로 돌리며 인신공격적 설명을 내놓았지만, 제가 피고인에게서 받은 느낌으로 봐서는, 피고인이 조금 멍한 구석이 있긴 해도 대화가 통하고 지능도 평균 이상이어서 정신 상태에 전혀 문제가 없었습니다. 특히 검찰 논리 중 가장 이상한 점은 피고인이 처음에는 훔쳐보는 행위만 하다가 나중에 우발적으로 원예용 도끼를 가지고 살인을 저질렀다고 하는데, 훔쳐보는 행위만 하려는 사람이 왜 처음부터 원예용 도끼를 가지고 갔겠는가 하는 것입니다. 원예용 도끼를 준비했다는 것은 애초부터 살인을 계획했다는 의미가 되니까요."

"그것은 이렇게 설명이 가능합니다. 검찰의 주장대로라면 처음부터 원예용 도끼를 준비하려고 한 것이 아니라, 좀 더 자세히 보기 위해 헛간에 회중전등을 가지러 갔다가 문득 원예용 도끼가 눈에 들어와서, 만일을 대비하기 위해 원예용 도끼를 꺼내왔다고 하지요."

"저는 그거야말로 명백하게 형사나 수사관이 지어낸 소설이라고 봅니다. 원예용 도끼를 써서 피고인이 범행을 저질렀다는 주장을 하기에 설득력이 떨어지니까, 그렇게 부자연스러운 설명을 펼친 것이라고 생각합니다."

하마나카가 쌀쌀맞게 단언했다. 물론 원예용 도끼에 대한 하마나카의 설명은 내가 생각했던 것과 거의 일치했다. 내가 보기에도 훔쳐보기 행위에 대한 타츠야의 자백에는 묘한 리얼리티가 느껴지는 반면, 그 이후의 자백은 검찰의 유도심문이나 소설적 작문이 개입한 듯한 느낌이 있다.

나는 슬슬 핵심을 꺼내기로 했다. 사실 검찰이 공범이 있다는 사실을 주장했다면 타츠야를 유죄로 만드는 것은 그리 어렵지 않았다는 생각을 씻을 수 없었다.

물론 인권 수호를 표방하는 기자로서, 억울한 누명을 쓴 피고인의 입장을 대변하는 것이 기자로서의 긍지인 것은 나도 부정하지 않는다. 그러나 이번 사건의 경우 그런 관점을 가지고 사건을 보더라도, 사건을 자세히 조사하면 할수록 여러 가지 의혹이 부메랑처럼 타츠야에게 향했다.

나는 타츠야가 미도리의 잠든 모습을 훔쳐보았다는 점까지는 사실일 거라고 생각했다. 그래서 일단 하마나카 변호사가 이 점에 대해 어떻게 생각하는지부터 물어보고 싶었다.

"그런데, 진술조서를 읽다 보면 훔쳐보기에 관해서는 타츠야 씨의 자백에 묘한 리얼리티가 있어요. 그러니까 변호사님도 훔쳐보기 행위까지는 실제로 있었던 일이라고 생각하시지요?"

내 말투가 단호하게 바뀌자, 하마나카의 얼굴에 경계하는 표정이 서렸다.

"그건 알 수 없습니다. 그러나 만약 그런 행위를 했다고 해도 그것이 곧 살인으로 이어졌다고 단정하는 것은 이상한 발상이죠."

"아니, 제가 여쭙고 싶은 것은 객관적으로 그 행위가 존재했는가 하는 점뿐입니다. 그것을 살인과의 관계에서 어떻게 해석할지는 또 다른 차원의 문제입니다. 선생님은 타츠야 씨에게 직접 그 점을 확인하셨습니까?"

나도 모르게 말투가 세졌다.

하마나카의 표정은 경계하는 표정에서 불쾌한 표정으로 바뀌었다.

"물론 본인에게 확인했습니다."

"그래서, 그 반응은요?"

"말씀드릴 수 없습니다."

하마나카가 잘라버리듯 말했다. 하지만 나도 거기서 물러설 수는 없었다.

"그건 왜 그렇습니까?"

"당신이라면 당연히 그 이유를 아실 거라고 생각하는데요. 변호인으로서 저는 의뢰인을 보호해야 할 의무가 있습니다. 게다가 이 사건의 경우 타츠야가 정말로 훔쳐보는 행위를 했는지 아닌지는 큰 의미가 없습니다. 그가 정말 훔쳐보았느냐는 그에게 살인 혐의가 있느냐와는 무관한 문제입니다."

궤변이었다. 하지만 입 밖으로 말하지는 않았다.

"의뢰인을 보호할 의무가 있는 건 알지만, 훔쳐보기 행위와 살인이 전혀 연결되지 않는다고 말할 수도 없지요. 남자가 그런 행위를 하다가 붙잡히는 것은 굴욕적이니까요. 자기도 모르게 욱해서 두 사람을 살해하는 것은 누구라도 생각할 수 있습니다. 따라서 그 점에 관한 검찰 측 주장은 나름대로 납득할 수 있습니다. 다만, 이 사건이 타츠야의 단독범행이라는 사실에 집착했기 때문에, 검찰 측 설명의 후반부가 무척이나 부자연스럽게 되어버렸을 뿐이지요."

내가 구체적으로 무엇을 염두에 두고 공범이 존재할 가능성을 제기하는지는 하마나카도 이미 눈치챘을 것이다.

사실은 사건 발행 일주일 후, 다마지구에 있는 비행

청소년들 중 하나가 하치오지 시내에 있는 주택가에 몰려가 어떤 부부를 납치했다고 친구들에게 영웅담처럼 털어놓았다는 사실이 경찰서에 제보되었던 것이다.

그 제보에 대해서 수사관들도 이미 파악하고 있었고, 그 방면으로도 수사가 이루어진 흔적이 있다. 최종 수사 결과는 그 소년이 언론 보도 등을 보고 허세를 떤 것으로 판명된 듯했다. 그러나 내가 독자적으로 그것을 파헤쳐본 결과, 나는 수사본부의 판단이 잘못된 것 같다는 의문을 가지고 있었다.

타츠야의 자백이 담긴 진술조서 속에는 앞서 언급한 비행청소년들에 대한 언급이 단 한 줄도 적혀 있지 않다. 그것은 검찰 측이 이 사건이 타츠야의 단독범행이라고 보는 이상 당연한 것인지도 모르지만, 비행청소년들이 이 사건에 일정한 관여를 했다고 생각하고 타츠야의 진술조서를 읽다보면, 또 다른 여러 가지 시나리오를 떠올릴 수 있다.

결국 그날 나와 하마나카의 인터뷰는 제자리걸음을 벗어나지 못했다. 다만, 나로서도 자제력을 발휘하여 하마나카와의 관계가 극단으로 치닫는 것을 일부러 피했다. 그는 앞으로도 내가 계속해서 취재해야 하는 대상이기 때문이다. 지금 당장 연락이 두절될 정도로 관계가 악화되는 것은 득이 될 리 없다. 아직은 그에게 묻고 싶은 것이 많다. 어차피 내게 주어진 1시간 동안 내가 품었던 의문점 모두를 물어보는 것은 무리이다. 이런 유연한 대응은 인터뷰를 수차례 거듭하는 과정에서 체득한 기자로서의 지혜였다.

단독범행설은 무리가 있다!

9월 3일자 진술조서에서 타츠야는 남동생 부부를 어떻게 살해하였는지 묘사하고 있다. 서두 부분에 있는 훔쳐보기 행위에 대한 자백과 남동생 부부를 살해한 행위에 대한 자백 사이에 조서 작성 시점상 약간의 시간 경과가 있는 점에 대한 변명 같은 설명이 있어 인상적이다. 전문은 아래와 같다.

오늘은 제가 남동생 부부를 살해한 경위에 대해 말씀드리겠습니다. 어제 저는 제수씨가 자는 모습을 훔쳐본 것은 인정했지만, 그 후에 일어난 일에 대해서는 이야기하지 않았습니다. 제가 저지른 일이 너무 두려워서 그것을 고백할 용기가 나지 않았습니다. 그러나 하룻밤 곰곰이 생각해보았고, 수사관님도 제가 자백을 하면 죄가 경감될 수 있다고 설득하셔서 오늘은 진실을 말씀드리기로 결심했습니다.

어제 이야기했듯이, 저는 제수씨가 자는 모습을 더 자세히 관찰하고 싶은 욕망에 집 밖으로 나가서 헛간에서 회중전등을 가져왔습니다. 그때 회중전등 옆에 놓여 있던 원예용 도끼도 같이 꺼내왔습니다. 그때 제가 왜 원예용 도끼까지 챙겨왔는지 저도 명쾌하게 설명할 수 없지만, 남동생이나 제수씨에게 들켰을 때 원예용 도끼로 위협하고 도망칠 생각이었던 것 같습니다. 즉, 원예용 도끼는 여차할 때를 대비해 가져온 것이지, 두 사람에게 적극적으로 위해를 가할 목적으로 가져온 것은 아니었습니다.

저는 원래 자리로 돌아가서 다시 복도에 무릎을 꿇고 방 안을 들여다보았습니다. 창호지문은 계속해서 조금 열린 상태였습니다. 안에서는 여전히 잠자는 숨소리가 들렸기 때문에, 두 사람 다 잠에서 깨지 않고 계속 자고 있다고 생각했습니다. 가끔씩 코 고는 소리가 섞여 있었기 때문에 처음에는 남동생이 코를 고는 것이라고 생각했습니다. 그런데 이내 그것은 눈앞에서 자고 있는 제수씨의 코에서 나오는 소리라는 걸 알았습니다. 그래서 저는 제수씨가 깊숙이 잠들었다고 생각하고, 회중전등으로 하반신을 비추어도 모를 거라고 판단했습니다. 회중전등의 불빛이 제수씨의 얼굴로 향하지 않도록 세심한 주의를 기울이면서, 회중전등으로 제수씨의 하반신을 비추었습니다.

제수씨의 모습은 제가 헛간에 가기 전보다도 한층 흐트러져 있었습니다. 가랑이를 크게 벌리고 목욕 가운의 띠도 완전히 풀어져 있었습니다. 겉섶도 안자락도 헝클어져 위로 말려 올라간 상태여서, 거의 몸에 아무것도 걸치지 않은 모습이었습니다. 하얀색 팬티가 뚜렷하게 보일 뿐만 아니라, 그 작은 팬티의 옆에 조금 삐져나온 음모까지 확인할 수 있었습니다. 점점 더 흥분한 저는 방 안으로 들어가 팬티를 살짝 내려보고 싶은 마음이 생겼습니다. 그런 행동이 위험하다는 것은 알고 있었지만, 제 욕망은 브레이크가 듣지 않는 상태였습니다.

저는 제 몸이 지나갈 수 있을 정도로 창호지문을 열고, 방 안으로 침입했습니다. 왼손에 회중전등을 들고, 오른손으로 창호지문을 연 것으로 기억합니다. 그때 원예용 도끼는 어떻게 했느냐고 물으신다면, 그것까지는 정말로 기억에서 사라졌습니다. 무의식중에 원예용 도끼를 든 채로 방 안에 들어가서 다다미 위에 놓았을지도 모르겠습니다. 확실하게 기억하는 것은 왼손으로 회중전등을 들고, 오른손으로 제수씨의 팬티에 손을 댔다는 사실입니다. 처음에는 가볍게 만지면서 반응을 살펴봤는데, 아무런 반응도 없었습니다. 저는 오른손으로 배꼽 아래 부분의 팬티를 살짝 내려 보았습니다. 생각한 것 이상으로 짙은 음모가 보였습니다. 그때 불쑥 '뭐야?' 하고 중얼거리는 여성의 목소리가 들렸습니다. 깜짝 놀라서 손을 떼고 제수씨의 얼굴을 보니, 얼굴을 옆으로 흔들면서 오른손으로 뭔가를 뿌리치는 동작을 하고 있었습니다.

옆에서 자고 있던 남동생이 잠꼬대를 하며 손을 뻗어왔기 때문에, 제수씨는 비몽사몽 속에서 남동생의 팔을 뿌리치려는 동작을 취한 것으로 보였습니다. 바로 잠에서 깰 것 같지는 않았지만, 저는 무서워져서 뒷걸음질 쳤습니다. 그 순간 왼손에 들고 있던 회중전등 불빛이 제수씨의 얼굴을 비추고 말았습니다. 그 때문에 제수씨가 눈을 뜨고 잠이 덜 깬 멍한 표정으로 이쪽을 본 것을 기억합니다. 그러다 갑자기 정신이 번쩍 들었는지 얼굴이 일그러지며 소리를 질렀습니다.

그렇게 목소리가 크지는 않았기 때문에, 그 소리가 집 밖까지 들렸을 거라고는 생각하지 않습니다. 하지만 저는 완전히 패닉 상태에 빠져서 제수씨의 입을 필사적으로 막았습니다.

그러나 제가 기억하는 것은 여기까지이고, 그 후의 일은 뚜렷하게 기억나지 않습니다. 제가 두 손으로 제수씨의 목을 조르고 살해한 것은 분명하다고 생각하지만, 남동생을 원예용 도끼로 찍었다는 것은 어렴풋한 기억밖에 남아 있지 않습니다. 제수씨와 제가 다투는 소리에 잠에서 깬 남동생이 '형, 뭐하는 거야?' 하고 소리친 기억이 있고, 그 소리를 듣고 제가 원예용 도끼로 찍은 것 같지만, 동생을 몇 번 찍었는지도 잘 기억나지 않습니다. 아무튼 정신을 차려보니 목이 졸려 죽어 있는 제수씨와, 얼굴이 피투성이가 되어 죽어 있는 남동생의 사체가 다다미 위에 있었습니다.

그 이후 타츠야는 두 사람의 사체를 왜건 차량에 실어 다마가와 하천 부지까지 옮겼고, 근처 풀숲에 구멍을 파서 묻었다고 진술했다. 그러나 경찰이 후에 이 왜건 차량 내부를 샅샅이 조사해도 하야토의 혈액 반응은 나오지 않았다.

헛간에 있던 삽에는 미량의 흙이 묻어 있었지만, 그 흙이 하천 부지의 흙인 것도 입증하지 못했다. 그 삽도 타츠야가 평소에 일을 할 때 사용했기 때문에, 어떤 종류의 흙이 묻어 있다 해도 전혀 이상하지 않았다.

이 진술조서의 특징은 타츠야가 하야토 부부를 살해한 경위에 우발적인 요소가 강했다는 사실을 강조하고 있다. 보통의 경우 수사관들은 가능한 한 피의자가 범행을 사전에 치밀하게 모의했음을 강조하는 조서를 작성함으로써 피의자의 죄를 무겁게 하려는 경향이 있다는 점을 고려하면, 이러한 진술조서는 상당히 이례적이었다.

또, 아직 타츠야가 원예용 도끼를 꺼내온 동기를 설명하는 데 애를 먹고 있는 사실을 잘 보여주는 진술조서로서, 조서를 꾸미는 수사관들이 타츠야의 진술이 자연스럽게 들리도록 궁리한 것은 아닌가 의심스러울 정도이다.

게다가 훔쳐보는 행위에 관한 진술이 상세한 것에 비해, 살해 행위에 관한 진술은 얼렁뚱땅 넘어가는 인상을 주는 것도 사실이다. 물론 타츠야가 패닉 상태에 빠져서 저지른 범행이라면 자기가 저지른 짓을 상세하게 기억하지 못할 수는 있다. 그렇다 쳐도 이 조서의 앞 내용과 뒤 내용은 리얼리티에서 너무나 큰 차이를 보인다.

검찰도 이 점을 의식했는지, 타츠야가 경찰에서 한 진술을 받아 적은 위 조서와 달리, 타츠야가 검찰에게 한 진술조서에는 살해 행위에 대한 묘사가 약간 수정돼 좀 더 자세히 적혀 있다. 그래도 크게 개선되었다고는 할 수 없고, 검찰조차 타츠야의 계획성 입증은 포기한 채 하야토 부부를 살해했다는 사실만이라도 입증하자는 데에 무게를 둔 괴로운 사정도 엿보인다. 검찰 측의 구형이 사형이 아니라 무기징역이었던 것도 이런 검찰 측 사정과 관계가 있는지 모른다.

이 조서 속에서 타츠야가 하야토와 미도리 두 사람을 살해했다고 자백하고 있음에도 불구하고, 타츠야를 하야토 살인죄로만 기소한 점 역시 검찰 측의 커다란 자기모순으로 보인다.

하지만 가장 큰 수수께끼는 타츠야가 하야토와 미도리를 살해했다는 진술이 사실이라면 대체 두 사람의 시신은 어디로 사라졌는가 하는 점이었다. 타츠야의 진술대로 시신 둘을 다마가와 하천 부지에 묻으려면 엄청난 품과 시간이 걸릴 것이다.

사건발생 시간을 정확히 특정하는 것은 곤란하지만, 이웃집에 사는 나카야스 료지가 차 소리를 들었다는 시간이 새벽 4시 전후이고, 첫 경찰차가 도착해 타츠야를 포함한 가족 모두가 수색활동을 시작한 시간이 새벽 6시 반이 지나서라고 한다면, 3시간, 아니 더 정확히는 2시간 반 정도 만에 다마가와의 하천 부지 어딘가에 두 사람의 사체를 묻고 집으로 돌아와야 한다.

그런데 내가 조사한 바로는 타츠야의 집에서 가장 가까운 다마가와 하천 부지를 상정하더라도 최소 왕

복 1시간 반 정도가 걸리고, 그조차 몹시 능숙하게 서둘러 작업을 진행하지 않는 한 불가능하다. 그러나 역시 공범이 있다면 결코 불가능한 일은 아닐 것이다.

지금 거의 확신에 가까운 촉이 왔다.

분명히 공범이 있다!

【여명】2009년 12월호 게재

수사본부는 소년들을 쫓고 있었다!

"댁네 같은 언론들은 지긋지긋해."

경찰청 강력반의 쓰지모토 타카야스 수사반장(52세)이 나에게 한 첫마디였다. 그는 암암리에 가와구치 사건에 대해 언론이 비판적이라는 사실을 알고 있었다.

나는 여명이 심층 취재를 통해 탐사 보도를 전문으로 하는 월간지이고, 주간지처럼 유행을 쫓는 기사를 싣는 잡지가 아니라는 점을 설명했다. 가와구치 사건을 무조건 진범이 따로 있는 사건으로 단정 짓는 것도 아니라는 점을 강조했다. 물론 그것은 쓰지모토에게서 이야기를 들을 방편으로 한 말이기도 했지만, 완전한 거짓말도 아니다.

지금까지 한 차례 사실조사를 끝낸 단계이기 때문에, 나도 타츠야가 사건에 일절 관여하지 않았다고는 확신할 수 없다. 다만, 그저 단독으로 저지른 범행이라고 보기에는 아무래도 무리라고 생각했을 뿐이다.

이런 취지의 이야기를 쓰지모토에게 말하면서 도쿄 지방법원 판결에 대해 의문을 표하자, 그런 발언이 주

효했는지 쓰지모토는 내게 차차 마음을 열기 시작했다.

평일 밤 10시를 지나, 나와 쓰지모토는 어느 찻집에서 이야기를 나눴다. 늦은 시간의 인터뷰였기 때문에 공연히 시간낭비를 할 수도 없어서 나는 처음부터 핵심을 파고드는 질문을 했다.

"토다 타츠야가 범인인지 아닌지는 둘째 치고, 경찰청 수사가 타츠야 외의 방향으로 향한 적이 한 번도 없었습니까?"

"당일 다마가와 하천 부지에서 불꽃놀이를 했다던 비행청소년들을 말하는 건가? 그렇다면 그건 물론 조사했어."

그들이 가와구치 사건의 범행에 관여했다는 소문은 비행청소년들 사이에 상당히 광범위하게 유포되고 있었다. 처음에 그 사실을 언급한 소년은 한 명에게만 이야기했던 것 같지만, 그것을 들은 상대방이 여러 친구들에게 떠벌리고 다닌 모양이다.

하마나카 변호사의 이야기로는 변호인단도 이 방면으로 조사를 상당히 했고, 그 결과 처음 이야기를 퍼뜨린 소년이 누군지 특정했다. 하지만 정작 그 소년을 만나보니, 그 소년은 자신이 허세나 허풍을 떨었을 뿐 자신이 한 이야기는 사실이 아니라고 부정했다고 했다. 변호인단에게는 수사권이 없기 때문에 그 이상의 추궁은 무리였다. 그러나 강제적인 수사권을 갖고 있는 경찰은 다르다. 경찰이 그 소년에 대한 수사에 어느 정도 파고들었는지 자못 궁금했다.

"분명히 어떤 소년 하나가 사건이 있던 당일 근처에 있는 주택가에 들어가서 어떤 부부를 납치했다고 다른 소년에게 말했지. 우리는 구체적으로 그 소년이 누구인지도 알아냈고, 그 소년과 그 소년이 고백한 상대, 나아가 그 주변에 있던 여러 명의 소년들의 참고인 진술을 얻었어. 하지만 그 소년이 친구에게 그런 이야기를 한 것은 사건 발생으로부터 일주일 정도 지났을 때야. 그 무렵 이미 텔레비전과 신문은 큰 소동이 났고, 억측을 포함한 다양한 정보가 난무했지. 그래서 그 소년은 자신이 그런 정보를 바탕으로 영웅담처럼 허풍을 떤 것뿐이라고 주장했어. 당시 17살이었으니까 정말 그런 허세를 부릴 법한 나이잖아. 물론 우리도 그런 변명을 곧이곧대로 믿지는 않았어. 진술을 확인하기 위해 이리 저리 뛰어 봤지만, 결국 그 소년이 범행에 관여했다는 아무런 증거도 얻지 못했어."

쓰지모토의 말은 나름대로 설득력이 있었다. 분명 사건이 크게 보도되었다면 비행청소년들 중 하나가 반쯤 장난으로 허풍을 떤 것에 지나지 않는다고 생각하는 것도 가능하다.

하지만 나는 쓰지모토의 말을 그대로 받아들일 수 없는 사정이 있었다. 그것은 내가 소년들을 독자적으로 조사한 결과와 너무 달랐기 때문이다.

"타츠야가 단독으로 두 명을 살해했을 수는 있지만, 그 둘을 혼자서 옮겼다는 가정에는 무리가 있지 않습니까?"

그래서 나는 쓰지모토에게 시신 운반을 도운 자가 있다는 점을 넌지시 흘렸다. 하지만 이 단계에서 벌써부터 소년들에 관해 내가 가지고 있는 중요 정보를 쓰지모토에게 밝힐 마음은 없었다.

"어려워. 하지만 불가능하지도 않아."

쓰지모토의 발언은 약간 의외였다. 공범이 있다는 주장을 절대 받아들일 수 없는 완고한 입장으로는 보이지 않았기 때문이다.

"어쨌든 사체만 발견되면 어떻게든 범인을 밝힐 수

있어." 쓰지모토는 혼잣말처럼 중얼거렸다.

그럴지도 모른다. 그래서 나도 내 차로 몇 번이나 사건 현장에서 다마가와 하천 부지까지 가봤었다. 그때 절감했던 것은 '다마가와의 하천 부지'라는 표현이 너무나도 넓은 개념이라는 것이었다. 경찰이 타츠야의 진술을 바탕으로 다마가와 하천부지에서 사체 수색을 했을때 아무것도 발견하지 못한 것은 경찰의 수색능력 부족이나 수사 의지 박약 때문이 아니라 하천 부지의 범위가 너무나 넓었기 때문으로 보였다.

옮겨졌을 때 두 사람은 아직 살아 있었다!

쓰지모토를 만났을 때로부터 대략 8달 전인 2008년 11월 23일, 나는 스가이라는 여명 편집자와 함께 하치오지에 있는 찻집에서 '기무라'와 '도가시'라는 소년을 만났다.

기무라는 행방불명된 토다 하야토의 사이타마 고교 제자이고, 도가시는 다른 고교를 다니다가 중퇴한 소년이었다.

내가 이 두 소년을 인터뷰한 경위에 대해서는 소년보호법 규정도 있고 해서 자세히 밝힐 수 없다. 다만,

그 의도는 정확히 알 수 없지만, 기무라라는 소년이 인터뷰에 이상하리만큼 무척 의욕적이었다는 점만 덧붙이고 싶다. 인터뷰에 대한 사례비 지불 같은 건 일절 없다고 못 박았음에도 불구하고.

내가 단독으로 그들을 만나는 것을 피하고 편집자인 스카이에게도 와 달라고 한 것은 내가 소년법에 저촉하는 행위를 일절 하지 않았음을 증명하는 증인 역할을 그가 해주었으면 하는 바람 때문이었다.

사실 나는 기무라와 그때 처음 만난 것이 아니었다. 나는 원래 문제의 발언을 한 도가시를 만날 생각이었는데, 막상 비행청소년들 중 처음 만난 것은 기무라였다. 그것은 취재로 만났던 비행청소년들 사이에서 도가시와 친한 소년의 이름으로 기무라의 이름이 너무 자주 거론되었기 때문이다.

그래서 먼저 기무라를 만나 도가시에 관한 정보를 물어볼 생각이었다. 이것은 우리 기자들이 사용하는 상투적인 수법 중 하나로, 취재의 메인 타깃을 만나기 전에 그 메인 타깃을 잘 아는 인물을 먼저 취재해서 정보를 얻는 방식이다.

기무라를 처음 만난 것은 같은 해 9월 중순으로, 그

때는 사건발생으로부터 한 달 정도가 지나 있었다. 그 후에 기무라는 어찌된 까닭인지 내가 몇 번이고 재촉했는데도 불구하고 좀처럼 나에게 도가시를 연결해주려고 하지 않았다.

하지만 내가 도가시를 늦게 만나게 된 것은 꼭 그것 때문만은 아니다. 즉, 기무라에 대한 인터뷰가 내 예상과 다른 방향으로 전개되기 시작한 점도 내가 도가시를 늦게 만나게 된 하나의 원인이었다. 기무라에 대한 인터뷰를 이어나가던 중 기무라 본인이 가와구치 사건에 어느 정도 관여하고 있다고 해석될 수 있는 발언을 내뱉기 시작한 것이다. 그래서 나는 기무라에게는 비밀로 한 채 기무라의 가정환경 등을 조사했는데, 여기에 의외로 많은 시간이 걸렸다.

기무라는 편모 가정에서 자랐고 집이 가난했다. 엄마는 보육원 조리사로 일하면서 생계를 유지하고 있었는데, 주에 4번만 일하는 아르바이트였기 때문에 수입이 적었다.

기무라의 엄마는 미인이었지만 결코 가정적이라고는 말할 수 없는 사람으로, 업무 외의 시간은 자기를 위해서만 쓰려고 했다. 즉, 시간을 대개 남자와의 데이트

를 위해 비워두는 것이다. 기무라는 엄마의 문란한 사
생활을 미워했다고 한다.

게다가 엄마가 교제하는 상대는 대부분 경제력이 없
는 놈팡이 같은 남자뿐이었다. 중학교 3학년이 되자,
그런 엄마에 대한 증오심이 걷잡을 수 없이 커져 기무
라는 엄마를 때리기 시작했다.

엄마는 특별히 반격하지도 않고 자기의 한심함을 계
속 사과한다. 그 모습을 보면 기무라는 한층 더 가학
적으로 변했고, 한때는 기무라의 폭력이 무시무시한
지경에 이른 적도 있었던 듯하다.

하지만 고교에 올라가자 기무라는 엄마와 거의 대
화를 나누지 않게 되었고, 폭력도 휘두르지 않게 되었
다. 그 대신 사회를 향한 기무라의 범죄성은 한층 깊
어졌다.

기무라는 이상하리만큼 냉정하고 무슨 생각을 하는
건지, 또 어디까지 진심을 말하는 건지 알 수 없는 구
석이 있었다. 나는 그때 이미 기무라가 사건과 관계없
는 단순한 정보제공자가 아님을 직감할 수 있었다.

기무라와 도가시를 함께 만난 날, 기무라는 검은색
바지에 하얀색 반팔 와이셔츠의 수수한 복장으로 나

타났는데, 그것이 의외로 잘 어울려서 일종의 청량감마저 느껴졌다. 그 외모는 상당한 미남이라고 말해도 좋을 정도였다.

도가시는 곤색 청바지에 원색에 가까운 빨간색 티셔츠를 입고 있었다. 갈색머리에 어깨가 떡 벌어져 체격도 좋았다. 하지만 전체적으로는 얌전한 인상이고 입도 무거워 보였다. 실제 인터뷰 과정에서도 이야기는 거의 기무라가 했고, 도가시가 이야기한 횟수는 손꼽을 수 있을 정도였다.

"도가시 군, 자네는 자네가 사건에 관여했음을 암시하는 말을 해서 경찰 조사를 받았지? 그런데 정작 경찰에서는 사건 관여를 일체 부정하고, 그저 허세를 좀 부리고 강한 척한 것뿐이라면서 실제로는 전혀 사건과 관계가 없다고 했어. 그 의견은 지금도 그대로인가?"
나는 도가시의 얼굴을 가만히 쳐다보며 냉정하게 물었다.

하지만 이때 곧바로 기무라가 끼어들었다.
"그것에 대해서는 내가 설명할게요."
내 조사로는, 기무라의 경우 중학교 시절 거의 공부를 하지 않았음에도 불구하고 그럭저럭 좋은 성적을 거뒀다. 그렇다면 기무라는 결코 머리가 나쁘지 않다는 뜻이다. 비행청소년이 되었다고 해도 원래 머리가 좋게 타고났다면 조리 있게 이야기할 수 있다. 그래서인지 그때도 기무라의 말투에서 받은 인상만으로 말하자면 성실한 사회인과 이야기하는 것과 별반 다르지 않았다.

"아니, 기무라 군, 미안하지만 나는 도가시 군의 입으로 직접 듣고 싶어." 나는 부드럽게 기무라를 제지했다.

기무라는 포기한 듯 도가시를 쳐다보았다.

"전혀 관여하지 않았다는 건 거짓말이에요." 도가시가 잠긴 목소리로 답했다.

나는 충격을 받았다. 물론 기무라가 내가 도가시를 만나는 것에 동의한 이상 뭔가가 있을 거라고는 느꼈지만, 이 정도로 명료하게 경찰에서 한 말을 뒤집을 줄은 몰랐다.

"그럼 왜 경찰한테는 전혀 관여하지 않았다고 말했지?"

"기무라에게 상의했더니 기무라가 그렇게 말하라고 해서요."

"기무라 군이?" 나도 모르게 기무라의 얼굴을 쳐다 보았다.

"그러니까, 거기부터는 제가 설명할게요. 실은 그 일에 이 녀석을 끌어들인 건 저예요." 기무라가 약간 짜증난 말투로 말했다.

이것은 전혀 예상하지 못했던 발언이 아니었다. 그 전에 기무라와 만나서 받은 인상에서도 기무라가 사건에 대해 뭔가 알고 있는 게 아닐까 하는 의구심이 끝없이 내 머릿속을 복잡하게 만들었기 때문이다.

"그렇다는 건 자네도…" 나는 그 다음 말을 삼켰다.

직접 설명하겠다고 나선 이상 쓸데없는 종용의 말은 필요하지 않을 뿐 아니라 오히려 발언자가 주저하게 할 수 있다는 것을 경험을 통해 알고 있었기 때문이다.

그때 기무라의 시선은 스가이가 테이블 위에 올려놓은 소형 녹음기로 쏟아지고 있었다.

"그 전에 녹음기를 꺼주세요."

기무라의 말을 들은 순간 나와 스가이의 눈이 마주쳤다. 스가이는 아직 서른 초반의 젊은 편집자지만 나이에 비해 침착하고 어른스러운 분위기가 나는 사람이었다. 마르고 작은 체구에 머리를 정확히 7대 3으로 나누고, 약간 두툼한 검은색 뿔테 안경을 쓰고 있었다.

그날은 한여름이었음에도 스가이는 곤색 정장 차림이었다. 냉방이 상당히 잘 되는 찻집 안이어서 윗도리를 그대로 입은 채다.

스가이는 소형 녹음기를 재킷 주머니에 넣으면서 약간 미련이 남은 말투로 말했다.

"우리가 여기서 녹음한 것을 무단으로 공표하는 일은 어차피 있을 수 없으니까, 사실 이건 그냥 메모 같은 것이고—."

"아니, 녹음은 하지 마세요." 기무라가 다시 단호히 말했다.

그 말투는 정중했지만 묘한 위압감이 있었다. 스가이는 더 이상 주장하지 못하고 주머니 속에 오른손을 넣은 채 녹음기 스위치를 끄는 동작을 했다.

잠시 뜸을 들인 후, 기무라가 다시 입을 열었다. "그렇습니다. 저도 함께 두 사람을 옮기는 걸 도왔습니다."

"옮기는 걸 도왔다고?" 나도 모르게 몸을 앞으로 기울이고 기무라의 말을 반복했다.

당치도 않은 고백이었는데 기무라의 말투는 태연했다. 또, 기무라가 말하는 걸로 봐서는 피해자들을 운반할 당시 두 사람이 죽어 있었던 것이 맞는지도 알수 없었다.

"네, 어떤 남자가 부탁했습니다."

"어떤 남자라니?"

"그건 지금 단계에서는 아직 말할 수 없습니다. 다만, 토다 타츠야는 아닙니다."

"그럼 역시 토다 타츠야 씨는 누명을 쓴 건가?"

"아니, 그렇지 않습니다. 그는 그 두 사람을 덮쳤던게 맞습니다. 나와 도가시가 그 집에 도착했을 때 습격은 이미 끝나 있었고, 집 안에 들어가자 원예용 도끼를 든 타츠야와, 베레모를 쓴 채 하얀색 마스크를 낀 남자가 있었습니다. 그리고 두 개의 이불 옆 다다미 위에는 피투성이가 된 럭비와 목욕 가운을 입은 여자가ㅡ."

"잠깐만, '럭비'라니?"

"토다 선생님의 별명입니다. 럭비부 고문이거든요."

"타츠야 씨 말고 한 명 더 있던 남자는 베레모를 쓰고 있었던 거지?"

기무라는 말없이 고개를 끄덕였다. 하얀색 마스크는 그렇다 치더라도 베레모는 무척 인상적이었다. 베레모를 쓴 남자 이야기는 도가시가 처음 다른 친구에게 했던 이야기에 나오지 않았기 때문에 나로서는 재확인해둘 필요가 있었다. 그러나 도가시는 반응이 없었다.

"그때 두 사람은 살아 있었나?"

"네. 럭비는 피투성이였지만 숨은 쉬고 있었습니다. 여자는 아마도 그의 부인인 것 같은데, 무슨 약품 냄새를 맡고 기절한 느낌이었지만 역시 숨은 쉬고 있었습니다."

"약품 냄새를 맡았다는 건 어떻게 알았지?"

"여자 몸에서 클로로포름 같은 달달한 약품 냄새가 났습니다."

클로로포름이라는 약품에서 달달한 냄새가 나는 건 사실이었다.

"그래서 어떻게 했지?"

"나와 도가시가 두 사람을 차까지 옮겼습니다. 처음에는 여자만 옮기라고 했지만, 남자도 데려간다고 해서 결국 남자도 차 안으로 옮겼습니다."

"차라는 건?"

"하얀색 왜건 차입니다."

"그럼 역시 토다 가에 있던-."

"아니, 다른 겁니다. 토다 가에 있는 왜건 차는 주차장에 세워져 있었는데, 그 옆에 비슷한 종류의 하얀색 왜건 차가 한 대 더 서 있었습니다."

"같은 차종인가?"

"그건 모릅니다. 똑같이 하얀색이고 크기도 형태도 비슷한 것은 분명했지만, 제대로 안 봤기 때문에 완전히 똑같은 차종이었는지는 모르겠습니다."

기무라가 하는 이야기에 신빙성을 느낀 것은 이 순간이었다. 하얀색 왜건 차가 2대였다면 토다 가의 왜건 차에서 하야토의 혈액반응이 나오지 않은 이유가 설명된다. 또, 베레모를 쓴 남자의 존재처럼 하얀색 왜건 차량이 2대라는 것은 도가시가 처음 다른 비행청소년들에게 이야기한 내용에는 없던 것이었다.

"여하튼 자네들은 두 사람을 차까지 옮긴 거지? 그리고?"

"우리는 그 왜건 차를 타고 출발했습니다. 남자는 다마가와 하천 부지로 간다고 말했습니다."

"누가 운전을 했지?"

"그 베레모를 쓴 남자입니다. 저와 토다 타츠야가 여자를 가운데 낀 채 운전석 뒷좌석에 앉았고, 그 뒤 3열 좌석에 도가시가 앉아 옆에 쓰러져 있는 럭비를 감시하고 있었습니다."

"잠깐만. 나는 그전 상황이 궁금한데, 그럼 자네들은 토다 가까지 어떻게 갔지? 그 하얀색 왜건 차량은 자네들이 토다 가에 도착했을 때 이미 와 있었나?"

"그렇습니다. 저희는 그 집까지 걸어서 갔습니다. 평소에 오토바이를 타고 다녔지만 그날은 술을 마실 계획이었기 때문에 오토바이는 집에 두고 왔습니다."

"그럼 불꽃놀이를 했던 다마가와 하천 부지에서부터 걸어서 토다 가까지?"

"네, 그러니까 2시간 가까이 걸렸을 겁니다."

그렇게 긴 거리를 걸었다는 것이 약간 억지스러운 것 같기도 했다. 그러나 그런 세세한 부분에 집착해서 이야기를 중단하는 건 바람직하지 않다고 판단했다.

"차 안에서는 엄청난 일들이 일어났습니다. 남자의 지시로 저와 타츠야가 여자의 목욕 가운을 벗겼습니다. 도망치지 못하게 하기 위해서입니다. 그런데 알몸이 된 순간 여자가 의식을 되찾았습니다. 여자는 특히 타츠야를 보고 당황한 듯했습니다. 자기의 아주버님에게 알몸을 보이고 있는 것이니까 당연한 반응인지도 모릅니다. 하긴, 그때는 그들의 가족관계를 잘 몰랐기 때문에 그런 생각은 안 했지만요. 아무튼 여자는 큰소리로 울며 아우성치기 시작했습니다. 그래서 남자의 지시로 타츠야가 차 안에서 여자를 목 졸라 죽였습니다. 저는 무서워서 차창에 몸을 딱 붙이고 아무것도 하지 않았습니다. 도가시도 마찬가지로 아무것도 안 했습니다. 도가시 옆에서 피투성이로 누워 있던 럭비는 살아 있다고는 해도 거의 의식이 없는 상태였기 때문에 여자가 살해될 때도 딱히 아무런 반응이 없었습니다. 원래 저희는 어떤 물건을 옮기는 걸 도와달라는 말을 들었을 뿐, 그런 일인 줄은 몰랐습니다. 그 후 저희는 다마가와 하천 부지까지 뛰어갔는데, 하천 부지에 도착했을 때 남자가 타츠야에게 삽으로 럭비의 숨통을 끊으라고 명령했습니다. 그런데 타츠야는 머뭇거렸습니다. 피를 나눈 친형제니까 망설이는 건 당연하겠지요. 그래서 결국 남자가 타츠야에게서 삽을 빼앗아 그것으로 머리를 때렸어요. 그렇게 하지 않더라도 다 죽어가는 목숨이어서, 제가 보기에는 쓸데없는 행위로만 느껴졌습니다. 아무튼 저와 도가시 둘이서 사체를 땅에 묻었습니다. 싫었지만 거절하면 우리도 살해당할지도 모른다고 생각했기 때문입니다. 그 후에 남자는 저와 도가시를 하치오지 시내에 있는 도가시의 집까지 차로 바래다주었고, 그날 밤에는, 아니, 이미 아침이었지만, 저는 도가시의 집에서 잤습니다."

나는 기무라의 이야기를 들으며 역시 시간이 쟁점이라는 생각이 들었다.

"그 하천 부지는 어디 주변인지 아나?"

"글쎄요, 그건 잘…. 차로 1시간 정도 달린 건 기억해요."

"다시 한번 차를 타고 같은 길을 달리면 생각이 날까?"

"아마도요."

기무라가 도가시를 쳐다보았다. 도가시는 여기서도 반응이 없었다.

기무라의 이야기가 사실인지 가늠하기는 어려웠다. 일정한 정도의 신빙성은 느껴지지만 납득이 가지 않는 부분도 있었다. 특히 하야토의 숨통을 끊는 부분은 자신의 관여도를 줄이기 위해 지나치게 생략한 것 같았다. 물론 끔찍한 장면을 잊고 싶어 자기도 모르게 이야기를 줄였다고 해석할 수도 있었다.

"나는 도가시 군이 다른 친구들에게 이야기한 처음 내용을 들었는데, 그것과 지금 한 이야기는 상당히 다르네. 지금 한 얘기가 사실이라면, 자네는 처음에는 거짓말을 했다는 건가?" 도가시의 얼굴을 보며 물었다.

그러나 이 질문에 대해서도 대답한 사람은 기무라이다.

"아니, 도가시가 거짓말을 했다기보다 물어본 상대가 멋대로 해석한 측면도 있어요. 지금 우리가 한 얘기가 진짜로 일어난 일입니다."

직접 대답하라고 재촉하듯 나는 도가시에게서 시선을 떼지 않았다. 그러나 도가시는 여전히 말이 없었다.

"자네와 도가시 군은 미리 누군가를 죽인다고 듣고서 거기 간 게 아니잖아. 그럼에도 불구하고 왜 사체 처리까지 도운 건 왜지?"

나는 도가시의 대답을 듣는 것을 포기하고 다른 각도로 질문했다. 이것도 분명 무척 중요한 질문이지만, 나는 일부러 즉흥적으로 떠오른 중요하지 않은 질문처럼 가장했다.

"뭐 어쩌다 보니 그렇게 된 것도 있지만, 저는 그 남자한테 돈을 받은 게 있었고, 약점도 잡혀 있었거든요."

"약점이라니?"

"그건 말하고 싶지 않습니다." 기무라는 내게서 시선을 피하고 도망치듯 말했다.

나는 이번에도 대답을 억지로 구하는 것은 피하고, 다시 도가시에게 물었다.

"도가시 군 자네는 어떤가?"

"제 경우도 역시 어쩌다 보니 그런 것도 있지만, 가장 큰 이유는 기무라에 대한 의리일까요?" 도가시가 한숨을 쉬며 답했다.

그 말에는 묘한 리얼리티가 느껴졌다.

"스기야마 씨, 우리가 한 짓도 역시 범죄지요?" 기무라가 눈앞에 있는 커피를 한 모금 마시고 진지한 표정으로 물었다.

"음, 사체유기죄에는 해당해."

"역시, 그렇군요." 기무라가 어두운 표정으로 입을 다물었다.

그리고 힐끗 도가시에게 시선을 던졌다. 하지만 도

가시는 여전히 무거운 입을 열려고 하지 않았다.

"그런데 기무라 군, 고등학교처럼 이과 실험을 하는 곳에서는 클로로포름 같은 약품이 있나?"

나는 화제를 바꾸듯 물었다. 내가 기무라의 이야기를 듣고 품은 의문 중 하나가 바로 클로로포름에 관한 말이었기 때문이다.

물론 나는 이미 대학교의 의학부나 약학부, 이공학부 등과 달리 고등학교에는 그런 약품이 없다는 것을 알고 있다. 게다가 텔레비전 드라마 등에서는 손수건에 묻힌 클로로포름 냄새를 맡게 해서 사람을 기절시키는 장면이 가끔 나오지만, 실제로 클로로포름에는 그렇게 현저한 효과가 없다. 물론 기무라가 말한 것처럼 클로로포름에서 달달한 냄새가 나는 것은 사실이었지만, 그것도 인터넷 검색으로 금세 알 수 있는 정보이다.

나는 기무라의 표정을 살폈다. 그 얼굴에는 예상대로 경계심이 떠올라 있다. 물론 그 경계심이 내 질문의 의도를 이해하지 못해 나온 표정 같기도 했다.

"글쎄요, 그건 잘 모르겠습니다." 기무라가 불쑥 온화한 미소를 띠고 대답했다.

만만치 않은 상대다. 나는 그런 생각을 하면서 기무라의 얼굴을 응시하고 있었다.

나와 스가이는 두 소년과 헤어진 다음 하치오지 역으로 걸어가면서 간단한 대화를 나누었다. 나로서는 스가이가 기무라나 도가시에 대해 어떤 인상을 받았는지 궁금했다.

"그 두 사람이 한 말, 어떻게 생각합니까?" 나는 가능한 한 아무렇지 않은 말투로 물었다.

"그 기무라라는 소년은 만만히 볼 수가 없어요. 의외로 차분하게 말하는데 비해 요구할 건 확실하게 요구해오니까요."

"녹음기 말인가요?"

"네. 하지만 저도 바보는 아닙니다. 제대로 녹음했습니다." 스가이가 손에 끌어안고 있던 재킷 주머니에서 녹음기를 꺼내서 내게 보여주었다. 깜짝 놀랐다.

"그럼, 그때…?"

"끄는 척한 것뿐입니다. 요즘 나오는 녹음기는 성능이 좋기 때문에 주머니 속에 있어도 확실하게 소리를 담아냅니다."

성실하고 고지식해 보이는 스가이의 의외의 일면을 본 듯했다. 하지만 편집자도 기자의 일종이라고 생각하면 그 정도 속임수를 사용하는 건 당연한지도 모른다. 그 점에 대해서는 나도 사돈 남 말 할 처지는 아니었다.

"기무라는 진실에 대해 어느 정도 말한 걸까요?" 나는 다시 이야기를 이어갔다.

"기무라가 한 말이 전부 진실이라는 생각은 들지 않습니다. 무엇보다 도가시의 얼굴을 보면 알 수 있잖아요. 그 내키지 않는 얼굴은 자기들이 거짓말을 하고 있다는 걸 인정하는 얼굴이었어요."

"그런데 그들이 한 말에 일정한 진실이 포함되어 있다는 생각은 들어요. 그렇게 중대한 증언을 하는 이상 완전히 거짓말을 하고 있다고 생각할 수는 없지요."

"그건 그럴지도 모릅니다. 다만, 그들이 왜 진실의 일부를 그런 식으로 조금씩 내놓는 것인지, 그 배경을 모르는 이상 오늘 한 이야기는 쉽게 기사로 낼 수 없겠지요."

정말 그 말이 맞았다. 스가이는 역시 건전한 인권 의식을 가진 기자임이 틀림없었다.

범행은, 네 명이서 저질렀다!

석방된 직후 타츠야는 가와구치에 있는 본가로 돌아와 지냈다. 남의 시선이 꺼려져 밖에는 거의 나가지 않았고, 사건 발생 전처럼 막일을 하러 이웃집을 돌지도 않았다고 한다. 원래 돈이 없거나 곤궁한 사람은 아니니까. 게다가 사건 후에 부모님 모두 건강이 나빠져서 타츠야는 그 간호를 하느라 바빴다.

어머니는 그 후 회복했지만, 가벼운 뇌경색을 앓고 있던 아버지는 몸져누웠다 일어나기를 반복하는 생활이었다. 차남 부부가 행방불명이 된 데다 타츠야를 위해 증언한 일이 상당한 스트레스로 작용하여 뇌경색을 악화시키는 원인이 되었을 것이다.

료코는 본가와 거의 가까이하지 않게 된 듯하다. 사건 발생 전에는 꽤 자주 본가에 들렀기 때문에 이것은 큰 변화이다.

"오빠랑 얼굴을 마주하는 게 꺼림칙해."

료코가 친한 친구에게 했다는 말이 은연중에 퍼졌다. 그것은 타츠야에 대한 료코의 의혹이 불식되지 않았다는 사실을 시사했다.

하야토 부부의 외동딸 유카는 미도리의 친정 부모님이 맡아서 돌보고 있다고 한다. 하야토의 부모님도 유카를 사랑했지만, 무죄가 됐다고는 해도 타츠야에 대한 의혹이 완전히 불식되지 않는 이상, 현실적으로 유카를 맡겠다고 나설 수는 없었을 것이다.

무죄판결 후, 타츠야에게는 여러 전화가 걸려 왔고 수상한 방문자도 있었다. 종교인 혹은 점쟁이라 자칭하며 타츠야의 마음속에 파고들려고 하는 사람도 몇 명 있었지만, 결국 목적은 돈이었다.

방문판매와 보험 가입 권유를 하러 찾아오는 사람도 있었다. 이번 사건을 계기로 토다 가가 자산가라는 사실이 세상에 공표되어 버린 영향이 컸을 것이다. 이런 패거리들을 쫓아내는 역할은 타츠야 본인이 아니라 전화를 받거나 현관에서 응대를 하는 어머니였다. 타츠야의 어머니는 막 병석에서 나온 상태였기 때문에 언제 다시 몸이 나빠질지 몰랐다.

내가 타츠야를 만나는 것에 대해 하마나카 변호사는 소극적이었다. 확실한 이유는 말하지 않았지만, 부모님의 스트레스를 배려한 면도 있을 것이다. 그러나 본심으로는 내가 타츠야와 만나면 어떤 촉을 느낄지

불안했던 것이 아닐까? 그것은 하마나카 자신이 타츠야의 무죄를 확신하지 못하는 것과 관계가 있어 보였다.

　물론 가와구치 사건의 변호인인 하마나카가 대외적으로 타츠야의 무죄를 절대적으로 신봉하는 태도를 보이는 것은 당연히 이해한다. 그러나 이런 사건을 다루는 프로 중의 프로 변호사인 하마나카가, 검찰이 기소한 죄목에 대해 무죄를 증명한 것만으로 타츠야가 모든 의미에서 정말로 이 사건과 아무런 관계가 없다고 생각하고 있는지는, 또 다른 문제였다.

　하지만 하마나카 변호사도 결국에는 내가 가와구치 초에 있는 토다 가를 방문해서 타츠야를 만나는 걸 승낙했다. 마지못해 승낙한 것이라는 인상을 씻을 수는 없었다. 그는 자신이 그것을 승낙하지 않더라도 어차피 내가 몰래 타츠야와 연락을 취할 것을 짐작했을 것이다.

　누명을 쓴 사건을 취재하고 있는 기자로서 누명을 쓴 당사자의 인터뷰를 하지 않는 선택지 따윈 있을 수 없었다. 그것을 알고 있던 하마나카는 내가 멋대로 행동하게 놔두는 것보다는 자기의 통제 아래에서 내가 타츠야와 만나게 하는 쪽이 낫다고 판단했을 수도 있다.

하지만 잘나가는 변호사 하마나카는 내가 타츠야를 인터뷰하는 자리에 직접 동석하지 않고, 그저 타츠야의 어머니에게 전화를 걸어 내 입장을 설명하고 협력을 요청해주었을 뿐이다. 내가 무죄라는 관점에서 가와구치 사건에 관심을 가지고 있는 기자인 사실을 타츠야의 어머니에게 설명했기 때문에, 당연히 내가 타츠야의 아군일 거라고 생각했을 것이다. 특히 나는 하마나카 변호사를 처음 만난 이래 아직까지 전화로 몇 번 이야기를 나눴지만, 사건에 관한 내 본심은 드러내지 않았기 때문이다.

다만 하마나카 변호사는 내게 한 가지 조건을 달았다. 타츠야의 어머니 앞에서 타츠야의 훔쳐보기 행위에 대해 묻지 말았으면 좋겠다는 것이다. 그런 배려는 충분히 이해할 수 있었지만, 그 말이 타츠야의 어머니가 없는 곳에서 묻는 것을 묵인한다는 의미인지는 모호했다.

타츠야의 어머니인 키쿠코가 동석한 토다 가의 응접실에서 타츠야를 만났다. 나는 재판을 방청해 왔기 때문에 타츠야의 얼굴을 이미 알고 있었는데, 타츠야는 재판 당시보다는 다소 살이 오른 듯 보였다.

한편 첫 대면인 키쿠코는 이미 칠순이 넘었지만, 품위 있는 연지색 안경을 쓴 지적인 풍모가 타츠야와는 대조적이었다. 그러나 홀쭉하게 야윈 뺨이 최근의 피로감에 대해 묻지 않아도 말하고 있는 듯 보였다.

"어떻게든 두 사람이 무사히 돌아오면 좋겠네요."

형식적인 인사의 말을 나눈 다음 나는 키쿠코의 눈을 보며 말했다. 현실성이 없는 희망적인 관측인 것은 알고 있었지만, 초췌한 어머니에게 조금이라도 호의적인 인상을 주는 편이 인터뷰하기 쉬울 것 같았다.

하지만 그런 측면 말고도, 그 말에 대한 타츠야의 반응을 본다는 목적도 있었음을 나는 부정하지 않는다. 나는 키쿠코에게 시선을 맞추면서도 힐긋힐긋 타츠야를 보고 있었다.

마음속으로는 타츠야가 두 사람의 행방과 생사를 알고 있지 않을까 하는 의구심을 완전히 떨쳐내지 않았기 때문이다. 하지만 타츠야는 내 시선을 피해 그 흐리멍덩하고 둔한 눈빛을 어딘가에 고정시키고 있었다.

"네, 그것만 바라고 있습니다. 하지만 사라진 지 1년도 넘어서 이제 한계에 달했습니다."

사건이 발생한 날은 8월 13일이었으니까 사건으로부터 대략 1년하고도 3개월이 지났다.

"하야토 씨 부부는 사건이 발생하기 전부터 이곳에 와서 자고 가는 일이 자주 있었습니까?"

평범한 잡담으로 보이지만 내게는 나름대로 의미 있는 질문이었다.

키쿠코는 순간 무슨 말인가를 하려고 망설였다.

"아니, 그렇지도 않아요." 타츠야가 대답했다. "애초에 그들은 나를 별로 안 좋아했으니까."

"그렇지 않아." 어머니가 타츠야의 말을 가로막듯이 말했다. 타츠야의 발언이 가진 위험성을 충분히 아는 말투이다.

하지만 타츠야는 그 말이 들리는 않는 사람처럼 말을 이어갔다.

"동생은 그렇지 않았을지도 모르지만, 제수씨는 아무래도 나를 싫어했던 것 같아. 그래서 두 사람이 결혼하고 처음 1, 2년을 제외하면 그들이 우리 집에 와서 자고 간 적은 거의 없어. 그날도 엄마가 하야토한테 끈질기게 부탁해서 마지못해 오랜만에 귀성했었어."

키쿠코는 기분이 상해 입을 다물었다. 그것은 타츠야의 말을 긍정하는 것과 마찬가지로 보였다.

나는 타츠야의 그 발언에서 큰 의미를 찾았다. 사실 나는 그때까지 그가 다른 날에 한 훔쳐보기 행위를 마치 사건 당일에 있었던 것처럼 진술했을 가능성을 배제하지 않고 있었다. 하지만 이것으로 그 가능성은 낮아졌고, 훔쳐보기 행위는 역시 하야토 부부가 모습을 감춘 날에 이뤄졌을 가능성이 높다고 판단했다. 그렇다면 훔쳐보기 행위를 들켜서 패닉 상태에 빠졌고, 발작적으로 두 사람을 살해했다는 검찰 측의 주장은 나름의 정합성을 띠고 있는 듯했다.

그 점에 대해 더 파고들어 물어보고 싶었지만, 어머니 앞에서 훔쳐보기 행위는 언급하지 않는다는 하마나카 변호사와의 약속을 지킬 수밖에 없었다.

"저기, 가능하면 사건이 일어난 방을 볼 수 있을까요?" 나는 조심스럽게 물었다.

물론 나는 리얼리티가 살아 있는 기사를 쓰기 위해 당연히 현장을 볼 필요가 있었지만, 장소를 이동하다 보면 나와 타츠야 단둘이 있을 수 있는 기회가 올지도 모른다는 속셈도 있었다.

둘 다 바로 허락을 해줬지만, 타츠야가 안내하려고 일어나자 키쿠코도 일어나려고 했다.

"어머님은 괜찮습니다."

배려하듯 말했지만 키쿠코는 말없이 무시했다. 마치 타츠야를 혼자 두면 무슨 말을 할지 몰라 걱정하는 사람처럼 보였다.

응접실과 사건이 일어났던 다다미방의 거리는 고작 5, 6미터 정도밖에 되지 않았다. 하얀 창호지문은 혈흔도 묻어 있지 않고 파손되어 있지도 않았기 때문에, 당연히 사건 후에 새로운 것으로 바꿔 달았을 것이다.

타츠야가 창호지문을 열자 역시 깨끗한 다다미 방이 나타났다. 그 모습을 보고 대량으로 흩어져 있던 혈흔을 상상하기는 어려웠다.

아마도 경찰도 사건 발생 후 몇 달간은 현장 보존의 의미에서 창호지문이나 다다미를 교체하지 말라고 요청했겠지만, 벌써 1년 이상이 지났기 때문에 계속해서 사건 현장을 보존해두라고 강요할 수도 없었을 것이다.

그 3평짜리 방에는 장식품이 전혀 걸려있지 않았기 때문에 실제 크기보다 넓어 보였다.

"이 방은 현재 아무도 사용하지 않습니까?"

"네, 저도 남편도 몸이 안 좋아서 이 아이에게는 2층에 있는 우리 옆방에서 자도록 하고 있습니다."

타츠야가 다시 예상하지 못한 발언을 내뱉을 것을 두려워하듯 키쿠코가 즉각 대답했다.

"게다가 나도 밤에 이 방에 들어오는 건 역시 꺼림칙해요. 동생이랑 제수씨가 아직 이 방에서 나를 가만히 보고 있는 기분이 들어서 말이지요."

타츠야가 중얼거리는 목소리에 나는 얼어붙었다. 타츠야가 마치 범행을 저지른 자신의 찜찜함을 솔직하게 표현한 것처럼 들린 것이다. 만약 타츠야 본인이 하야토와 미도리를 죽였거나, 혹은 그 살해에 어떠한 관여를 했다면 분명히 그는 이 방 가까이 오고 싶지 않을 것이기 때문이다.

그 순간, 키쿠코의 얼굴을 보았다. 어두운 그림자가 늙고 야윈 하얀 피부를 덮고 있었다. 동정을 금할 길이 없었다. 그러나 나는 독하게 마음먹고 물었다.

"이것은 물론 만일을 위해서 여쭙습니다만, 타츠야 씨는 이 사건에 일절 관여하지 않았지요?"

아무렇지 않은 듯 가장했지만, 내 목소리가 미약하

게 떨리는 것은 스스로도 알 수 있었다.

"그건 말 못 해요."

"네?!"

너무 놀라 나도 모르게 말문이 막혔다.

키쿠코의 얼굴이 굳어진다.

내 질문도 갑작스럽게 들렸겠지만, 그 대답은 그 이상으로 뜻밖이었다. 적어도 내가 예상한 범위 내에 있는 대답은 아니었다. 당연히 나는 그가 강하게 부정할 거라고 예상했기 때문이다.

"왜 말하지 못합니까?" 마음을 가다듬고 냉정한 말투로 물었다.

"무슨 말이라도 하면 오해받을 우려가 있으니까, 하마나카 변호사가 아무 말도 하지 말라고 했어요."

"그렇습니까? 하지만 단순하게 생각해서 이번 범행을 혼자서 저지르는 게 가능하다고 생각하나요?" 나는 굳이 일반론으로 꾸며서 물었다.

키쿠코가 타츠야를 눈으로 제지하는 것이 느껴졌다. 그러나 타츠야는 여기서도 엄마를 무시하고 대답했다.

"무리지. 범인은 한 명이 아니야. 4명이야."

"4명이요?" 나도 모르게 몸을 앞으로 내밀었다.

이것이 그날 들은 가장 충격적인 발언이었다.

타츠야는 '여러 명'이 아니라 '4명'이라는 지극히 구체적인 숫자를 언급한 것이다. 마치 범인들을 알고 있는 듯한 말투였다.

"왜 4명이라고 생각하십니까?"

"그것도 말 못 해요." 타츠야는 바로 대답했다.

"그럼 베레모를 쓴 남자에 대해 혹시 짚이는 게 있습니까?" 나도 물고 늘어지듯 물었다.

"저기, 타츠야도 말했듯이 사건에 대해 구체적으로 말하는 건 하마나카 선생님이 금지했어요." 여기서 키쿠코가 참다못해 끼어들었다.

나는 침묵했다. 키쿠코의 건강 상태를 생각하면 이 시점에서 더 밀어붙이는 것은 무리였다. 동시에 하마나카와 한 약속을 깨면 안 된다고 내 자신을 타일렀다.

나는 어딘가 다른 곳에서 타츠야와 일대일로 만나면 진실을 들을 수 있을지도 모른다는 느낌을 받았다. 따라서 여기서는 일단 싸우지 않는 것이 좋다.

나는 조만간 타츠야의 어머니가 안 계신 곳에서 다시 타츠야를 만나기로 결심했다. 법적 진실은 둘째치

고 실체적 진실이라는 관점에서 타츠야가 결코 무죄
는 아니라는 확신이 들었다. 그 사실로 인해 이후 상
황은 마치 상처에서 천천히 흘러나오는 고름처럼 흉측
한 모습으로 전개될 것이다.

　나는 틀림없이 가와구치 사건의 당치도 않은 진실이
폭로될 예감이 들기 시작했다.

【기사 연재 중단에 관한 사죄와 고지】

  2009년 10월호부터 12월호까지 3개월에 걸쳐서 연재된 스기야마 코헤이 씨의 「그의 자백에는 리얼리티가 살아 있다! -'가와구치 사건의 진범은?'」은 지난 호를 마지막으로 종료되었습니다. 본사로서는 이 기사를 연재하는 데 있어 객원기자와 충분한 토의를 거쳐 관계자분들의 인권을 최대한으로 배려한 기사를 쓸 것을 다짐했습니다. 그럼에도 불구하고 일부 관계자들로부터 자신들의 인권이 침해되었다는 혹독한 비판을 듣는 상황에 이르렀습니다. 당사 및 객원기자의 의도와는 다르다고 하더라도, 이 기사가 특정인의 인권을 침해하는 결과를 낳은 점을 무겁게 받아들이고, 연재를 중단하기로 결정하였습니다. 심려를 끼쳐드린 관계자분들, 또 시사잡지 『여명』의 애독자 여러분께 심심한 사죄의 말씀을 올립니다. 당사는 이번 일을 계기로 더욱 높은 인권 의식을 함양하도록 노력하겠사오니 모쪼록 혜량하여 주시기를 부탁드립니다.

2010년 1월 25일
여명 편집부

제2부

인권이라는 어둠

제1장
눈에 보이지 않는 연쇄

(1)

휴대폰 소리가 멀리서 울려 퍼졌다. 깊은 잠에서 깨어나 정신을 차리는 데는 잠시 시간이 필요했다. 몸을 뒤척이면서 겨우 스마트폰 화면을 쳐다본다. 벌써 오후 2시 반이 지났다. 어제는 거의 뜬눈으로 밤새며 마감 원고를 완성하느라, 잠든 시간은 오늘 아침 9시경이었다.

"네, 스기야마입니다." 가래가 섞인 내 목소리가 다른 사람의 목소리처럼 들렸다.

"스가이입니다." 예상한 상대였다.

원고를 수령했다는 연락일 것이다. 하지만 그 정도의 일은 보통 문자메시지로 끝내기 때문에 다른 이야기가 있는 건지도 모른다.

"아아, 스가이 씨, 오늘 아침에 보냈어요."

"그게 말이지요…." 스가이는 말을 머뭇거렸다.

바로 불길한 예감이 들었다.

"무슨 문제가 있습니까? 말씀해 주시면 어구 수정은

하겠습니다."

"아니요, 그런 문제가 아니라…, 연재를 일단 중단하기로 했습니다."

예감은 적중했다. 아니 적중이라는 것은 틀린 표현일지도 모른다. 사실 이렇게까지 심각한 사태는 예상하지 못했기 때문이다. 이른바 인권 침해를 둘러싸고 나와 여명 편집부 사이에 미묘한 줄다리기가 있었던 것은 사실이다. 스가이를 통해서 편집장과 그 위에 있는 편집국장의 우려는 내게도 전해졌다. 그러나 그것은 연재를 계속하는 것을 전제로 한 주의 환기에 지나지 않는다고 나는 해석하고 있었다.

"그건 아니지요. 이번 원고는 어제 밤을 새서 만들었어요." 어쩔 수 없이 내 목소리는 거칠어졌다.

"죄송합니다. 좀 더 빨리 결론을 냈어야 했는데, 편집회의에서 이견이 심해서 좀처럼 결론이 나지 않았습니다. 오늘 오후 회의에서 편집국장이 최종 결론을 냈습니다."

스가이와 그 외 편집에 직접적으로 관여하는 사람들은 게재 중단에 반대했을 것이다. 스가이의 침울한 목소리는 직접 묻지 않아도 그의 분함을 전하고 있는 듯했다. 그러나 출판사의 경영진들은 어떤 종류의 정치적 판단을 내린 것이 틀림없다. 그렇다면 스가이를 탓해도 의미가 없다.

"그러면 형식을 바꿔서 계속하는 건 어떨까요? 예를 들면, 소설 같은 형식으로 게재한다든가 그렇게요."

"아니, 아시다시피 여명은 소설 같은 건 한 번도 실은 적이 없어요. 물론 이번만큼은 예외적으로 소설을 게재한다고 하더라도, 이미 이제까지 연재된 세 번의 기사를 읽고 있는 독자들로서는 그것을 픽션이라고 생각할 리 없습니다. 아무튼 여기서 일단 연재를 중지하고 행방불명된 두 사람이 어떤 형태로든 발견된 단계에서 다시 한번 생각할 수밖에 없습니다."

스가이의 말은 원칙에 입각한 의견이었다. 하지만 나는 마음의 정리가 되지 않았다. 사실이 거의 판명된 다음에 쓰는 기사와, 내 필력으로 사실을 판명시키는 기사를 쓰는 것은 근본적으로 다르다. 내게는 가와구치 사건의 현재 상황이 중요했다.

"그럼 스가이 씨, 오늘 보낸 원고를 제가 다른 회사에 가져가는 건 상관없겠지요?" 나는 이미 냉정함을 잃고 있었다. 너무나도 무모한 발언이었다. 이 출판 불황의 시대에 대형 잡지사와 프리랜서 객원기자의 힘의 우열은 명백한 것이다.

나는 지인 몇 명이 있는 다른 출판사 편집자의 얼굴을 떠올렸다. 그들이 한 번 다른 잡지에서 문제가 된 원고를 기꺼이 받아줄 리 없었다.

"그건 스기야마 씨가 판단할 문제니까 제가 뭐라고 말할 일은…."

너무나도 당연한 발언이었다. 그러나 나는 그 말로 숨통이 끊긴 기분이 들었다.

"다만 스기야마 씨, 이번 정치적인 판단과는 별개로, 같이 일해온 편집자로서 말씀드리는데, 역시 그 소년들의 증언에는 부정확한 부분이 너무 많은 것 같습니다. 저도 그때 그 녹음기로 녹음한 그들의 발언을 다시 들어봤습니다. 하지만 녹음된 것을 냉정하게 들어보면 그 자리에서 직접 들었을 때는 보이지 않았던 점이 여러 가지 객관적으로 보여서요. 그들이 하는 말에는 모순도 많아요. 게다가 두 명의 소년과 토다 타츠야와의 연결고리가 전혀 보이지 않습니다. 물리적으로나 인간 관계에서나 그들은 완전히 떨어진 환경에서 살았다고 볼 수밖에 없어요. 그 베레모 쓴 남자가 그들을 이어주는 연결고리처럼 작용하고 있는지도 모르겠지만, 그게 누군지 모르는 상태에서는 기삿거리가 되지 않습니다."

스가이의 의견은 이해할 수 있었다. 그런 미지의 요소를 해결하지 않은 채 기사를 내보내는 것은 인권 침해의 비판을 피할 수 없다고 말하고 있는 것처럼 들렸다.

"그건 이해합니다." 나는 약간 냉정함을 되찾았다. "그래서 저는 앞으로 그 방면의 조사를 하려고 생각했고 이미 하고 있습니다. 특히 피해자들이 근무했던 고교 내부의 인간관계 조사가 부족했기 때문에 지금 그 방면을 중점적으로 재조사하는 중입니다. 게다가 하마나카 변호사에게도 다시 물어야 할 것이 많아요."

나는 이번 연재가 중지에 이른 가장 큰 원인이 하마나카 변호사의 항의라는 사실을 알고 있었다. 스가이도 연재 중지가 되기 전에 하마나카에게 항의가 들어왔다는 것을 인정했다. 하긴 항의 전화나 편지는 하마나카 외의 불특정 다수에게서도 상당히 들어온 것 같지만.

"하마나카 씨는 저희 편집부에 항의 전화를 걸어왔

고, 우리가 하마나카 변호사에게 스기야마 기자님을 직접 만나 이야기를 나누어 달라고 부탁해도 거부했습니다."

그러니까 스가이는 지금 나와 하마나카가 다시 담판을 짓는 것은 어렵다고 말하고 싶은 건지도 모른다. 그러나 그렇다 해도 나는 반드시 다시 하마나카 변호사를 만나 이야기하리라고 다짐했다.

"아무튼 스가이 씨, 나도 기사 게재 여부를 떠나서 사건 조사만큼은 계속할 겁니다. 뭐, 몇 년이 걸릴지 모르지만, 사건의 진상을 알아낼 때까지 나도 물러설 수 없습니다."

스마트폰 건너편에서는 아무런 소리도 들리지 않았다. 스가이 입장에서는 내가 그렇게 말해도 뭐라 할 말이 없었을 것이다.

그러나 나는 잡지사 여명과 인연이 끊긴다고 해도 스가이와는 계속 연락할 생각이었다. 가와구치 사건과 관련해 내가 더듬어온 궤적을 가장 잘 아는 사람이 스가이이고, 앞으로도 스가이에게는 내 언동의 목격자가 되어주었으면 하는 바람이 있었기 때문이다.

(2)

하야마 요스케는 하치오지 시 가와구치 초에 있는 신곤슈의 절 '고엔지'의 주지 스님이었다. 절 고엔지는 버스정류장 '가와구치 초등학교'에서 토다 가와는 반대 방향으로 5분 정도 걸어간 곳에 있는 사찰이었다. 사찰만 놓고 보면 아주 넓은 부지는 아니지만, 그래도 뒷산까지 포함하면 가와구치 초등학교와 별로 차이가 없는 꽤 큰 면적이었다.

하야마 요스케는 토다 하야토와는 인연이 깊은 인물이었다. 단순히 절의 주지 스님일 뿐만 아니라, 사이타마 고교의 부교장 선생이었기 때문이다. 하야토가 교원채용시험에 합격한 이후, 여러 고등학교 가운데 사이타마 고교를 직장으로 선택한 것은 원래 토다 가의 위패를 모신 절인 고엔지의 주지 스님과의 인연을 빼고 말할 수 없었다.

교원채용시험에 합격하기 전까지는 어디까지나 혼자 힘으로 시험에 합격해야 하지만, 그 후 구체적으로 직장을 구하는 일에는 인맥 등 여러 가지 다른 요소가 얽히는 것은 흔한 일이었다. 하야마가 하야토의 취직에 관해 조언하고, 어떠한 힘을 쓴 것이 분명하다. 그 결과 두 사람은 동료 관계가 되었다.

하야토는 취직이 결정된 후 곧바로 근무지와 가까운 사이타마 현으로 이사를 했다. 그러나 절의 주지 스님이기도 한 하야마는 이사할 수 없어서 매일 가와구치 초에서 고교가 있는 소카 시까지 통근하고 있었다.

"뭐, 니시하치오지에서 소카까지 전철을 두 번 갈아타면 약 1시간 반 정도 걸릴까요? 버스를 타는 시간까지 포함하면 편도 2시간 정도는 잡아야 하니까, 매일 5시에는 일어나야 합니다. 5시 48분에 있는 첫 버스를 타야 겨우 제시간에 갈 수 있는 정도지요. 다만, 저는 예전부터 아침 일찍 일어나는 것에 익숙해서 일요일에도 5시에 자연히 잠에서 깨기 때문에 별로 힘들지는 않습니다. 버스정류장까지 걸어가면 15분은 걸리기 때문에 자전거를 타고 가서 지인이 사는 집 주차장에 자전거를 맡기고 있습니다." 하야마는 그렇게 말하고 온화한 미소를 지었다.

스님 옷은 입지 않고 검은색 바지에 흰색 와이셔츠를 입었다. 머리칼도 빡빡 깎지 않고 짧게 자른 정도로 자연스럽게 잘랐다. 참으로 절의 주지 스님다운 침착한 분위기를 가진 인물이다. 이목구비도 뚜렷했지만, 미소를 지으면 약간 여성적인 인상을 풍겼다.

내가 처음 고엔지 절을 방문하고 하야마를 만난 것은 2010년 4월 18일 일요일 오후 2시 경이었다. 내가 절에 도착했을 때 마침 자전거를 타고 귀가한 하야마와 본당에 인접한 주거동 현관에서 딱 마주쳤다. 근처 슈퍼에서 장을 보고 왔다고 했다.

장을 보는 데도 자전거가 없으면 상당히 불편한 곳이다. 절의 부지 내에는 차를 세워둘 공간이 없었기 때문에, 애초에 하야마는 차를 운전하지 않는지도 모른다.

내가 하야마를 찾아간 것은 사이타마 고교에서의 하야토와 관련된 인간관계를 파악할 수 있는 최적의 인물이라고 판단했기 때문이다. 하야마는 부교장 선생의 입장이고, 온후하고 인덕이 있는 인물로도 잘 알려져 있었다.

따라서 학내에서 어떤 다툼이 있으면, 대개 하야마에게로 이야기가 들어온다. 실제 사이가 나쁜 교직원끼리 언쟁이 일어난 경우에도 하야마가 중재를 하면 쌍방 모두 대개 싸움을 멈춘다고 할 정도였다. 그를 만난 나의 첫인상으로도 하야마는 그런 평판을 들을 신뢰할 만한 인물로 보였다.

하야마는 2층짜리 주거동에 '리하'라는 이름의 고교 3학년생 외동딸과 둘이 살고 있었다. 아내는 5년 전에 유방암으로 사망했다고 한다.

나는 응접실로 안내받았는데 일요일이라 딸 리하도 집에 있었다. 리하는 내게 음료를 내주기 위해서 잠시 얼굴을 내밀었다. 산뜻하고 총명한 인상을 주는 소녀로 느낌도 좋았다. 히치오지 공립고교에 다닌다고 하여 학교 이름을 물어보니 톱클래스의 도립 고교 이름을 말했다. 그런 학교에 다닌다면 공부도 잘할 것이다.

"대학수학능력시험을 앞두고 있는데도 아직 농구부 연습을 하느라 꽤 바빠요. 여름이 끝날 때까지는 동아리 활동을 계속하고, 가을이 되어서야 그만둔 뒤 입시 준비를 하는 것이 일반적인 것 같습니다. 저녁밥은 교대로 만들고 있는데 결국 제가 만드는 경우가 많네요. 오늘은 일요일이니까 딸이 만든다고 하는데 음식 재료는 방금 제가 사왔습니다. 만들어주면 그나마 다행이지만, 시합이 있을 때는 '아빠, 부탁해!' 하고 아침 일찍 나가버리니까 밥 해주는 것까지는 기대할 수가 없어요."

리하가 나가자 하야마가 웃으며 그렇게 말했다. 불평하는 듯하면서도 딸에 대한 애정이 넘치는 말투였다. 나는 순간 흐뭇하고 기분이 밝아졌지만, 지금부터 물어보려고 하는 심각한 화제를 생각하니 그런 기분이 금세 사라졌다.

본론으로 들어가자 하야마도 표정이 어두워지고 현재까지도 행방을 알 수 없는 하야토와 미도리를 걱정했다.

"하야토 군도 미도리 씨도 물론 잘 알고 있습니다. 두 사람의 결혼식에 저도 참석했고, 축사도 했습니다. 정말로 착한 부부였는데 이런 일을 당하다니 믿을 수가 없습니다. 저는 두 사람이 어떻게든 살아 있기만을 바랄 뿐이고…."

하야마는 한숨을 쉬며 말끝을 흐렸다. 역시 두 사람이 결코 살아 있다고 말할 수 없는 상황인 것을 알고 있는 듯했다.

"토다 하야토 씨는 어떤 분이었나요?"

내가 한 이 질문은 누군가로부터 원한을 사기 쉬운 성격이었는가 하는 속뜻을 품고 있었다. 다만, 부정적인 요소는 직접 내 입으로 뱉지 않는 편이 상대에게 중요한 증언을 끌어내기 쉽다는 것을 기자로서 체득하고 있었다.

"앞뒤 가리지 않는 운동선수다운 성격이었습니다. 그런데 그렇다고 해서 상대의 마음을 무시하고 억지로 일을 진행하는 사람은 아니었습니다."

"그렇습니까? 그렇다면 토다 타츠야 씨는 어땠습니까? 선생님은 타츠야 씨와도 안면이 있는 사이였습니까?"

나는 하야마를 뭐라고 불러야 좋을지 망설였다. 선생님이라고 부르는 것이 좋은지, 아니면 주지 스님이라고 부르는 것이 좋을지… 그 두 가지 호칭은 모두 하야마에게 해당한다. 결국 선생님을 고른 것은 직장 내 인간관계를 알기 위해서 하야마를 만나고 있다는 점이 무의식적으로 작용했기 때문인지도 모른다.

"네, 형님도 잘 알고 있습니다. 사실 타츠야 군에게는 몇 번인가 우리 절의 정원 청소와 수목 벌채를 부탁한 적이 있습니다. 동생에 비해서 내성적이고 얌전한 남자입니다. 하지만 일은 성실하게 해주고 결코 거칠고 난폭한 일도 하지 않았습니다. 그래서 이번 사건

으로 그가 체포되었다는 얘기를 들었을 때는 기절할
만큼 놀랐습니다. 사건 직후에 제게 경찰이 찾아와서
그의 흠을 찾는 듯한 질문만 되풀이했지만, 제가 볼
땐 아무런 문제도 없는 남자였기 때문에 그렇게 대답
할 수밖에 없었습니다."

"형제간에 사이는 어땠나요?"

"그것도 형사님이 물었지만, 특별히 나쁘다는 얘기
는 들어본 적이 없습니다. 단지 타츠야 군은 하야토 군
에 비해 상당히 내성적인 성격이고, 성향이 전혀 다르
기 때문에 부모님 이야기로는 두 사람이 친한 것 같지
는 않았습니다. 하야토 군은 오히려 누나인 료코 씨와
여러 가지 일을 상의했던 것 같으니까요."

하야마의 이야기는 남매 사이에서 타츠야가 고립되
어 있는 것을 암시하는 듯했다. 실제 그것은 공판에서
범행에 이른 복선으로서 검찰 측이 모두발언에서도
말했던 것이었다.

"타츠야 씨는 가족 사이에서 약간 소외되어 있었던
것일까요?"

이것도 검찰 측의 모두발언에 포함된 내용에 따른
질문이었다. 동시에 나는 타츠야에 대해 신랄한 발언

을 되풀이하는 료코의 얼굴이 떠올랐다.

"아니, 그렇지는 않다고 생각합니다." 하야마는 바로 부정했다. 그리고 다시 말을 이었다. "물론 가족 사이에서 일어나는 일은 저 같은 외부인이 잘 알 수 없는 부분도 있기에 단언할 수는 없습니다. 다만, 타츠야 군은 전혀 욕심이 없는 남자로, 주위에서 자기를 어떻게 보는지 별로 신경 쓰지 않았기 때문에 남동생이나 누나가 볼 때는 조금 답답한 존재였는지도 모르지요."

여기까지 하야마의 이야기는 내가 예상한 것과 별로 다르지 않았다. 다만, 하야마의 온화한 성품 때문인지 혹은 주지 스님이라는 직업 때문인지 무엇이든 완곡하게 말하는 경향이 있었고, 하야마의 설명에서는 오빠에 대한 료코의 심한 혐오감이 전해져오지 않았다.

"하야토 씨와 미도리 씨의 결혼 경위에 대해서 좀 알려주셨으면 하는데요."

가족 간의 관계를 한 차례 묻고 나서 나는 이렇게 말했다. 이것이 내가 하야마를 찾은 진짜 목적이었다. 물론 하야마가 말하듯 가족 일은 가족만이 알 수 있는 측면이 있기 때문에, 하야마에게 물어보아도 일정한 한계가 있을 것이다. 그럼에도 일부 주간지가 말하는 것처럼 두 사람의 결혼 생활과 관련된 잡음에 대해서 확인해 둘 필요가 있었다.

물론 하야마는 지식인이니까 여명 기사를 읽고 있고, 내 연재가 중지된 것을 알고 있을 가능성도 있었다. 그러나 나는 가와구치 사건에 관한 기사를 월간지에 연재하고 있다는 사실만 전했을 뿐, 구체적인 잡지 이름이나 연재 중지에 관한 사정은 일절 언급하지 않았다. 그 이유는 그런 사실을 알면 질문을 받는 입장에서 다소라도 경계심이 생기는 것이 당연하기 때문이다. 그래서인지 하야마도 조금 곤란한 표정을 짓고 시선을 떨구었다. 그리고 천천히 곱씹는 듯한 말투로 말했다.

"뭐, 어떤 결혼이든 결혼에 이르기까지는 다소 문제가 있는 법이고, 그것을 일일이 과장되게 '잡음'이라고 부르는 건 좋지 않다고 생각합니다만…"

"그건 물론 맞는 말씀입니다."

하야마가 일부 월간지에 대해 비판적인 것은 분명했다.

"선생님께서 두 사람에게 여러 상담을 해주셨다고

들었습니다만." 나는 거듭 물었다.

"네, 그렇습니다. 특히 미도리 씨는 결혼 전에 고민을 좀 해서, 그래서 제게 상담을 요청할 때가 있었습니다."

"고민이라면 어떤…? 문제 되지 않는 선에서 가르쳐 주시겠습니까?"

"기본적으로는 주간지에서 보도하고 있는 이야기입니다. 두 명의 직장 동료로부터 구혼을 받고 있어서, 그래서 고민한 것은 사실입니다. 어떤 주간지가 그 일을 왈가왈부해서 미도리 씨가 남자를 밝혔다는 듯한 글을 썼지만, 그런 건 완전히 엉터리입니다. 그녀는 품행이 단정한 사람이었기 때문에 고민했던 것입니다. 이쿠다가와 전설의 우나이오토메 같은 것입니다."

고교에서 주로 고전이나 한문을 가르치는 하야마다운 비유였다. 이쿠다가와 전설이란, 두 명의 남자로부터 구애를 받아 고민한 끝에 어느 쪽도 고르지 못하고 이쿠다가와에서 자살을 한 여자의 이야기이다.

"하지만 미도리 씨의 경우는 이쿠다가와 전설처럼 두 명의 남자가 아니라 세 명의 남자가 있었던 거지요?"

내 발언에 하야마는 약간 얼굴을 일그러뜨린 듯 보였다. 나로서는 이쿠다가와 전설과 약간 상황이 다르다고 말하고 싶었던 것뿐이지만, 그 말이 하야마에게는 조금 까칠하게 들렸는지도 모른다.

"그렇기 때문에 남자를 밝힌다는 엉뚱한 소문이 난 건지도 모릅니다." 하야마는 딱히 화난 기색을 보이지 않고 극히 자연스러운 말투로 답했다.

미도리가 하야토와 결혼하기 전 하야토와 사귈 때 다른 두 교직원도 미도리에게 접근했고, 그중 한 명과는 육체관계를 포함한 깊은 관계가 되었다는 것은 예전에 어떤 주간지가 기사로 썼을 뿐 아니라, 내가 한 사전 조사에서도 여러 명이 증언하고 있는 사실이었다. 미도리는 외모가 청순한 인상을 주는 사람이라 대부분의 사람들 모두 그 성격에 대해서도 좋게 말했지만, 그녀가 남자를 밝힌다고 보는 의견도 없지 않았다.

"그런데 인기 있는 건 본인 책임이 아닙니다. 그녀가 인기 있었던 건 사실이지만 자기에게 마음을 주는 남성에게 너무 친절하게 대해서 혼란이 발생했다는 것이 팩트입니다."

하야마는 아무래도 미도리에게 상당히 긍정적인 인

상을 가지고 있는 듯했다. 하지만 주지 스님이고 인덕도 있는 하야마는 누구에게나 긍정적인 인간관을 가지고 있을 수 있어 그것을 곧이곧대로 믿는 것은 약간 위험한 듯했다.

물론 그런 생각을 밖으로 내뱉지는 않고 하야마의 이야기를 계속 경청했다. 하야토와 미도리가 결혼에 이르는 경위를 하야마가 상당히 구체적으로 알고 있는 것은 분명해 보였기 때문이다.

(3)

"우리 고등학교에서는 메이지 대학 같은 명문대에 가려면 성적이 아주 상위권이 아니면 힘듭니다." 가지모토 료는 지극히 자연스러운 말투로 이렇게 이야기했다.

다음 인터뷰 대상은 가지모토였다. 가지모토는 현재 동양대학 문학부 2학년 학생이다. 가지모토는 사이타마 고교에서 토다 하야토의 제자였다. 단순히 수업만 받은 것이 아니라 하야토가 개인적으로도 여러 가지 상담을 해줬기 때문에 상당히 친한 관계였다고 한다. 게다가 하야토의 모교인 메이지 대학이 가지모토의 제1지망 대학이었기 때문에 입시 관련 상담도 많았기 때문이다.

가지모토의 성적은 본인이 말하길 중상위권 혹은 상하위권이었다고 하니, 결코 나쁘지 않은 성적이었다. 비행청소년 집단과의 교류도 없었고, 성격도 평범하고 돌출된 행동을 하지도 않았다고 했다.

그렇다고 해서 내성적인 것도 아니고, 친구는 많은 편이었다. 다만, 고교 3학년이 되었던 4월에 담임과의 면담에서 현재 성적으로는 메이지 대학에 가기는 어렵다는 말을 들었다.

"간신히 제2지망 대학이었던 대학에 재수하지 않고 붙었기 때문에 제 성적으로는 감지덕지였지요." 가지모토는 천진한 웃음으로 말을 이었다.

가지모토가 가장 친한 친구는 키쿠이 료헤이였다. 키쿠이와는 중학교도 같은 곳을 나왔고, 고교 3학년 때는 함께 소카 시내에 있는 학원에 다니기도 시작했다. 두 사람에게는 라이벌 의식이 전혀 없었다.

그런데 2008년 5월경부터 두 사람 사이의 화제는 입시보다 2채널(2ch; 일본의 대표적인 커뮤니티 사이트-옮긴이 주)의 '미도리 선생님의 본모습을 고발하는 모임'

이라는 게시판 글이었다. 가지모토도 키쿠이도 처음에
는 '미도리 선생님'이 누군지 몰랐다. 그런데 댓글을 보
다보니, 그것이 사이타마 고교에서 예전에 체육을 가
르쳤던 교사이자, 그들이 잘 아는 토다 하야토의 부인
이라는 것을 알게 되었다. 가지모토는 지금도 남아 있
는 그 게시판 글을 자기 스마트폰으로 띄워 내게 보여
주었다.

그 글에는 미도리가 대략 13년 전 사이마타 고교에
부임하고부터 토다 하야토와 결혼하기 전까지의 남성
편력이 장황하게 쓰여 있고, 미도리가 남자를 얼마나
밝히는지에 대한 악의적인 글들이 가득했다.

게다가 미도리 외의 등장인물은 대부분이 실명 혹
은 누군지 짐작할 수 있는 표현을 쓰고 있었다. 게시판
글은 여러 명이 익명으로 올린 것 같았다.

내용은 상당히 자세해서 현재 근무하는 학교에서의
미도리에 대한 평판까지 적혀 있었기 때문에 게시판
에 글을 올린 사람은 미도리를 잘 아는 사람으로 추
정된다. 그에 따르면 현재 미도리가 재직 중인 여학교
에서도 전에 있던 학교에서와 비슷한 부정적인 평가가

있는 듯했다.

– 겉으로는 붙임성이 좋고 외모도 예쁘니까 그 속을 모르는 아
이에게는 인기가 있지만, 많은 애들이 싫어해.
– 역시 남자 밝혀?
– 당연하지. 여전히 페로몬 마구 뿌리고, 결혼해서 아이도 있
으면서 젊은 남자 교사한테 추파를 던지잖아.
– 하지만 어쩔 수 없지 않아? 여자 눈으로 봐도 그 선생님 지
금도 몸매 좋아. 청초한 얼굴을 하고 말라 보이는데도 가슴은
완전 G컵이고. XX하고 튀었던 과거도 있어서인지, 멋진 남자
한테는 의외로 쉽게 몸을 주는 것 같던데.

가지모토와 키쿠이 모두 미도리를 직접 아는 것은
아니었다. 그러나 하야토와는 같은 학교에서 매일 만
나는 상황이었고, 수업시간 외에도 자주 잡담을 하는
사이였기 때문에, 이런 게시판 글을 보면서 하야토와
아무렇지도 않게 이야기하는 것은 뭔가 꺼림칙했다.
"럭비도 이 2채널 글을 보고 있을까?" 가지모토는
학원에서 돌아오는 길에 키쿠이에게 물어본 적이 있
다.

"모르겠지. 교사들은 2채널 같은 거는 안 볼 테니까."

"그런데 정말일까? 미도리 선생님을 납치한다는 계획이라는 거?"

"거짓말이겠지. 2채널 따윈 엉터리뿐이야. 대화하는 것처럼 보여도 계속 똑같은 놈이 쓰는 경우도 있고, 여자인 척하고 남자가 쓰는 일도 쌔고 쌨어."

분명 키쿠이 말처럼 미도리가 여학교에서 있을 때의 평판을 언급하고 있는 글도 여자가 쓴 것 같지만, 왠지 남자가 여자인 척 쓴 듯한 인상도 들었다. 게다가 어딘지 모르게 젊은 애들 말투가 아니라 좀 더 나이가 많은 사람이 쓴 것처럼 보였다.

그런데 가지모토는 미도리에게 납치한다는 글이 역시 신경 쓰였다. 키쿠이 역시 그런 일이 일어날 리 없다고 하면서도 신경 쓰이는 모습이었다.

- 이번에 미도리 선생을 납치합시다! 참가할 사람은 손들어.
- 뭘 하는데?
- 미도리 선생을 알몸으로 만들어서 다 같이 돌립니다.
- 그건 범죄잖아!

- 괜찮아! 어차피 그래도 괜찮을 여자야.

게다가 글은 이것만으로 끝나지 않고, 과거 미도리의 남자관계나 외모, 혹은 성격에 관한 이야기로 장황하게 이어졌다.

"우리는 그 후 일부러 2채널을 보지 않았습니다. 그걸 보게 되면, 학교에서 럭비와 이야기할 때 뭔가 죄짓는 느낌이 들어서 싫었거든요."

가지모토의 표정에서 이미 웃음기가 사라졌다. 2년 전 일이 다시 선명하게 뇌리를 덮기 시작한 것처럼 보였다.

가지모토는 8월 14일 저녁, 갑자기 키쿠이에게서 전화가 왔을 때 깜짝 놀랐다.

"신문 봤어? 텔레비전에서도 해."

"무슨 일이야?"

"럭비랑 미도리 선생님이 오늘 아침에 납치당한 것 같아. 두 사람이 있던 방이 피투성이였대."

가지모토는 순간 말을 삼키고 입을 다물었다. 도저히 믿을 수가 없었기 때문이다. 만약 그것이 사실이라면 2채널에 쓰여 있던 일이 그대로 일어난 것이다.

(4)

가와구치 사건 발생으로부터 2년 뒤인 2010년 8월 여름방학에 카소 시의 번화가에 있는 선술집에서 사이타마 고교 동창회가 열렸다. 그런데 개최장소를 놓고 교사 측과 간사를 맡은 전 학생회장 측 사이에 작은 다툼이 발생했다.

가지모토의 이야기로는 전 학생회장 측은 음주를 동반하는 모임을 하고 싶어 했지만, 참가 교사 중에는 난색을 표하는 사람이 있었다고 한다. 특히 네 명의 교사 중에 두 명이 여성이며, 동창회 참가자 중에는 아직 미성년자인 사람도 포함되어 있을 가능성이 있기 때문에, 교사 측은 이런 동창회에서 음주를 하는 것에 대해 부정적이었던 듯하다. 게다가 같은 고교에 근무하는 토다 하야토가 아내와 함께 여전히 행방불명된 상태이기 때문에 동창회라고는 해도 음주를 하는 건 적절하지 못하다고 보는 견해도 있었다.

그러나 부교장인 하야마가 그들 사이에 끼어들었고, 특히 두 명의 여교사를 설득했다. 물론 음주할 수 있는 건 법적으로 문제가 없는 성년들만이고, 미성년에게는 소프트 드링크만 내주기로 한 것이다. 음주를 하는 사람 또한 하야토와 미도리 두 사람의 무사 생환을 바라는 차원으로 생각하면 된다는 것이 하야마의 의견이었다.

하야마는 졸업생들 측에게도 뜻을 전해, 그런 모임의 성격을 미리 파악하고 질서 있는 동창회가 열리도록 음주 강요는 일절 하지 말아 달라는 요청을 했다. 하야마 자신은 술을 한 방울도 하지 못하기 때문에 이러한 중재는 무척 공평한 것으로 비친 듯했다.

때문에 동창회는 비교적 조용하게 시작했다. 참가자 대부분이 여성이었기 때문에 나이와 상관없이 처음부터 소프트 드링크를 주문하는 사람도 많았다. 좋게 말하면 우아한, 나쁘게 말하면 재미없는 모임이 되었다.

처음에 하야마가 인사말을 하고 안타까운 표정으로 하야토 부부의 일을 언급한 뒤, 두 사람의 행방불명에 대해서 뭔가 정보를 가지고 있는 사람은 자신이나 경찰에게 일러주었으면 좋겠다고 말했다. 그리고 다 같이 두 사람이 무사하기를 바라는 차원에서 묵념을 올렸다.

가지모토와 키쿠이는 끝자리에 나란히 앉아서 생맥

주를 마시고 있었다. 그들은 둘 다 이미 성인이었다. 그들의 대각선 앞에는 같은 반이었던 여성 두 명이 앉아 있었지만, 왼쪽 끝 한 자리는 비어 있다.

가지모토는 누군가가 늦게 오는 거라고 예상했지만, 그 누군가가 설마 기무라일 줄은 몰랐다. 하야마의 인사가 끝나고 30분 정도 후에 기무라가 나타났고, 동창회 간사의 재촉에 기무라가 그 비어 있는 끝자리에 앉았다.

가지모토는 왠지 모르게 불편했다. 특히 기무라는 하야마가 한 인사말을 듣지 않았기 때문에 동창회의 취지를 이해하지 못할 것이다. 또 동창회 간사들과 일부 여교사의 의견이 달랐던 것도 모르기 때문에 기무라가 안하무인으로 행동할지도 몰랐다.

기무라는 자리에 앉자마자 당연한 듯 생맥주를 주문했다. 가지모토는 기무라의 생일 같은 건 몰랐기 때문에 기무라가 성인인지도 알 길이 없었고, 가까이에 있던 누구도 미리 정한 음주 규칙을 기무라에게 말해주지도 않았다(일본은 해가 바뀌면 나이를 한 살 더 먹는 우리나라와 달리 자기 생일이 지나야 나이를 한 살 더 먹기 때문에 같은 학년이라도 나이 차이가 날 수 있고 성인이 되는 시기도 다름 - 편집자 주).

그런데 기무라는 예상외로 얌전했다. 맥주를 마시면서도 그 자리 분위기에 맞춰 분별 있게 행동했다. 다만, 문제는 가지모토도 키쿠이도, 나아가서는 기무라의 옆에 앉아 있던 여학생들 모두 기무라에게는 말을 걸지 않는다는 점이었다. 기무라는 역시 특별한 존재인 것이다.

사실 가지모토는 그때까지도 기무라와 거의 말을 섞어본 적이 없었다. 가지모토는 누가 뭐래도 범생이파의 한 사람이었고, 기무라는 그 정반대의 학생이었다. 그럼에도 원래 타인을 배려하는 성격을 가진 가지모토는 기무라가 홀로 고립되어 묵묵히 생맥주잔을 기울이는 것을 보기가 힘들었던 모양이다.

"기무라 군, 지금 뭐 해?"

가지모토의 갑작스러운 질문에 기무라는 약간 의외라는 듯 얼굴을 들었다.

"아아, 회사에 다녀."

기무라는 빙긋 미소 지으며 답했다. 담담한 대응이었다.

"무슨 회산데?"

"정수기를 파는 회사야. 방문판매 영업 담당이야."

가지모토는 그 이상 말을 잇지 못했다. 정말이지 기무라다운 일이라는 생각도 들었다. 물론 방문판매 일이 위법이라는 것은 아니지만, 왠지 기무라가 하고 있다고 하니 불법 다단계판매처럼 뭔가 수상하게 들렸다.

잠시 침묵이 이어졌다. 이번에는 기무라가 불쑥 물었다.

"저기, 럭비 어떻게 됐는지 알아?"

가지모토의 머릿속에서는 기무라와 하야토 부부의 납치 사건이 서로 어떤 연관성이 있는지 전혀 떠오르지 않았다. 어떤 소년 하나가 그 사건에 관여했다고 친구들에게 털어놓았다는 언론 보도가 있다는 건 알고 있었지만, 그 소년이 도가시와 기무라인지는 그 어느 매체도 보도하지 않았기 때문이다.

"아직 못 찾았대. 아까 오쇼(스님을 높여 부르는 말-옮긴이 주)가 첫 인사말을 할 때 어떤 정보가 있으면 가르쳐달라고 했어." 키쿠이가 기무라를 보고 말했다. '오쇼'라는 것은 하야마의 별명이다.

"그래. 그랬구나." 기무라가 혼잣말처럼 중얼거렸다.

그런데 그 중얼거림은 왠지 모르게 어색했다.

"그런데 정보가 있으면 누구한테 이야기하라고 했다고?"

"오쇼나, 경찰한테." 다시 키쿠이가 대답했다.

이번에는 기무라가 대답하지 않고 작게 고개만 끄덕였다.

"뭔가 아는 정보라도 있어?" 가지모토가 과감히 물었다.

기무라의 모습은 왠지 말 못 할 사정이 있는 듯 보였다.

"어어, 조금. 대단한 건 아닐지도 모르지만." 기무라는 그렇게 대답하고 묘한 미소를 지었다.

"어떤 정본데?" 가지모토가 다시 물었다. 호기심을 자제하지 못한 것이다.

"그건 말 못 해. 다른 사람의 사생활에 관련된 거니까 말이지." 기무라의 말투가 불쑥 날카로워졌고, 그 표정은 몹시 진지했다.

가지모토도 순간 말을 삼켰다. 키쿠이도 긴장한 표정으로 입을 다물었다.

"그런데 선생님들은 이게 다야?" 기무라가 빈틈을

찌르듯 동창회장을 둘러보며 비교적 큰 목소리로 물었다.

담임을 맡았던 교사는 각자 자기 반 학생이 많은 테이블 근처에 앉아 있었고, 담임을 맡지 않았던 하야마는 중앙 근처에 있는 테이블 앞에 앉아 있다. 참석한 교사들은 몇 안 되기 때문에 좌석이 지정되어 있었다.

"교사는 4명만 온 거 아닌가?" 키쿠이가 확인하듯 답했다.

1차 모임은 차분한 분위기 속에서 2시간 만에 끝났다. 기무라도 하야토 부부의 납치 사건에 대해서는 더 이상 아무 말도 하지 않았다.

중간부터 기무라 옆에 앉아 있던 여성들이 기무라에게 말을 걸기 시작했고, 기무라도 기분 좋게 답하고 있었다. 가지모토도 키쿠이도 그런 기무라의 모습은 처음 보았다. 그러나 잘생긴 기무라가 여성에게 인기가 있는 건 분명했다. 고등학교에 다닐 때는 그 지르퉁한 태도 때문에 여학생들이 다가가기 힘든 분위기가 있었지만, 평범하게 있으면 인기가 있을 법한 남자다.

2차 모임에 참가하는 사람은 적은 듯했다. 가지모토도 키쿠이도 2차에는 가지 않기로 결정했다. 그렇다고 그대로 집에 가고싶은 생각은 들지 않았다.

두 사람은 귀가하는 다른 동창회 참가자 줄에서 벗어났다. 시간은 아직 오후 10시밖에 안 되었지만, 추석 연휴로 닫은 가게가 많았고 인파도 적었다.

"저기…, 기무라는 왜 온 걸까?" 키쿠이가 물었다. 그 것은 가지모토가 묻고 싶은 질문이었다.

"글쎄."

"역시 럭비 부부 납치 사건으로 오쇼한테 하고 싶은 얘기가 있었던 게 아닐까?"

가지모토도 그렇게 생각했지만, 1차가 끝난 후 기무라는 하야마에게 말을 걸지 않았다. 참가한 교사들은 1차 계산이 끝나자, 마치 2차가 두려운듯 재빨리 집으로 돌아갔다. 집이 먼 하야마도 그중 한 사람이다. 기무라도 가게를 나오자마자 혼자 재빨리 역 방향으로 걸어갔다.

"그런데 기무라가 오쇼한테 말을 거는 모습은 전혀 없었어. 어쩌면 기무라가 다른 교사 중 누군가를 만나러 온 게 아닐까?"

"그러네. 와 있는 교사는 그게 다냐고 우리한테 확인했지?" 키쿠이도 고개를 끄덕이며 동의했다. 그리고 문득 생각난 듯 덧붙였다. "기무라, 누구를 만나러 온 걸까?"

"납치 사건과 관계가 있다고 소문난 선생님일까? 그렇다면…."

가지모토는 거기서 말을 멈췄다. 끝까지 말할 필요는 없었다.

현재, 사이타마 고교에 재직 중인 교사 중에 미도리 선생님에게 원한이 있다고 여겨지는 사람은 한 명뿐이었다. 가지모토도 키쿠이도 사이타마 고교에서 현재까지 교편을 잡고 있는 화학 교사에 관한 풍문을 듣고 있었다.

(5)

토다 하야토는 메이지 대학 경영학부를 졸업했다. 고교 시절부터 전국적으로 이름이 알려진 럭비 선수로, 대학 시절에도 에이스로 활약했다. 교사자격시험에 합격하고 졸업 후에는 사이타마 현 소카 시에 있는 사이타마 고교의 체육교사로 채용되었다. 동시에 럭비부 고문을 맡아 매일 연습에도 참여하고, 지방 원정 시합에는 부원을 데리고 가는 분주한 나날을 보내고 있었다.

하야토가 이 고교에 부임한지 5년째를 맞이했을 때, 정년퇴직한 체육교사 대신 들어온 교사가 대학을 갓 졸업한 미도리였다. 미도리는 일본여자체육대학 출신으로 대학 때는 체조 선수였기 때문에 같은 운동선수라고는 해도 직장 동료가 되기 전까지는 하야토와 전혀 모르던 사이였다. 그런 두 사람이 직장에서 만나 급속도로 가까워졌다.

물론 처음 한눈에 반한 건 하야토였다. 미도리는 신입교사로 들어온 첫해부터 모두의 눈에 띄는 존재였다. 비교적 연배가 있는 교사들 가운데 미도리는 22살로 아주 젊고 외모도 단정했다. 화려한 여성 느낌이라기보다는 검은색 단발머리 때문에 청초한 인상이 강했다. 더러는 보이시하게 보이기까지 했다.

사이타마 고교는 남녀공학으로 중위권 성적을 가진 학생들이 입학하는 학교였다. 학구열이 아주 높은 학생이 많은 건 아니지만, 그렇다고 해서 학생들의 수업 태도가 두드러지게 나쁜 것도 아니었다. 신입교사에게는 비교적 편한 교육환경이었다고 말해야 할 것이다.

그런 환경 속에서 미도리는 바로 학생들 사이에 녹

아들어 인기인이 되었다. 그 약간 보이시한 인상 때문인지 남학생들뿐만 아니라 여학생들에게도 꽤 인기가 있었다.

미도리가 인기인이었던 것은 결코 학생들에게만이 아니었다. 당연히 같은 고교의 남교사, 특히 아직 미혼인 남교사들에게 인기가 있었다. 당찬 분위기 때문에 처음에는 말을 걸기 어렵다는 인상을 가진 사람도 있었지만, 이야기를 해보면 누구에게나 싹싹하고 친절해서 성격도 좋다는 것이 미도리에 대한 전반적인 평판이었다.

그러나 이런 평판은 동전의 앞뒤처럼 늘 또 하나의 부정적인 평가를 싹트게 한다. 일부 교직원이기는 하지만 미도리가 남자를 밝힌다고 평하는 의견도 없지 않았던 것이다. 청초한 외모 때문에 그 모습이 감춰져 있다고 생각하는 사람도 있었던 것이 분명했다. 실제 하야토가 미도리와 사귀기 시작해서 결혼에 이르기까지는 4년이라는 시간이 걸렸는데, 그 사이 우여곡절이 있어서 두 사람의 결혼이 그리 쉽게 결정되지는 못했다.

미도리가 하야토와 사귀는 동안에도 기혼, 미혼을

가리지 않고 남교사들이 미도리에게 접근했고, 이를 모두 거절하지 않고 응했다는 소문도 있었다. 그러나 이것은 미도리 입장에서 보면 어쩔 수 없는 측면도 있다.

학교라는 직장은 일반기업과는 달리, 권력 갑질과 성희롱에 관해 아직도 의식이 낮은 측면이 있기 때문이다. 나이 많은 교사가 회식 자리에 젊은 여교사를 참석시키고 싶어 하는 것은 교사 사회의 공통된 폐해이고, 여교사들도 그런 관행에 어느 정도 익숙해져 버린 것이다.

미도리도 마찬가지였다. 그래서인지 당시 미혼이었던 영어교사와 화학교사가 미도리를 둘러싸고 하야토와 사각 관계에 있다는 소문은 꽤 많은 사람들에게 알려져 있었다.

(6)

미도리가 하야토와 관계를 가진 후에도 동료 영어교사 후지쿠라 마사타카와 미도리가 사귀고 있던 것은 분명했다. 후지쿠라는 미도리보다 1년 후에 들어온 새내기 교사였다. 재수를 했기 때문에 미도리와는 동갑이다.

후지쿠라는 마른 몸에 키가 크고 외모가 단정한 교사였기 때문에, 부임하자마자 여학생들에게 인기가 많았다. 후지쿠라 스스로 돈 후안(Don Juan; 오늘날 여성 편력가의 대명사가 된 유럽 인물-옮긴이 주)을 자처하면서, 자신의 여성 편력을 숨기려고 하지도 않았다. 교사가 그럴 수 있다는 점에서 약간 파격적이었다.

그래서 동료 교사들 사이에서 그의 평판은 별로 좋지 않았다. 단순히 여자관계가 복잡하다는 것뿐만이 아니라 선배 교사에 대한 예의가 없다는 평이었다.

후지쿠라는 부임 초부터 미도리와 친하게 이야기하는 모습이 여러 차례 목격되었다. 처음에는 하야토도 별로 신경 쓰지 않았고, 하야토와 미도리, 후지쿠라 셋이서 술자리를 갖기도 했다.

그런데 후지쿠라는 이성 문제에 있어서만큼은 한 치의 양보도 없는 성격으로, 당당히 미도리의 휴대폰 번호를 물어 단독으로 연락하는 사이가 되었다. 아니, 미도리 쪽에서 후지쿠라를 상당히 마음에 들어 했고, 오히려 미도리가 더 적극적이었다는 동료의 증언도 있다.

미도리 입장에서 보면 그때까지 나이 많은 교사만 있는 가운데서 답답하던 차에, 동갑내기 교사가 들어와 이야기 상대를 찾아서 기뻤을 수도 있다. 물론 미도리가 이성관계에 있어서 청초한 외모와는 달리 보통 사람들이 상상할 수 없을 만큼 자유분방했다는 사실도 부정할 수는 없다.

미도리와 하야토의 관계가 위기에 빠진 것은 학생들 사이에 이상한 소문이 돌고 나서부터였다. 학원을 마치고 집에 가던 남학생이 밤 10시경 소카 시내 번화가에 있는 모텔에서 미도리와 후지쿠라가 나오는 모습을 보았다는 소문이었다.

두 사람 모두 학생들 사이에서 인기가 있었기 때문에 소문은 순식간에 퍼졌고, 곧 상당수의 교사들에게까지 알려지게 되었다. 그 때문에 당시 여교장이 두 사람을 불러서 주의를 주었다는 이야기도 전해진다.

그 후, 두 사람은 겉으로 소원해진 척하고 교내에서는 거의 말을 섞지 않았다. 하지만 수면 아래에서 두 사람의 관계가 계속되고 있었던 것은 틀림없고, 하야토가 그 일로 몹시 괴로워 했던 것은 곁에 있던 모든 사람들이 알 수 있을 정도였다.

그런데 이 무렵 미도리와 후지쿠라의 관계 때문에 심적 고통을 겪은 사람은 하야토뿐만이 아니었다. 미혼이었던 오기노 켄스라는 화학선생이 있었는데, 그 역시 미도리에게 마음을 주고 있던 사람이었다.

오기노는 미도리가 부임한 해 35살이었는데, 사이타마 고교에서 교편을 잡기 시작하고 2년 정도밖에 지나지 않았었다. 대학원 석사과정을 수료한 후에 직전에 몸담았던 여학교에서 8년 정도 재직했다. 즉, 교사 경력이 총 10년 정도이니까 교사로서는 중견 교사에 속한다.

오기노는 외모와 성격이 모두 후지쿠라와 정반대였다. 약간 살집이 있고 키도 163센티로 남자치고는 크지 않다. 사시 교정용 안경을 쓰지는 않았지만, 움푹 팬 눈은 약간의 사시 기미가 있고, 그 때문에 특이한 분위기를 풍겼다. 그는 내성적인 성격에다가 말수도 적은 편이었다. 말로 설명하기보다는 수학이나 기호를 판서하거나 실험을 하는 일이 많은 화학교사였기 때문에 그나마 다행이라면 다행이었다. 그렇게 서툰 말솜씨로는 다른 과목을 가르치기는 힘들 거라는 수업평도 있었다.

하지만 오기노도 여성에게 접근하는 행동력에서만큼은 후지쿠라에 크게 뒤지지 않았다. 수차례 미도리에게 데이트 신청을 했고, 미도리도 응했다.

미도리가 처음에 왜 데이트 신청을 받아들였는지 이해할 수 없다는 반응도 일부 있었다. 미도리가 애초에 거절하지 않았던 것이 잔혹한 상황을 만들었다는 비판마저 있었다.

실제로 오기노는 미도리가 그 후 데이트 신청을 거절하자 병적으로 바뀌었다. 근무가 끝난 후에 미도리를 기다렸다가 말을 걸면서 또다시 데이트 신청을 하려고 했으나, 미도리가 거절하는 모습이 그 무렵 자주 목격되었다고 한다.

어쩌면 그때는 미도리가 후지쿠라와 함께 교장에게 불려가 주의를 듣고 겉으로는 후지쿠라와 관계를 끊은 때였기 때문에, 오기노로서 그때가 기회라고 생각했을 수도 있다. 그 판단 자체가 틀린 것도 아니었다. 확실히 그 무렵 미도리와 후지쿠라의 관계가 이전 같지 않았기 때문이다.

의외로 농락당한 쪽은 미도리라는 의견이 많다. 미도리는 후지쿠라에게 빠져 있었지만, 후지쿠라는 바람

둥이 특유의 우유부단함을 발휘하면서 미도리가 자신과 결혼하고 싶다는 희망을 흘려듣고 있었다.

미도리가 인기가 많은 여자라고 해도 중고교 시절부터 대학 시절까지 운동선수로 살아왔기 때문에 연애 경험이 많지 않았다.

하야토와의 연애에서 미도리는 수동적이었다. 먼저 다가온 쪽도 하야토였고, 그 힘의 역학 관계도 끝까지 변하지 않았다. 그러나 후지쿠라와 미도리의 관계는 연애 중반에 접어들면서 미도리가 매달리는 관계로 역전되었다. 미도리가 후지쿠라를 필사적으로 쫓아다니면서, 그 관계를 계속 유지하고자 했던 것이다.

남이 보는 데서 미도리가 후지쿠라를 힐책하면서 울었다는 증언도 있다. 그런 일을 겪으면서도 미도리는 후지쿠라를 포기하지 못했다.

하지만 미도리와 후지쿠라의 사랑은 뜻하지 않은 결말을 맞았다. 후지쿠라가 갑자기 교사를 그만두고 학원 강사가 된 것이다. 사실 후지쿠라는 교사생활을 하면서도 학원에서 아르바이트로 학생들을 가르치고 있었는데, 이는 교원복무규정 위반에 해당한다. 후지쿠라는 이것 때문에도 수차례 교장에게 주의를 듣고 있었다.

미도리와의 일뿐만이 아니라 학원 아르바이트 건도 있어서 후지쿠라가 사이타마 고교에 계속 있기 힘든 환경이 되었던 것은 분명했다. 그래서 고교를 그만두고 학원 강사에 전념하기로 결심한 것이다.

후지쿠라는 학원에서도 인기가 많아서 학원에서 본격적으로 학원 강사 생활을 하면 경제적인 면에서도 교사보다 나을 거라는 판단도 작용했을 것이다. 결국 후지쿠라가 사이타마 고교에 재직했던 것은 부임하고 2년 동안에 불과했다.

후지쿠라가 고교를 떠난 직후 교내 화장실 벽에서는 이런 낙서가 발견되었다.

미도리 선생, 후지쿠라 선생이 먹고 튀었다!

게다가 이 낙서는 남녀 화장실 모두에 똑같이 적혀 있었다고 한다.

(7)

오기노는 사이타마 고교에 부임하기 전, 여고에 몸

담았다. 그런데 거기서 문제를 일으키고 소카 시로 옮겨왔다는 소문이 있었다. 진위는 명확하지 않지만, 도촬 의혹을 받았다.

운동회 날 오기노의 카메라로 찍은 몇 장의 사진이 고교 홍보지에 실렸는데, 그 사진이 문제가 되었다. 체조복을 입은 여고생이 찍혀 있는 사진의 구도가 부자연스러운 데다가, 가슴이나 엉덩이가 묘하게 강조되었다고 한다. 몰래 찍었다고 생각할 수밖에 없는 사진도 포함되어 있었다.

그런데 오기노는 그 점에 대해 전혀 인정하지 않고 운동회 풍경을 소개한 것뿐이라고 주장했다. 하지만 학부모들의 항의 전화가 쇄도했기 때문에, 고교 측은 결국 그 홍보지를 회수했다.

이 일 때문에 오기노가 보직 이동을 신청해 사이타마 고교로 옮겨왔다. 이렇듯 집착 증세가 있는 오기노는 마치 스토커처럼 거의 3년 가까이 끈질기게 미도리에게 구애했지만, 그 종지부를 찍은 것은 미도리와 하야토의 결혼 발표였다.

미도리가 후지쿠라에게 차인 것은 틀림없었고, 마음의 상처가 아무는 데에 시간이 필요한 것도 당연한 것이다. 당시 하야토의 심경은 복잡했지만, 소원했던 미도리와의 관계를 복원시켜 두 사람은 후지쿠라가 학원으로 떠난 1년 후에 결혼했다. 이때 미도리는 26살, 하야토는 30살이었다.

그런데 미도리와 하야토의 약혼 사실이 알려진 시점까지도 오기노의 마음은 계속되었던 것이다. 그 어색한 분위기를 피하기 위해서 미도리는 결혼 몇 달 전부터 보직 이동을 신청해 결혼과 동시에 근무 고교를 바꾸었다.

그 보직 이동에는 당시 여교장도 협력적이었다고 한다. 원래 교사의 보직 이동에는 근무지 교장의 발언권이 크다. 그런데 이 경우는 미도리를 높게 평가해 다른 고교에 추천했다기보다는 오히려 사고뭉치로서 성가신 존재였던 미도리를 내쫓았다고 보는 편이 맞다.

얄궂게도 미도리가 옮겨간 고교는 오기노가 이전에 근무했던 여고였다. 입이 거친 동료들 중에는 오기노가 미도리를 쫓아올 수 없는 고교로 도망쳤다고 말하는 사람도 있었다. 오기노가 그 여고를 그만둔 경위를 생각하면 맞는 얘기였다.

오기노는 미도리와 하야토가 행방불명된 2008년 시

점에도 사이타마 고교에 재직하고 있었기 때문에 하야토와는 9년간 같은 직장에서 근무했던 것이 된다. 그러는 동안 두 사람은 거의 대화를 나누지 않았는데, 오기노가 원래 극단적으로 말이 없는 남자였기 때문에 이상하게 느껴지지도 않았다.

그러나 가와구치 사건이 발생했을 때, 경찰은 주변 인물을 수사한다는 차원에서 교내 인간관계를 조사했고, 오기노와 미도리 일을 파악했다. 이는 쓰지모토 수사반장에게 직접 물어서 확인한 것이기도 하다.

만약 타츠야라는 유력한 용의자가 부상하지 않았다면 경찰이 의혹의 눈길을 오기노에게 보냈을 지도 모른다. 내성적이고 사교적이지 않았던 오기노는 친구도 거의 없었다. 집착이 강한 그의 성격을 고려해볼 때 오기노가 미도리와 하야토에게 강한 원한을 품고 있었던 것은 어렵지 않게 상상할 수 있다. 두 사람이 행방불명되었을 때 오기노는 이미 48살이었음에도 아직 미혼이었다.

물론 그런 원한의 감정이 9년간이나 계속될까 하는 의문도 분명 있다. 그렇지만 반대로 생각해보면, 집착 성향이 강한 인간은 시간이 흐름에 따라 그런 감정이 더욱 쌓일 가능성도 있는 것이다.

(8)

베레모를 쓴 남자는 누구일까. 기무라와 도가시의 이야기에 거짓도 섞여 있는 것은 분명하지만, 나는 그 남자가 실제로 존재한다고 확신하고 있었다.

그렇게 믿는 가장 큰 이유는 역시 하얀색 왜건 차량에 관한 기무라의 증언이었다. 베레모를 쓴 남자가 왜건 차량을 소유하고 있었고 직접 운전했다면 토다 가에 있던 왜건 차량에서 하야토의 혈액반응이 검출되지 않은 것이 설명될 뿐만 아니라, 적절한 역할 분담을 통해 짧은 시간 안에 하야토와 미도리를 강가로 운반하고 두 사람을 어딘가에 유기하는 것도 가능하지 않을까.

베레모 쓴 남자가 기무라, 도가시, 타츠야를 이어주는 연결고리인 것도 틀림없었다. 아니, 기무라와 도가시가 서로 아는 사이인 것은 이미 명백하니까, 타츠야와 둘 중 한 명의 소년만 추가로 연결되면 세 사람이 이어진다.

나는 사이타마 고교가 역시 키워드라고 생각했다.

사건 당시 사이타마 고교에 다녔던 기무라와 타츠야에게서 연결고리를 찾을 수 있다면 이 수수께끼는 풀릴 것 같았다. 즉, 그 고교 내에서 기무라와 타츠야를 연결할 인물을 찾는 것이 중요한 것이다.

역시 오기노의 존재가 신경 쓰였다. 오기노와 기무라는 같은 시기에 교사와 학생으로 같은 학교에 있었으니까, 이 두 사람이 서로 아는 사이일 수 있음은 명확하다. 그러나 오기노를 연결고리로 생각할 경우, 오기노와 타츠야가 서로 아는 사이일 수 있는지가 문제였다. 생각해보면, 사이가 안 좋다고는 해도 오기노와 하야토는 직장 동료이고, 타츠야는 하야토의 형이니까 오기노와 타츠야 사이에 면식이 없다고 단정할 수도 없을 것 같았다.

나는 필사적으로 그 방면을 조사해 나갔다. 그러나 내가 만난 고교 관계자들은 그 가능성에 대해 거의 모두가 부정적이었다. 오기노와 하야토는 말을 섞지 않는 관계인데, 하물며 하야토의 형과 오기노가 무슨 관계가 있겠냐는 반론이었다.

또, 오기노는 고교에서 가까운 소카 시에 살고 있었고, 타츠야는 하치오지 시 외곽에 살고 있기 때문에 공간적으로도 너무 떨어져 있다. 평범하게 생각하면 두 사람이 공모해서 이번 범행을 저질렀다고 생각하는 건 무리였다.

하지만 그렇게 생각하지 않으면 내 가설을 입증할 단서는 더 이상 없는 것 같았다. 내 사고는 뫼비우스의 띠처럼 순환했다.

생각은 꼬리에 꼬리를 물어, 미도리를 찼다고 하는 후지쿠라를 연결고리로도 생각해봤다. 그러나 이것은 더 무리일 것이라 생각했다. 애초에 후지쿠라는 미도리나 하야토를 원망할 이유가 없다.

어쩌면 내 시야에 들어오지 않은 전혀 다른 인물이 있는지도 모른다. 그 인물이 나의 사각지대에 있기 때문에 내게는 세 사람을 연결하는 쇠사슬이 보이지 않는 것일까.

하야토와 미도리에게 치명적인 상처를 입힌 뒤 납치한 실행범이 여러 명이고, 그중에 타츠야도 포함되어 있는 것까지는 틀림없다. 그러나 타츠야는 주범이 아니다. 적어도 사건 전체의 구도를 그린 인물은 따로 있다. 하지만 내게는 도저히 그놈의 얼굴이 보이지 않는다.

사건은 계속 미궁에 빠져 있다. 정도의 차이는 있지

만 기무라와 도가시, 타츠야 모두 이 사건에 분명히 관여했다. 그런데도 기무라와 도가시는 미성년이라는 이유로, 타츠야는 하야토의 살인 혐의에 대해서 무죄가 확정되었다는 이유로 언론으로부터 인권적 배려를 받고 있다.

정작 피해자인 하야토와 미도리의 인권은 어디로 사라졌는가. 내 눈앞에 펼쳐진 것은 인권이라는 미명 아래 뒤덮인 부조리한 어둠뿐이었다.

제2장

엄마에 대한 증오

(1)

하마나카 변호사와는 여전히 이야기를 나누지 못하고 있었다. 나는 수차례 하마나카의 사무실에 전화를 걸어봤지만, 비서는 내 전화를 하마나카에게 연결해주지 않았다.

나는 당연히 그가 나에게 제기한 인권 문제에 대해서 그와 이야기할 용의가 있었지만, 그것 말고도 꼭 물어보고 싶은 것이 있었다. 하마나카에게 변호를 의뢰한 것이 최종적으로 타츠야의 아버지 류지인 것은 맞지만, 류지를 하마나카에게 소개한 지인이 누구인지 무척 궁금했기 때문이다.

물론 그 지인이 사건과 직접적인 관계가 있다고 생각하지는 않지만, 그래도 류지와 상당히 친한 인물로 예상되고, 토다 가의 사정도 잘 알 가능성이 있다. 그래서 그 인물과 이야기할 수 있으면 또 다른 정보를 얻을 수 있을지도 모른다고 기대했다.

그러나 하마나카가 완강하게 거부해 나의 계획은 수

포로 돌아갔다. 게다가 여명의 연재가 중단되고 나서 나는 어쩔 수 없이 몇 가지 일을 병행하고 있었고, 생활고를 고려하면 원고료를 기대할 수 없는 사건에만 매달릴 수도 없었다.

하지만 취재는 전혀 예상치 못한 곳에서 미묘한 진전을 보이기 시작했다. 기무라의 엄마에 관한 의외의 정보가 내게 들어온 것이다.

"남자를 밝힌다는 건 아니지만, 남자들한테 인기가 있었던 건 틀림없습니다. 갓 마흔을 넘은 나이에 그 미모니까, 남자들이 여럿 대시해도 조금도 이상하지 않아요."

이렇게 이야기한 것은 사이타마 시에 있는 어린이집 '미가와 학원'에서 조리사로 일하고 있는 고야마 야스코(45세)이다. 야스코는 기무라의 엄마인 타에코의 동료로서, 타에코와 비슷한 또래라 비교적 친한 사이인 듯했다.

나는 퇴근하는 야스코에게 부탁해 어린이집에서 가까운 카페에서 인터뷰했다. 오후 3시가 지나서 가게 안은 한산했다.

"그러면 타에코 씨는 이성 문제의 고민을 당신에게도 이야기합니까?"

내 질문에 야스코는 미묘한 표정을 짓고 시선을 떨구었다. 야스코로서는 앞으로도 타에코와 직장 동료로서 만나야 하기 때문에 함부로 말하기 힘들 것은 당연하다. 나는 야스코의 일시적 침묵을 그렇게 받아들였다.

"뭐, 누군가와 사귄다든가 그런 거요? 네, 말하긴 합니다. 하지만 그렇게 구체적으로 말하지는 않습니다. 저도 직장 내에서는 타에코 씨와 친한 편이지만, 어디까지나 직장 안에서만 교류하는 사이니까요."

"타에코 씨가 현재 교제하고 계신 남성에 대해서 사소한 거라도 좋으니 얘기해주실 수 있을까요? 당신이 이야기했다는 것은 절대로 함구하겠습니다."

나는 야스코가 내가 왜 그런 것을 알고 싶어 하는지를 물어올 줄 알았다. 사실 나는 가와구치 사건과 관련해서 타에코의 아들을 조사하고 있다는 점을 아직 야스코에게 말하지 않았기 때문에, 만약 야스코가 그런 질문을 해올 경우 대답하기가 상당히 곤란했다. 하지만 야스코는 그런 것을 묻지 않았다. 어쩌면 일부러 안 묻는 것 같기도 했다.

"그러고 보니 이제 꽤 예전 얘기지만, 연상의 남성과 사귀고 있다는 말을 한 적이 있네요."

"연상의 남성? 몇 살 정도 위인 사람인가요?"

"글쎄요, 구체적으로 몇 살 위인지는 말해주지 않았습니다. 다만, 아들과 관련해서 그 사람을 알게 되었다고…."

나는 그 말에 과민하게 반응했다. 그렇다면 역시 타에코의 상대 남성은 사이타마 고교의 관계자일까. 필연적으로 오기노가 떠올랐다. 아들이 다니는 고교의 교사이니까, 언뜻 보기에 타에코가 오기노를 알고 있어도 전혀 이상하지는 않다.

다만, 오기노는 그 어둡고 내향적인 성격과 본인의 요청으로 근래 몇 년은 담임 선생에서 제외되었다. 따라서 타에코와 오기노가 개인적으로 알 가능성은 낮아 보였다.

"혹시 오기노 선생님이라는 이름을 타에코 씨에게서 들으신 적 없나요?"

"오기노 선생님이요? 글쎄요, 그건 못 들어본 것 같습니다."

"타에코 씨가 아드님 얘기를 할 때가 있나요?"

"네, 자주 불평했어요. 말을 안 들어서 힘들다는 것 같은 얘기요."

"아주 심각하게요?"

"아니요, 특별히 심각하다기보다는 평범한 엄마가 아들에 대해 하는 불평이랄까? 그런 느낌이에요. 다만 좀…."

야스코는 주저하듯 말을 삼켰다. 말해도 좋을지 어떨지 망설이는 것처럼도 보였다. 나는 재촉하지 않고 상대가 말을 잇기를 기다렸다.

"타에코 씨는 아들에 대한 집착이 너무 강하다고 할지…."

"아들을 무척 사랑한다는 의미인가요?"

"네, 쉽게 말하면 그런 건지도 모릅니다. 아들도 엄마의 그런 마음을 알고 있어서 몹시 기분 나빠한다고 타에코 씨가 직접 말했으니까요."

그런데 다년간 여러 형사 사건을 취재한 나로서는 이 이야기가 딱히 특별하지도 않았다. 사실 엄마와 아들 둘만 사는 편모 가정에서 모자간에 근친상간이 이루어져서, 그런 배경 하에 형사 사건이 일어나는 일을 취재 과정에서 드물지 않게 경험했기 때문이다.

"하지만 제가 취재한 바로는, 타에코의 아들은 최근에 엄마와 꽤 거리를 두고 있다는 증언이 있었습니다만…"

"네, 그런 말은 타에코 씨도 했어요. 다만, 타에코 씨가 그것을 몹시 쓸쓸하게 느끼고 있는 듯 보였어요."

야스코의 증언은 정확하고 객관적인 사실을 전하고 있는 것 같았다. 야스코도 이미 대학생이 된 두 아들의 엄마이기 때문에 타에코의 마음을 어느 정도 이해할 것이다.

그러나 야스코의 증언에서 오기노에 대한 내 의혹이 다시 머리를 쳐든 것도 사실이었다. 나는 야스코에게 들리지 않게 무거운 한숨을 흘리며 창밖으로 시선을 돌렸다.

(2)

내 문의에 대한 하야마의 대답은 생각보다 빨리 왔다. 하야마가 직접 내 휴대폰에 전화를 걸어온 것이다.

"의외네요. 저는 근래 5~6년 동안 오기노가 담임은 한 번도 맡지 않았다고 생각했거든요. 그런데 조사해

보고 알았는데, 오기노는 2007년에 2학년 B반 담임을 맡았습니다. 시타라 쿄코라는 사회 선생님이 몸이 안 좋아서 6월부터 담임을 그 사람으로 바꾸었습니다. 그 반에 기무라 군도 있었기 때문에 오기노 선생님이 기무라 군의 어머님과 면식이 있다고 해도 이상하지는 않겠네요."

나는 고야마 야스코로부터 타에코의 애인이 '아들 관계로 알게 된 인물'이라는 증언을 얻었기 때문에 혹시나 하는 차원에서 하야마에게 문의를 해보았다. 하지만 여전히 타에코와 오기노 사이에 남녀 관계가 존재했을 가능성은 낮다고 생각했다.

그렇게 판단한 데는 타에코가 눈에 띄는 미모의 소유자라는 소문에 비해 오기노의 풍채가 시원치 않았다는 이유도 있다. 게다가 야스코도 오기노라는 이름은 들어본 적이 없다고 말했다. 따라서 하야마의 대답은 약간 의외였다.

그러나 하야마의 이 증언으로 인해 이제는 타에코와 오기노의 연결고리가 있는 것도 명백하다. 다시 내 머릿속은 끝없는 다람쥐 쳇바퀴 돌기에 빠졌다. 물론 내가 생각하는 바를 하야마에게 그대로 이야기할 수는 없었다.

"그렇군요. 여러 가지로 알아봐주셔서 감사합니다."

그 이상의 말은 하지 않았다. 그렇기 때문에 여기서 하야마가 할 질문을 예상하고 있었다. 내가 왜 그런 것을 물어봤는지에 대해 하야마가 궁금해하는 것이 당연하다고 생각한 것이다. 그러나 하야마는 내 취재 내용에 개입하는 것이 실례라고 생각했는지 그 점에 대해 아무것도 묻지 않았다. 그 대신 내가 몰랐던 정보를 꺼냈다.

"타츠야 군도 큰일이 났습니다. 어머님께서 돌아가셨어요."

그 말은 큰 충격이 되어 내 가슴에 울렸다. 타츠야의 가족이 놓인 상황을 내가 어느 정도 알고 있었기 때문일 것이다. 나는 타츠야 어머니의 창백하지만 지적인 표정이 떠올랐다.

"병으로 돌아가셨습니까?"

"네, 그 집 주치의와도 이야기했는데, 심장마비인 듯합니다. 원래부터 심장이 좋지 않았답니다. 내일까지 밤샘으로 장례를 치르고, 모레 장지로 떠난다고 합니다. 저는 불경 읽는 것을 부탁받아서 내일부터 토다 가에 가기로 되어 있습니다."

하야마의 말은 나도 장례식에 출석하라는 재촉같이 들렸다. 물론 하야마로서는 윤리적 관점에서 그렇게 권하는 것이겠지만, 내게는 기자로서의 의도도 있었다. 장례식에는 당연히 토다 가의 가족 모두가 참석할 것이기 때문에 그 모습을 관찰하고 싶다는 욕망이 강하게 끓어올랐다.

나는 타츠야도 그의 어머니와도 만나 봤기 때문에, 장례식에 참석하는 것이 그렇게 부자연스러운 일이 아니다. 내가 타츠야 모자와 면식이 있는 점이 장례식에 참석하는 최소한의 구실이 될 것은 분명했다.

"언제 돌아가셨습니까?"

"3일 전입니다. 저녁에 식사를 끝낸 후 갑자기 가슴이 답답해져서 구급차로 이송되었는데 이송 중에 이미 심장이 정지했답니다."

그날은 9월 29일이었으니까 타츠야의 엄마, 즉, 토다 키쿠코가 사망한 것은 9월 26일이라는 것이 된다. 하야마는 계속 이야기를 이어갔다.

"이런 말을 하면 불경스럽게 들릴지도 모르지만, 아버님보다 어머님이 먼저 돌아가신 건 사실 의외네요.

토다 가로서는 그 반대가 그나마 나았을지도 모르겠네요. 아버님도 별로 건강이 좋지 않으니 타츠야 군이 혼자서 아버님을 돌보는 건 참 힘들겠지요."

하야마가 무슨 말을 하고 싶은지는 나도 잘 안다. 인간의 죽음에 순서가 있는 것은 아니지만 타츠야로서는 아버지가 먼저 돌아가시는 편이 분명 나았을 것이다. 타츠야가 사람들의 따가운 시선을 받으면서 누워 계시는 아버지를 돌보는 것은 참으로 잔혹했다.

"무슨 말씀인지 이해합니다. 저도 타츠야 씨 혼자서 아버님을 간호하는 건 어려울 거라고 생각합니다."

"그래서 저는 타츠야 군에게 아버님을 요양원에 보내도록 권하고 있습니다. 제가 아는 사람 중에 요양원에 근무하는 사람이 있어서 그에게 문의하는 중입니다."

하야마다운 친절한 행위였다. 그런데 나는 조금 찜찜했다. 토다 가의 연속적 불행을 인간적으로 동정하면서도, 내 안에서 점점 더 커지는 취재 욕심이 스스로 너무 사악하다고 느껴졌기 때문이다. 그리고 그 집 넘에는 연재 중단 사태에 대한 나의 개인적 복수심 같은 것이 담겨 있는 점도 부정할 수 없었다.

(3)

나는 거의 1년 만에 토다 가를 찾았다. 사건이 일어난 1층 다다미 방에 키쿠코의 시신이 안치되어 있었다. 나는 오후 8시경에 도착해서 향을 올리고 2층에 있는 자리로 안내받았다.

장의사가 안내했기 때문에 그는 내가 누군지 몰랐을 것이다. 말하자면 나는 혼란을 틈타 친척이나 고인과 친했던 사람들 사이에 섞여 앉은 셈이다.

토다 가 사람들이 장례식장에 모여 밤샐 수 있는 자리까지 마련한 것이 조금 의외였다. 장례식을 최대한 간략히 끝낼 거라고 예상했기 때문이다. 도쿄이기는 하지만 아마도 시골 풍습이 아직 남아 있는 지역인 데다가, 친척 중에 고령자가 많았기 때문에 너무 간단한 장례식은 꺼리는 듯했다.

나는 2층에 있는 5평짜리 다다미 방에서 토다 가의 친척과 이웃 사람들 사이에 섞여 앉아, 음식과 술대접을 받았다. 내가 이곳에 있는 것에 충분히 반감을 가질 만한 타츠야의 반응은 여전히 둔했다. 원래 감정 기복을 파악하기가 어려운 남자이다. 어둡고 무거운 듯한,

그러면서 다소 바보처럼 느껴지는 시선을 힐긋힐긋 내게 던지기는 했지만, 타츠야가 먼저 말을 걸어오지는 않았다. 하마나카 변호사의 모습은 보이지 않았다.

타츠야는 제사단에 가장 가까운 자리에 앉아 있었는데, 우연인지 몰라도 그 주변이 모두 비어 있어서 타츠야가 다른 이들로부터 고립된 존재라는 점은 시각적으로도 뚜렷했다. 타츠야에 대한 의심은 친척과 친한 지인 사이에서도 사라지기는커녕 점점 더 깊어진 것처럼 보였다.

솔직히 말하면, 나는 그날 밤 타츠야와는 얘기할 생각이 없었다. 물론 시기가 되면 기무라나 도가시가 내게 이야기했던 것을 타츠야에게 물어보면서 부딪쳐볼 생각이었지만, 아직 그 타이밍은 아니라고 판단했다.

타츠야를 감싸는 사람이자 방패이기도 했던 키쿠코 부인이 죽은 이상 앞으로 타츠야와 접촉하는 것은 그렇게 어렵지 않을 것이다. 물론 내가 그렇게 하면 하마나카 변호사가 반발할 것이 뻔하지만 하마나카와 대결할 결심은 이미 굳히고 있었다. 타츠야의 아버지는 그 자리에 모습을 드러내지 않고 옆방에 누워 있는 듯했다.

하야마는 불경 낭독을 끝낸 후 차를 한 잔 마시기

만 했을 뿐 나와 동석하지 않고 돌아갔다.

그러나 그 후 사태는 뜻밖의 전개를 보여 나는 엄청난 싸움에 휘말리게 되었다. 료코가 친척 일동과 내 앞에서 타츠야를 규탄하기 시작한 것이다.

"오빠, 오빠 입으로 제대로 설명해줘. 재판에서 무죄를 받았다고 해서 우리 가족과 친척들의 의심이 사라진 건 아니야. 오빠는 우리한테조차 작은 오빠를 안 죽였다고 말하지 않았잖아. 가만히 있으면 세상 사람들은 모두 오빠를 범인이라고 생각할 거야. 주간지에도 이런저런 기사가 나왔지만, 도쿄지방법원의 무죄판결을 부정하는 내용뿐이잖아. 공범이 있을 수는 있을지언정 오빠도 그들 중 한 사람인 건 분명하다고!"

료코가 따져 물었다. 그 자리에 있는 사람은 비교적 나이가 있는 남녀 8명과 나뿐이다. 무역회사 직원이라는 남편도, 딸인 사에도 그 자리에는 없었다.

최근 언론 보도를 보면, 이른바 2차 소란기에 있는 듯 보였다. 즉, 각 방송국에서 가와구치 사건을 재차 빈번하게 다루는 바람에, 토다 가 사람들 모두 타츠야가 무죄판결을 받았음에도 가시방석에 앉은 심정이었을 것이다.

역시 하야토와 미도리의 소식이 확실하지 않는 한, 가와구치 사건이 정리될 수는 없다. 그런 의미에서 타츠야의 무죄판결은 실질적으로 아무런 의미도 없었다.

"나는 아무 말도 할 생각이 없어." 타츠야가 툭 내뱉었다. 그날 처음으로 타츠야가 한 말이었다.

"왜?" 료코가 바로 힐문했다.

"말해도 아무도 안 믿잖아."

"다른 사람이 믿고 안 믿고의 문제가 아니야. 네 신념의 문제잖아!"

갑자기 끼어든 것은 숱이 적은 백발의 남자로, 류지의 형인 토다 히데아키였다. 타츠야의 큰아버지에 해당하는 인물이다. 히데아키 옆에는 아내인 듯한 우아한 동년배의 여성이 당혹스러운 표정을 짓고 앉아 있다. 이 두 사람과 나는 그날 첫 대면이었다.

타츠야는 이 발언에도 침묵을 이어갔다.

다시 료코가 이야기를 꺼냈다.

"그럼 훔쳐보기는 어떤데? 나, 여자로서 이런 말 묻는 거 정말 부끄러워. 하지만 이렇게 된 이상 분명하게 물어볼 수밖에 없어. 오빠를 친척들도 다들 징그럽다고 말해. 올케가 행방불명되기 전에도 오빠가 올케

몸을 핥듯이 힐끔힐끔 보는 거 다들 눈치채고 있었어. 하야토도 뒤에서 정말로 불쾌하다고 말했어."

"핥듯이 안 봤어." 타츠야가 간신히 알아들을 수 있는 작은 목소리로 대답했다. 그러나 그 목소리는 한 조각의 확신도 없는 듯했다.

"그렇다면 사에의 목격담은 어때? 그 애가 거짓말한다는 거야? 애가 거짓말을 할 동기도 없잖아. 오빠가 사건 당일에 두 사람의 방을 들여다봤던 건 사실이지? 역시 두 사람의 섹스나, 올케가 자는 모습을 봤던 거지?"

타츠야는 침묵한 채 대답하지 않았다.

그러나 료코도 이상하리만큼 집요했다.

"아니면 다른 친구들을 끌어들일 준비를 하려고 방 안의 모습을 살피고 있었던 거야? 공범이 있다는 사실을 받아들이는 일부 주간지는 그럴 가능성도 언급하고 있어."

"두 사람은 섹스 따윈 안 했어." 타츠야가 툭 말했다.

"역시 훔쳐본 거잖아."

"잠깐 방 안의 모습을 본 것뿐이야. 그리고 금방 그만뒀어."

"그럼 경찰 취조 때는 왜 그렇게 자세히 말했어? 다들 이렇게 수군거려. 그렇게 자세히 말할 수 있었던 건 실제로 오랫동안 들여다봤기 때문이라고. 그렇게 훔쳐보다가 하야토와 올케에게 들켜서 두 사람을 죽인 거 아니야?"

"그렇다면 네 얘기는 범인이 여러 명이라는 얘기랑은 맞지 않잖아?" 여기서 다시 히데아키가 끼어들었다.

현재 말하고 있는 건 료코와 큰아버지뿐이고, 나머지 친척과 지인들은 어두운 표정으로 말없이 앉아 있다. 그러나 내게는 거의 모든 사람이 타츠야에게 의혹의 눈길을 보내고 있는 듯 보였다.

"아니에요, 큰아버지. 저는 솔직히 사건에 관여했다고 전해지는 사람들 역시 사체의 운반을 도운 것뿐이라고 생각합니다. 솔직하게 말해봐, 오빠! 하야토와 올케를 죽였지? 그렇다면 오빠는 자결해서 두 사람에게 사죄할 수밖에 없어. 친척들도 이렇게 굴욕적인 사실이 세상에 드러난다면 오빠가 죄를 인정하고 죽었으면 좋겠다고 생각해."

명백하게 지나친 발언이었다. 료코 외에는 모두 얼어

붙었다. 하지만 흥분한 료코를 제지하는 목소리는 어디서도 들리지 않는다. 어쩔 수 없이 내가 나설 차례라고 생각했다.

"좀 진정하시지요. 타츠야 씨는 도쿄지방법원에서 무죄판결을 받았고, 그것은 이미 확정되었습니다. 피의자나 피고인조차도 판결이 나올 때까지는 무죄추정을 받습니다. 타츠야 씨는 지금 피의자도 피고인도 아닙니다. 본인의 입으로 진실을 듣고 싶다는 마음은 물론 저도 이해합니다. 하지만 타츠야 씨가 좀 더 편하게 이야기할 수 있는 환경을 만들어주어야 합니다."

"그런 이상론 따윈 그만두세요. 스기야마 씨는 가족이 아니라 그렇게 무책임한 소리를 할 수 있는 거예요. 게다가 스기야마 씨도 저를 인터뷰했을 때, 오빠를 강하게 의심하고 있었잖아요. 이제 와서 오빠 편을 드는 듯한 말하는 거, 이상하잖아요." 이번에는 료코가 내게 달려들었다.

이제 그 누구도 료코를 말리지 못할 것처럼 보였다. 하지만 여기서 히데아키가 다시 끼어들었다.

"료코, 그건 좀 말이 지나치구나. 차라리 스기야마 씨 같은 제삼자가 타츠야에게 객관적으로 질문해주는 편이 좋지 않겠니?"

과연 연륜이 있어서일까, 이성적인 발언이었다. 옆에
앉아 있던 아내인 듯한 여성이 고개를 작게 끄덕인다.
료코는 순간 입을 다물었다. 그리고 약간 냉정한 말투
로 돌아와 나를 보고 말했다.

"그럼 스기야마 씨, 당신이 객관적인 질문을 해서 오
빠가 이야기하기 편한 환경을 만들어주세요."

비아냥으로 들렸다. 이야기하기 편한 환경이라는 것
이 무엇인지 나도 잘 알지 못했다. 원래 친척이나 지인
이 이런 식으로 에워싼 상태에서 이야기하기 쉬운 환
경을 만든다는 것은 쉽지 않다. 다만 료코가 그렇게
말한 이상 나도 물러서려야 물러설 수가 없게 되었고
질문을 이어받을 수밖에 없었다.

"그럼 제가 주로 질문을 하고 가끔 여러분이 보충
질문을 하는 것이 어떨까요?" 나는 그렇게 말하면서
료코를 제외한 다른 사람들의 얼굴을 둘러보았다.

"그게 좋겠어." 히데아키가 바로 찬성했다.

다른 사람들도 내가 가와구치 사건을 취재하고 있
는 기자라는 것을 알고 있는 듯했다.

"고맙습니다. 그러면 그렇게 하겠습니다. 다만, 타츠

야 씨도 말하고 싶지 않은 것이 있을 테니까, 그 부분에 대해서는 저도 묻지 않겠습니다."

나는 이 발언으로 타츠야의 훔쳐보기 행위에 대해서는 묻지 않겠음을 암시했다. 어차피 나는 타츠야가 훔쳐보기 행위를 했던 것은 거의 확실하다고 생각했고, 그 부분을 아무리 추궁한다 한들 그것이 직접 하야토와 미도리에 대한 살인으로 연결된다고는 생각하지 않았기 때문이다. 어차피 남자로서 가장 말하고 싶지 않을 부분을 거듭 질문하는 것은 득이 될 것이 없다. 오히려 그보다 더 현실적인 질문을 타츠야가 대답하기 쉬운 형태로 묻는 것이 효과적일 것이다.

"이번에 어머님이 돌아가신 일은 정말 유감입니다. 어머님은 정말 하야토 씨와 미도리 씨가 무사한 모습을 보고 싶으셨겠지요. 그런데 타츠야 씨, 당신은 당연히 어머님 생전에 하야토 씨와 미도리 씨의 행방에 대해 이야기한 적이 있겠지요?"

나는 그렇게 말하면서 타츠야의 눈을 들여다보았다. 하지만 역시 어떤 반응도 없었다. 타츠야의 눈은 여전히 둔한 빛을 띨 뿐이다.

"그 대화 속에서 당신이 어머님께 어떤 이야기를 했

는지 가르쳐주시겠습니까?"

약간 에두른 질문이었다. 쉽게 말하면 하야토와 미도리의 안부에 대하여 타츠야가 어머니에게 무슨 이야기를 했는지를 묻고 싶었던 것이다.

"아니, 그런 이야기는 안 했어요. 엄마도 내게 두 사람에 대한 건 아무것도 묻지 않았습니다."

"또 그렇게 거짓말을 하네." 바로 료코가 따졌다.

"나, 엄마한테 똑똑히 들었어. 엄마가 그랬어. '내가 아무리 하야토 부부에 대해서 물어도 타츠야는 아무 말도 해주지 않는다.'고."

"그건 나도 들었어. 그러니까 타츠야, 사실을 말해줘. 진실된 사람으로 돌아와줘." 히데아키가 료코에게 동조하듯 말했다.

'진실된 사람'이라는 말에는 솔직하고 진지한 울림이 담겼다. 그러나 타츠야는 침묵했다. 하지만 나는 그 눈에 눈물이 살짝 고인 것을 알아챘다.

"당신이 어머님과 나눈 대화 내용을 말하고 싶지 않다면 억지로 그것을 말할 필요는 없습니다. 그러나 솔직히 말해서 저는 당신이 이 사건의 범인이거나, 혹은 공범이 있다면 주범이 누구인지를 알고 있다는 인상을 받았습니다. 그것이 누구인지 당신이 말할 수 없는 사정이 있는 것도 어느 정도 예상되지만, 사태가 여기까지 다다른 이상 이제는 진실을 말해줬으면 합니다."

나는 다시 내 역할이 생각난 것처럼 말했다.

"나는 분명히 범인이 누군지 알아요. 하지만 절대 말할 수 없는 의리라는 것이 있습니다." 타츠야가 중얼거리듯 대답했다.

료코가 믿을 수 없다는 표정으로 몸을 약간 뒤로 젖혔다.

"무슨 의리 말이야?" 료코는 아직까지 추궁의 고삐를 늦추지 않았다.

"그것도 말 못 해."

"또 그런 엉터리 소리를 하네." 료코가 내뱉듯이 말했다.

그리고 나를 노려보며 한층 험악한 말투로 내게 따지기 시작했다.

"스기야마 씨, 그런 말을 해서 오빠가 도망갈 길을 만드는 거 하지 마세요. 전 진범이 따로 있다는 생각 따위에 동조 안 합니다. 스기야마 씨가 그렇게 말하면 이 사람은 그 말에 편승해서 방파제를 만든다고요. 지금부터 이야기가 한 걸음도 진전되지 않도록 해주세요. 오빠는 머리는 나쁘지만 나쁜 짓 하는 잔머리만큼은 최고라고요."

다분히 인신공격적이며 인권을 무시하는 발언이었다. 그 말을 나도 잠자코 흘려들을 수는 없었다.

"그런 말씀은 하시면 안 됩니다. 가족이라도, 아니 가족이니까 더욱 그런 발언은 삼가셔야죠. 타츠야 씨가 재판에서 무죄를 받은 사실의 의미를 더 무겁게 받아들여야 한다고 생각합니다." 나는 엄격한 말투로 반론했다.

나는 이 시점에서 다른 주범의 존재에 어느 정도 확신이 들었지만, 이 자리에서 말할 수 있는 것은 아니었다. 게다가 료코가 친오빠인 타츠야를 몰아가는 과정이 너무 끔찍하고 잔인해서 료코도 정상이 아니라는 생각까지 들 정도였다.

"그런데, 스기야마 씨." 이번에는 히데아키가 내게 말을 걸었다. "타츠야의 태도에도 문제가 있다고 생각합니다. 이렇게 친척들이 다들 모여 걱정을 하는데도 무엇 하나 말하려고 하지 않습니다. 어머니의 장례식 자리니까 나로서는 타츠야가 깨끗한 마음으로 돌아가서 모든 것을 고백해줬으면 합니다. 그런데 계속 이런 식으로 나오니까 료코가 흥분하는 것도-.”

그때 갑자기 쿵 하는 땅 울림 같은 소리가 울려 퍼졌다. 작고 날카로운 몇 명의 비명이 실내 공기를 찢었다. 반사적으로 나도 복도 반대쪽에 있는 벽 방향으로 시선을 돌렸다. 타츠야가 하얀 벽에 머리를 찧고 피를 흘리면서 무릎을 꿇고 앉아 있었다. 충동적으로 머리를 벽에 들이박은 것이다.

타츠야가 일어나서 다시 몸을 뺐다. 나는 숨을 멈췄다. 타츠야가 다시 쿵 소리를 내며 이마를 벽에 부딪쳤다. 다시 굉음이 울려 퍼졌다.

“타츠야 씨!”

나는 허둥지둥 일어나 타츠야에게 뛰어갔다. 그러나 다른 사람들은 몸이 단단히 묶이기라도 한 것처럼 꼼짝도 하지 않고 굳어 있다.

나는 타츠야 뒤에서 한쪽 무릎을 세운 채 앉아, 벽에 이마를 대고 꼼짝도 하지 않는 타츠야의 몸을 끌어안아 일으켰다.

이마에서부터 안면에 이르기까지 유혈이 낭자했다. 하얀 벽에도 넓은 범위에 걸쳐 피가 튀었다. 타츠야가 의식을 잃었는지는 확실하지 않다. 입과 코에서 미약한 호흡이 전해져온다. 생기를 잃은 눈이 알 수 없는 탁한 빛을 발하면서 내 얼굴을 올려다보고 있었다.

"누가 구급차 좀 불러주세요. 그리고 수건도 가져와요!"

내가 큰 소리로 절규했고, 이윽고 세 명의 중년 여성들이 일제히 일어나는 모습이 보였다.

(4)

이런 얄궂은 시점에서 다시 하마나카 변호사를 만난 것은 요행이었다. 하마나카의 경고는 신랄했다. 타츠야가 구급차로 이송된 병원 대합실 소파에 앉아, 나는 병원으로 달려온 하마나카로부터 심한 비난을 받았다.

"스기야마 씨, 당신이 더 이상 내 경고를 무시하고 토다 타츠야 씨에게 계속 접근한다면, 나는 당신과 료코 씨가 타츠야에게 접근하지 못하도록 도쿄지방법원에 접근금지 가처분 신청을 할 겁니다."

하마나카가 이렇게 감정적인 모습을 보이는 것은 처음이었다. 아무래도 하마나카는 장례식 자리를 타츠야 규탄 자리로 바꾸려고 획책한 중심 인물이 료코와 나라고 생각하는 듯했다. 절대 그런 것은 아니었다. 물론 정황상 하마나카가 그렇게 생각해도 어쩔 수 없지만.

그래도 접근금지 가처분은 너무 심한 처사다. 그것은 보통 스토커 등에 대해 취해지는 민사적인 절차로서, 그 후에 협박죄나 강요죄 등 형사 절차로 이행하기 위한 예방조치이다.

"아니, 료코 씨가 심하게 추궁해서 저는 그걸 말리려고 했습니다. 결코 료코 씨의 추궁을 선동하지 않았습니다." 나는 필사적으로 변명했다.

머릿속 한구석에서 다시 한번 하마나카와 좋은 관계를 되찾고 싶다는 생각이 쳐들었다. 역시 하마나카가 가지고 있는 상세한 정보 없이 가와구치 사건의 진상을 알아내는 건 어려울 것이라 판단했기 때문이다.

"료코 씨뿐만이 아니라 당신도 타츠야 씨에게 무죄 판결이 확정된 것의 의미를 이해하지 못하고 있어요." 강렬한 비아냥이었다. 내가 료코에게 했던 말을 하마나카가 그대로 내게 돌려주었다.

"타츠야 씨에게 만에 하나 불미스러운 일이 발생했

다면 어쩔 생각이었습니까?" 하마나카는 내 대답을 기다리지 않고 따지듯 물었다.

말 그대로였다. 만약 타츠야가 죽었다면 심각한 인권 침해가 발생한 데다, 그의 죽음과 함께 가와구치 사건의 진상도 깊은 어둠 속으로 사라져버렸을 것이다.

타츠야가 상당한 출혈을 한 것은 맞지만, 다행히 벽에 세게 부딪친 부분이 뒤통수가 아니라 이마였기 때문에 생명에 지장은 없었다. 현재 큰아버지 부부와 친척 여성 한 명이 침대 옆을 지키고 있다. 료코는 병원에도 모습을 드러내지 않았다.

"물론 그 점에서는 저도 책임을 느끼고 있습니다. 그러니까 앞으로도 타츠야 씨가 자해하지 않도록 저도 타츠야 씨 곁을 지키고 싶습니다."

"그건 친척분께 맡기는 게 어떻습니까? 당신이 그 역할에 어울릴 사람 같지는 않으니까요." 하마나카가 소파에서 일어나면서 비아냥대는 말투로 말했다. 그래도 다소 냉정함을 되찾은 듯 보였다.

"아무튼 료코 씨께도 당신이 잘 전해두세요. 더 이상 타츠야 씨를 억지로 몰아붙이는 일이 생기면 법적인 조치를 취할 수밖에 없다고 말입니다." 하마나카가 출입구 쪽으로 걸어갔다.

"하마나카 씨, 좀 더 이야기를 할 수 없을까요?" 나도 일어나면서 말을 걸었다.

그러나 하마나카는 내 말을 무시하고 걸음을 재촉했다. 하마나카의 모습은 순식간에 시야에서 사라졌다.

그 뒤를 쫓을 생각은 들지 않았다. 나는 다시 소파에 털썩 주저앉았다.

하마나카를 처음 만났을 때 내가 했던 말이 떠올랐다. 그때 내가 하마나카에게 죄형법정주의를 운운하면서 엄격한 법치주의에 대해 이야기했었다. 어쩌면 나는 지금 편향된 사고를 하고 있는지도 모른다. 법적으로 무죄가 확정되었음에도 타츠야가 실질적으로 가와구치 사건에 어떻게 관여했는가에 집착하고 있다. 수사기관이 불기소한 기무라와 도가시에 대해서도 마찬가지이다. 나의 모순된 행동으로 누군가의 인권을 침해하고 있다는 사실이 괴로웠다.

(5)

기무라의 엄마 타에코를 만나보기로 했다. 우리는 오후 4시가 지나 타에코가 일하는 어린이집 근처 공원 벤치에 앉아 이야기를 나눴다. 타에코는 곤색 바지에 소매가 긴 흰색 티셔츠를 입고 있었다. 입술에는 립스틱만 살짝 발랐고, 화장은 거의 하지 않았다.

하지만 이목구비가 뚜렷한 눈에 띄는 외모였다. 나이도 삼십 대 초반 정도로밖에 보이지 않았다. 얇은 눈썹과 두툼한 입술이 묘한 불균형을 이루면서 신기하게도 요염함을 풍겼다.

그날 타에코를 만난 것은 구체적인 목적이 있었다. 나는 바로 본론으로 들어갔다.

"하마나카 변호사와 만난 적이 있으신 것 같네요."

예상대로 타에코의 안색이 바뀌었다.

사실 타에코는 근처 슈퍼마켓에서 붙잡힌 상습 절도범이었다. 수차례 가게 경비에게 붙잡혀서 시말서를 썼다. 그리고 마침내 경찰에 체포되는 지경에 이르렀었다.

그때 하마나카가 그녀의 변호를 맡았던 것을 취재를 통해 내가 알아냈다. 결국 검찰의 약식기소를 이끌어 벌금형으로 끝났기 때문에 큰 사건은 아니었다. 하지만 중요한 것은 누가 타에코를 하마나카 변호사에게 소개했는가 하는 점이었다. 타에코가 원래부터 하마나카 변호사를 알고 있었을 리는 없다. 그리고 내가 예상하기로는, 타에코를 하마나카에게 소개한 인물이 타츠야의 변호를 하마나카에게 부탁한 인물과 동일인일 것이다.

"네, 그렇습니다. 실은 저, 절도 누명을 쓴 적이 있습니다."

타에코는 그 절도 사건이 어디까지나 누명을 쓴 것이라고 주장했다. 명백한 거짓말이다. 나는 취재를 통해 절도 행각이 정말로 발생했으며, 매우 상습적이었다는 점도 확인했다.

다만, 슈퍼마켓 방침이 처음부터 경찰에 신고하지는 않고 일단 시말서를 쓰게 한 뒤, 그것이 반복되면 경찰에 신고하도록 되어 있었다. 본인도 혐의를 인정한 단순한 사건이었기 때문에 하마나카도 사무실의 젊은 변호사에게 맡겨버렸고, 실제 하마나카는 그 사건과 관련해 아무런 변호도 하지 않았던 것 같다.

"그래서 경찰도 누명이라고 인정하고 기소하지 않았습니다." 타에코는 계속 거짓을 말했다.

어설픈 무지가 드러난 발언이다. 기소를 할 수 있는 주체는 검찰이지 경찰이 아닌데, 그녀는 경찰과 검찰의 구분도 하지 못한다. 게다가 실제로는 약식기소되어서 벌금형이 내려졌기 때문에 기소하지 않았다는 말도 사실과 어긋난다.

하지만 타에코에게 그런 것을 지적하는 것은 무의미하다. 나는 타에코가 기무라의 엄마이기 때문에 만난 것이니까.

고야마 야스코의 증언으로는 두 사람 사이에 근친상간 관계가 있었다고 했다. 그 외의 취재에서도 이들 간에 성관계가 있었음을 암시하는 증언이 있었다.

물론 그러한 소문의 진위는 알 수 없다. 그러나 타에코의 표정을 살펴보니, 주변에서 왜 그런 증언이 나오는지 알 것 같았다. 단정하고 아름다운 얼굴 뒤에 천박함이 엿보였기 때문이다.

하지만 타에코는 자신의 이성 관계에 대해 의외로 입이 무거웠다. 오기노에 대해서도 우회적으로 물어봤지만, 오기노의 존재만 알 뿐 제대로 이야기를 나눠본 적 없다는 반응이었다.

나는 그 말을 어떻게 판단해야할지 애매했다. 딱히 거짓말을 하는 것처럼 보이지는 않았지만, 타에코의 모든 말은 기본적으로 성의가 없어 보였다. 의도를 갖고서 그런다기보다 원래 말투가 그런 사람 같았다.

제3장
협박과 입막음

(1)

　가지모토와 키쿠이에 대한 이번 취재는 신주쿠에 있는 찻집에서 이루어졌다. 갑자기 배달된 USB 메모리카드 덕분에 취재가 큰 진전을 보인 것이다.

　일주일 전, 키쿠이의 자택으로 USB 메모리카드가 든 갈색 서류 봉투가 배달되어 왔다. 봉투에는 보낸 이의 이름이나 주소가 적혀 있지 않았고, 아무런 편지도 동봉되어 있지 않았다. 그런데 그 USB 메모리카드를 컴퓨터로 열어보니 어떤 동영상이 저장되어 있었다.

　연락을 받고 키쿠이의 집으로 달려간 가지모토는 심장이 심하게 고동치는 것을 느끼면서, 키쿠이와 함께 컴퓨터 화면을 응시했다. 화질이 선명하지는 않았지만, 그래도 영상 속 사람의 얼굴은 확인할 수 있는 정도의 해상도였다. 키쿠이의 말로는 휴대폰으로 촬영한 것을 컴퓨터로 전송해 모니터에서 재생시킨 뒤, 그것을 다시 휴대폰으로 찍어서 USB 메모리카드에 저장한 것이라고 했다.

"동영상에 등장하는 사람의 얼굴을 봤을 때 가슴이 옥죄이는 느낌을 받았습니다. 어둑어둑한 화면 속에 처음 비친 것은 선혈이 낭자한 토다 하야토 선생님의 얼굴이었기 때문입니다."

하지만 가지모토가 원래 알던 하야토의 얼굴과는 상당히 달라 보였다고 했다. 그것은 하야토가 눈물을 흘리고 있던 탓으로, 얼굴 생김새 자체는 분명히 하야토였다.

하야토가 당시 자신에게 일어나고 있던 일을 인식하고 있었는지는 화면을 통해 알 수 없었다. 다부진 체격의 하야토가 마치 어린아이처럼 눈물을 흘리며 오열하고 있었다. 소리는 희미하게 들렸는데, 울음소리가 작아서라기보다 녹음 성능이 떨어졌기 때문으로 느껴졌다고 한다.

화면이 흔들리더니 다시 안정된 화면이 나타났을 때는, 알몸인 여자 등에 올라타 있는 젊은 남자의 얼굴이 보였다. 하지만 카메라의 초점이 여자의 얼굴에만 맞춰져 있어서 남자의 얼굴은 슬쩍 비쳤을 뿐이다. 여자는 알몸으로 울부짖고 있었다. 엎드린 채 두 손으로 갈색 마룻바닥을 짚고 있고, 풍만한 가슴이 유두와 함께 뚜렷하게 비치고 있었다. 선명하지는 않지만 짙은 풀숲도 언뜻 보였다. 그러나 어찌 된 이유인지 남자의 울음소리만 희미하게 들릴 뿐 여자의 울음소리는 들리지 않았다.

남자의 하반신은 여자의 하반신과 이어져 허리가 심하게 앞뒤로 흔들린다. 화면 오른쪽 위에서 뻗은 손이 여자의 머리칼과 턱을 붙잡고, 여자의 얼굴을 위쪽으로 잡아 올리고 있었다. 여자는 눈물뿐 아니라 콧물도 흘렸다고 한다. 눈은 치켜 올라가 있고, 입을 벌린 채 크게 헐떡이고 있다. 아름답지도 추하지도 않은 정신이 나간 듯한 표정이었다고 했다.

가지모토와 키쿠이가 거기까지 봤을 때 화면이 툭 끊겼다. 너무나도 짧은 영상이었다. 가지모토는 숨죽인 채 온몸을 부들부들 떨었다.

"35초 정도 길이의 영상이었습니다." 가지모토가 나에게 말했다.

키쿠이도 심각한 표정으로 고개를 끄덕인다. 키쿠이와는 처음 만났는데, 마른 체격에 작고 성실해 보이는 분위기를 가진 남자였다. 가지모토와 마찬가지로 안경은 쓰지 않았다.

"동영상 속에 하야토 선생님의 얼굴은 확실하게 찍혀 있었던 거지?"

"네, 그렇습니다."

"부인은요?"

"여자 얼굴도 찍혀 있었지만, 사실 저희는 선생님의 부인을 만나본 적이 없어요. 게다가 뭐랄까…" 가지모토가 우물거리며 도움을 요청하듯 키쿠이를 보았다.

"만약 얼굴을 알고 있었다고 해도 누군지 알 수 있을 만한 영상이 아니었어." 키쿠이가 가지모토의 얼굴을 보며 말했다.

"도저히 판별하기 힘든 동영상이었다는 건가?" 내가 키쿠이의 얼굴을 보며 물었다.

"네, 그렇습니다. 토다 선생님의 부인 얼굴을 저희가 원래 모르기도 하지만, 화면에 찍힌 얼굴은 몹시 이상한 표정으로 울부짖고 있었기 때문에 평소 얼굴과는 전혀 다를 것 같았습니다."

키쿠이의 설명을 통해 그들이 하는 말이 무슨 뜻인지 알 것 같았다. 평소 아는 얼굴이더라도 그렇게 짧은 시간 동안 찍힌 사람의 얼굴을 식별하는 것은 분명 어려울 것이다.

"그럼 얼굴이 찍힌 건 그 두 사람뿐인가?"

내 질문에 가지모토와 키쿠이는 서로 얼굴을 마주 보며 순간 침묵했다. 그러더니 가지모토가 묘한 표정으로 대답했다.

"아니요, 한 사람 더 있었어요. 젊은 남자 얼굴이 아주 잠깐 찍혀 있었습니다."

"미도리 씨로 짐작되는 여성을 강간하는 젊은 남자 말이지?"

나는 그 USB 메모리카드에 저장된 동영상을 직접 보지 못했지만, 동영상의 내용은 USB 메모리카드를 전달받은 쓰지모토 수사반장으로부터 들었기 때문에 이미 대략 알고 있었다.

"네, 그렇습니다." 가지모토가 대답했다.

"그 젊은 남자의 얼굴은 자네들이 아는 인물인가?"

내 질문에 두 사람은 또다시 얼굴을 마주 보았다. 마침내 가지모토가 결심한 듯 대답했다.

"이건 경찰한테도 말한 건데, 저희가 판단하기는 무척 어려웠습니다. 얼굴은 고작 2~3초 정도밖에 찍혀 있지 않았는데, 다만 그 모습이 왠지 기무라 군을 닮았다고 느낀 건 분명합니다. 하지만 선입견 때문에 그렇게 느낀 것인지도 모르겠고, 기무라 군이 맞다는 확신은 전혀 없습니다."

"선입견이라면 역시 기무라 군이 동창회에 와서 이런저런 이야기를 했기 때문이겠지?"

"네, 맞습니다. 기무라는 그때 뭔가를 알고 있는 듯한 모습이었습니다. 기무라의 얘기를 들은 건 저와 키쿠이 둘뿐이었기 때문에, 저희 둘 중 하나에게 USB 메모리카드를 보내야겠다고 생각한 게 아닐까요?"

가지모토의 추측은 설득력이 있었다. 그러나 납득하기 힘든 측면도 있다. 거기에 찍혀 있는 젊은 남자가 정말 기무라라면 자기의 범죄를 동창에게 고백한 것이 된다. 그런 무모한 자기과시는 내가 만난 기무라의 성향과 다르다. 아니면 혹시 기무라가 그 영상만으로는 강간범이 자신이라는 걸 들키지 않을 거라고 판단한 것일까.

"혹시 거기에 찍힌 사람이 기무라이고, 그것을 보낸 것도 기무라라면, 그 목적은 뭐였을까?"

"그걸 전혀 모르겠어요." 가지모토와 키쿠이가 거의 동시에 대답했다.

지금 이 단계에서 그런 것은 누구도 알 수가 없다. 그러나 막연하게나마 나는 그것이 누군가에 대한 협박일 거라고 짐작했다.

"결국 자네들은 그 USB 메모리카드를 하야마 선생님에게 보냈지?"

"네, 가지모토와 상의해서 그렇게 했습니다. 제 앞으로 온 것이기 때문에 제가 직접 경찰에 가져갈 수도 있었지만, 그런 것을 가지고 있으면 혹시 제가 의심받을지도 모른다고 생각했습니다. 그리고 가와구치 사건에 관해 경찰에 정보를 제공하는 건 그동안 하야마 선생님이 창구 역할을 하셨으니까요."

키쿠이의 판단도 일리가 있다. 그것을 직접 경찰에 가져가면 경찰은 일단 키쿠이가 공범일 가능성부터 고려할 것이다. 물론 그런 의심은 바로 풀리겠지만 의심받는 것만으로도 분명 상당한 스트레스를 받을 것이다.

"경찰의 대응은 어땠지? 자네가 의심을 받지는 않았나?" 염려하듯 물었다.

그 USB 메모리카드는 당연히 하야마가 경찰에 제출했지만, 그 후에 키쿠이와 가지모토도 장시간에 걸쳐 경찰의 참고인 조사를 받았다.

"그런 건 없었습니다." 가지모토가 대답했다. 키쿠이도 작게 고개를 끄덕인다.

"하지만 끈질겼습니다. 같은 걸 몇 번이나 물어보더라고요. 그래서 대답하는 게 꽤 짜증이 났습니다." 다시 가지모토가 대답했다.

"그건 키쿠이 군도 마찬가지였나?" 키쿠이를 보며 물어보았다.

"네, 제 경우도 몹시 끈질겼습니다. 그래서 조사 시간이 무척 오래 걸렸습니다."

"특히 어떤 걸 끈질기게 물었지?"

"역시 우리와 기무라의 관계를 물었습니다. 어느 정도 친했는지를 장황하게 물었어요. 하지만 우리는 기무라와 교류가 없었기 때문에 이야기할 게 거의 없습니다. 그렇게 설명을 해도 구체적인 예를 하나하나 들어가면서 '혹시 이런 얘기는 한 적 없냐?' 하고 물었어요."

"그렇다면 자네들의 설명을 듣고도 경찰은 기무라가 키쿠이 군에게 USB 메모리카드가 든 봉투를 보내온 사실을 믿지 못하는 걸까?"

"아니, 꼭 그렇지도 않지 않나?" 키쿠이가 가지모토의 얼굴을 보며 말했다.

"네, 우리를 의심한다기보다 사소한 것이라도 좋으니 정보를 원한다는 느낌이었어요." 가지모토가 침착한 말투로 말했다.

경찰의 진술조사로부터 시간이 좀 지나서 객관적인 시각에서 상황을 볼 수 있게 되었다는 듯한 말투였다.

"그 외 다른 걸 물은 건 없나?"

"그건 역시 USB 메모리카드 내용에 대해서였어요. 혹시 그 동영상이 촬영된 장소가 기억에 있는지 없는지 같은 거요."

"하지만 기억에 없었지?"

"네, 저도 키쿠이도 경찰서에 가기 전에 그걸 보면서 모르는 장소라고 생각했어요. 다만, 동영상 마지막 부분에서 골판지 같은 것 위에 떨어져 있는 금속 물체가 잠깐 비쳤습니다. 경찰은 그것에 대해 집중적으로 질문하면서, 우리가 다닌 고등학교에 그런 것이 놓여 있는 곳은 없었냐고 몇 번씩 물었어요."

"우리 학교라고 한정하지는 않지 않았어? 어디라도 좋으니까 그런 게 놓여 있는 곳을 모르냐고 물었지."

가지모토의 발언을 보충하듯 키쿠이가 말했다.

"금속 물체라니, 어떤 물건이지? 좀 더 자세히 설명해줄 수 있을까?" 내가 앞으로 몸을 내밀며 물었다.

그런 이야기는 쓰지모토 수사반장이 해주지 않았다. 물론 쓰지모토가 모든 걸 세세하게 나에게 다 이야기해 줄 입장도 아니지만.

"아니, 경찰한테도 말했지만 그게 찍힌 것도 워낙 짧은 순간이라, 경찰서에서 영상을 아무리 반복해서 봐도 그게 뭔지 알 수가 없었습니다. 게다가 키쿠이는 경찰서에 그 영상을 제출하기 전부터 저보다도 훨씬 더 많이 봤지만, 경찰이 말하기 전까지 그런 게 있는지조차 몰랐습니다. 저는 그 동영상을 한 번밖에 못 봤기 때문에 당연히 몰랐고요. 경찰에서 수 차례 보여줘서 그런 것이 찍혀 있다는 사실은 알게 되었지만요."

"형태나 색은 알 수 있었어?"

"으~음." 가지모토가 신음하듯 중얼거리더니, 잠시 침묵했다.

그 침묵을 깨며 키쿠이가 말했다. "굳이 말하자면 검은색 금속 찻잔 같은 느낌이었을까요?"

"뭐, 그런 느낌이지." 가지모토도 키쿠이의 말에 동

조했다.

"만약 동영상 촬영 장소가 자네들이 있었던 고교 내라면, 그곳은 그런 찻잔이 있을 법한 탕비실이나 조리실 정도가 아닐까?"

"아니요, 그런 곳은 아니에요. 탕비실이나 조리실 바닥은 콘크리트 바닥이니까요." 키쿠이가 단언했다.

그럴지도 모른다. 마룻바닥이라는 것에 주목하면, 동영상이 촬영된 장소는 평범한 주택가의 주방이나 거실일 가능성이 높지 않을까.

골판지가 깔린 곳 위에 떨어져 있던 검정색 금속 물체. 그것이 유일한 물증이라면 너무나 막연하다. 물론 그것을 아는 사람이 보면 그곳이 어디인지 바로 알 수 있을 만한 물증인지도 모른다. 그런데 그것을 아는 사람이라는 건 곧 그가 범인이라는 뜻이다. 범인이 보면 그 금속 물체가 무엇인지 바로 알 수 있고, 그 장소도 특정할 수 있다.

범인만 알 수 있고, 다른 사람은 알 수 없는 물증이 담긴 동영상을 갖고 있다고 과시하는 것이야말로 어떤 입막음을 위해 범인을 협박하려는 것이 아닐까.

그 순간 바늘로 찔린 듯한 통증이 등에서 느껴졌다.

머릿속에 망상과도 같은 직감이 섬광처럼 지나갔다. 그렇지만 그건 말도 안 된다. 나는 마음속으로 중얼거리며 깊은 한숨을 토했다.

(2)

기무라와는 연락이 닿지 않았다. 경찰도 기무라를 찾고 있었다. 경찰이 기무라의 행방을 파악하고 있는지는 알 수 없었다.

그러나 도가시와는 이야기할 수 있었다. 사실 그것은 거의 우연으로, 도가시가 내 휴대폰에 전화를 걸어왔기 때문이다.

10월 18일 월요일, 나는 다카이도 근처에 있는 패밀리 레스토랑에서 도가시를 만났다. 도가시가 근무하는 주유소와 가까운 곳이다.

기무라와 연락이 닿지 않는 사실과, 도가시가 먼저 내게 연락해온 사실 사이에 어떤 관계가 있는지는 알 수 없었다. 나도 굳이 기무라 얘기는 언급하지 않았고, 도가시도 마찬가지였다.

다만, 처음 그 둘을 만났을 때 주도권을 쥔 것은 명백히 기무라였고, 도가시는 마지못해 따라 온 것처럼 보였기 때문에, 이번에 도가시가 내게 먼저 연락해온 것은 의외였다.

"그럼 자네들이 지난번 내게 한 말에는 거짓말이 포함되어 있었다는 거지?"

단도직입적인 나의 질문에 도가시는 순간 어두운 표정으로 시선을 떨구었다.

나는 그 표정을 보고 도가시가 겉보기와 달리 정직한 성격이 아닐까 느꼈다. 도가시가 양심의 가책을 견디다 못해 내게 진실을 고백하려고 연락해온 것이 틀림없었다.

도가시는 지난번 이야기 중 '베레모를 쓴 남자의 존재'와 '토다 가의 왜건 차량 외에 또 다른 하얀색 왜건 차량이 존재했던 것'은 엄연한 사실이라고 인정했다. 그러나 차 안에서 미도리를, 하천 부지에서 하야토를 살해한 것은 사실이 아니라고 주장했다. 살아 있는 미도리와 중상을 입어 빈사 상태인 하야토를 왜건 차량에 태워 어떤 장소까지 옮긴 것까지는 인정하지만, 그 이후의 일은 관여하지 않았다고 했다. 도가시는 미도리와 하야토를 어디론가 옮긴 직후, 너무 겁이 나서 기무라 일행으로부터 이탈했기 때문이라고 했다.

도가시의 이 발언이 기무라를 빼고 자기 혼자 범죄 혐의로부터 벗어나기 위해 지어낸 거짓말 같지 않았다. 왜냐하면 여전히 자신과 기무라가 피해자 운반에 상당한 관여를 한 사실을 인정하고 있기 때문이다.

게다가 피해자들을 운반한 사실까지 인정한다는 점에서 도가시가 처음 비행청소년 친구들에게 이야기한 내용과도 모순되지 않는다.

"그렇습니다. 지난번 기무라와 저랑 만나셨을 때, 차 안에서 미도리에 대한 살인이, 그리고 다마가와 하천 부지에서 하야토에 대한 살인이 일어났다고 기무라가 말한 건 모두 거짓말입니다. 우리는 피해자들을 차에 태워 어디론가 옮겼지만, 그들을 다마가와 하천 부지로 옮긴 적은 없습니다."

"그럼 어디로 데려갔지?"

나는 긴장했다. 하야토와 미도리의 시체 유기 장소를 알면 수사가 비약적으로 진전될 것을 알았기 때문이다. 가와구치 사건의 핵심이 바로 거기에 있었다.

"그건 절대로 말할 수 없습니다." 도가시가 중얼거리며 말했다.

나는 아연실색하지 않을 수 없었다.

"왜 말할 수 없지?"

"저도 살해당하고 싶지 않으니까요. 제 안전이 확보되었다고 확신할 수 있을 때 말할게요."

"누구한테 살해당할 거라고 생각하는 거지? 도가시?" 나는 실망감을 숨기면서 일부러 냉정한 척했다.

하지만 도가시는 대답하지 않았다.

"그럼 베레모를 쓴 남자는 누구야?" 나는 질문을 바꿨다. 하지만 실제로는 같은 내용을 물은 것이나 진배없다.

"그러니까, 그건 나도 몰라요. 그놈은 그때 처음 만난 남자예요." 도가시는 짜증 난다는 듯한 말투로 말했다.

하지만 이것이 핵심이기에 나도 물러설 수 없었다.

"하지만 너는 그 남자가 주범이라고 느꼈지? 그렇다면 기무라에게 그 남자가 누군지 물어보지 않았어?"

"물어봤어요. 몇 번이나 끈질기게 물어봤어요. 하지만 그 녀석은 가르쳐주기는커녕 반대로 나를 협박했어요."

도가시는 그렇게 말하더니 갑자기 입을 다물었다. 그 탁한 시선은 먼 곳 어딘가를 쳐다보는 듯했다.

"그럼 이것만이라도 가르쳐줄 수 있을까. 기무라와 네가 내게 그런 고백을 한 이유는 뭐지? 자기들이 심각한 범죄에 관여했다는 것을 내게 일부러 이야기하는 의미를 잘 모르겠는데."

이 질문에 대해서만큼은 도가시가 고개를 크게 끄덕였다. 그리고 곱씹는 듯한 말투로 말했다.

"그 이유라면 말해드릴 수 있어요."

(3)

2008년 11월 24일.

그날은 도가시와 기무라가 함께 나와 만났었던 다음 날이었다. 도가시는 자신의 직장인 다카이도 인터체인지 근처 주유소에서 차에 기름을 넣으러 온 기무라와 이야기를 나눴다. 급유기 노즐을 차에 꽂고 기다리는 동안 기무라는 다급한 말투로 도가시에게 말했다.

"괜찮아. 우리가 어제 한 얘기가 그 기자를 통해서 조금만 보도되면 돼. 그걸로 경찰은 안 움직여. 경찰이 토다 타츠야가 단독으로 범행을 저지른 게 아니라는 이야기에 귀 기울일 리 없거든. 만에 하나 경찰이 우리를 다시 조사하더라도, 우리는 목적을 달성하고 놈에게 돈을 뜯어낸 뒤에, 경찰한테는 그저 허세로 기자한테 그렇게 말했다고 하면 그만이야. 그런 허언증 환자들은 세상에 얼마든지 있잖아."

도가시는 기무라의 말을 들으며 어두운 표정으로 입을 다물고 있었다.

기무라가 '베레모 쓴 남자'에게서 돈을 뜯어내자는 이야기를 했을 때도 돈을 갖고 싶다는 생각 따윈 전혀 하지 않았다. 그런데도 기무라가 어떤 주장을 하기만 하면, 도가시는 독 안에 든 쥐처럼 그 지시를 따르고 마는 것이다. 그것은 어릴 때부터 기무라와 알고 지내면서 도가시의 몸에 배어버린, 일종의 조건반사 같은 것이었다.

때는 오후 1시가 지난 시점으로 주유소는 한산했고, 급유 중인 차는 기무라의 차 한 대뿐이었다. 차는 기무라가 영업용으로 회사에서 빌린 차로, 차 안에는 기무라의 상사 한 명이 타고 있지만, 기무라와 도가시가 무척 작은 목소리로 소곤소곤 이야기하고 있었기 때문에 들릴 리 없었다.

"좀 물어봐도 돼?" 도가시는 기무라의 표정을 살피

며 쭈뼛쭈뼛 물었다.

기무라가 말없이 고개를 끄덕이자, 도가지가 말을 이었다.

"우리가 그 기자에게 한 말이 완전히 엉터리는 아니잖아. 다만, 큰 거짓말은 차 안에서 럭비의 형이 여자를 목 졸라 죽였다고 말한 거야. 그건 분명 거짓말이야. 게다가 내가 그곳을 떠난 뒤의 일은 나도 몰라. 그래서 다마가와 하천 부지에서 베레모를 쓴 남자가 럭비를 죽인 일이 일어났다고 네가 그 기자에게 말한 것도 사실인지 알고 싶어. 럭비가 정말 거기서 삽으로 맞아서 죽었어? 여자도 거기 하천 부지까지 끌고가서 묻은 거야? 나도 기왕 거짓말을 하는 이상 진실을 알고 거짓말을 하고 싶어. 그렇지 않으면 오히려 불안해져. 어디까지가 진실이야?"

초겨울의 엷은 햇살이 두 사람의 얼굴에 온화하게 쏟아졌다. 그날은 대체 휴일인 월요일이었지만 교통량이 상당했고, 차량들의 주행소리가 울려 퍼졌다.

"짬뽕이야."

"짬뽕?"

"어어, 그 기자가 믿게 하려면 전부 거짓말을 해서는

안 돼. 진실과 거짓을 잘 섞는 거야."

"그럼 역시 납치된 남자랑 여자가 거기 묻히긴 했나나."

도가시는 실제로 두 사람의 생사에 대해서 기무라에게 들은 바가 없다.

"너도 참 끈질기다. 그건 말 못 한다고 몇 번이나 말했잖아."

기무라가 손으로 이마에 난 땀을 닦으며 짜증 난 말투로 말했다. 검은색 재킷에 하얀색 긴팔 와이셔츠에 연지색 넥타이를 맨 수수한 복장이다.

"그럼 하나만 더 물어볼게. 그 두 사람을 데려간 곳 말이야. 나는 너희들이 거기까지 가기 전에 헤어졌는데, 그 장소를 허락받고 사용한 거야, 아니면 너희들 멋대로 사용한 거야?"

"어이, 카즈!"

기무라가 말을 끊었다. 기무라는 예전부터 도가시를 '카즈'라고 불렀다. 기무라의 관자놀이에 파란 핏줄이 섰다. 기무라의 짜증이 정점에 달한 듯 보였다.

도가시는 당황했다.

"그건 가장 듣고 싶지 않은 질문이야. 일일이 묻지

마. 모르는 편이 널 위해서 더 좋아."

"그럼 베레모를 쓴 남자는 누구야? 그것만이라도 가르쳐줘. 모르고 있으면 너무 불안해서 그래."

"그건 모르는 게 더 나은 이야기야." 기무라가 내뱉 듯이 말하고 도가시를 노려보았다. 하지만 곧바로 표 정을 풀고 살짝 미소까지 지으며 다시 말을 이었다. "다음에 그 여자가 남편 앞에서 돌림빵 당하는 영상 을 보여줄게. 꽤 재미있다. 처음에는 싫어하면서 저항 했는데, 마지막에는 남편 앞에서 좋아서 울먹거리면서 교성까지 질렀으니까 말이야."

도가시는 얼굴을 찌푸렸다. 그런 일에 동조하고 맞 장구를 칠 여유 따윈 없었다.

주유소 급유기의 글자판이 '가득'을 표시했다. 도가 시는 노즐을 빼 원래 자리로 돌려놓았다. 셀프서비스 라서 본래 그것은 기무라가 해야 할 일이었다. 하지만 도가시는 기무라가 품고 있는 독기로부터 도피하기 위 해 가만 있지 못하고 이것저것 행동을 취했다.

"뭐야, 저거 경찰차지?" 불쑥 기무라가 중얼거렸다.

분명 경찰차가 주유소 주차장에 들어오려고 했다. 기무라가 깜짝 놀란 것도 무리는 아니다. 그러나 도가시는 침착하게 말했다.

"어어, 급유하러 자주 오는 경찰차야."

그때 차창이 열리고 안에 탄 중년 남자가 얼굴을 내밀었다. 기무라의 상사다. 수수한 검정색 양복을 입었지만, 눈빛이 날카롭고 성실하게 사는 사람처럼 보이지는 않았다.

"어이, 뭘 계속 나불대는 거야? 서둘러라."

"죄송합니다."

기무라가 머리를 숙이고 계산을 위해서 주유소 안쪽에 있는 사무실을 향해 달음질쳤다. 도가시는 어두운 표정으로 기무라를 배웅했다.

(4)

"요컨대, 자네들은 내게 진상의 일부를 이야기함으로써 내가 그걸 기사화하면, 그걸로 '베레모를 쓴 남자'를 협박해 돈을 타내려고 한 거네?"

거기까지는 내가 어느 정도 예상했던 거라 특별히 놀라지는 않았다.

"그렇습니다."

"그럼 결국 기무라는 그 남자에게서 돈을 뜯어냈

나?"

"그런 것 같아요. 일단 백만 엔을 받았다고 말했으
니까요. 그 돈의 일부를 저에게도 주려고 했지만, 저는
필요 없다고 거절했습니다."

"왜지?"

"더 이상 기무라와 얽히고 싶지 않았습니다. 그 녀석
과 엮이면 제대로 되는 일이 없다는 걸 알았으니까요."

"기무라는 그 백만 엔으로 만족했을까?"

백만이라는 돈은 유복하지 않은 사람에게 큰 금액
일 테지만, 중대 범죄에 대해 함구하는 대가로 충분한
금액이라는 생각은 들지 않았다.

"아니요. 기무라는 그 남자를 계속 협박해서 정기적
으로 돈을 뜯어내고 있는 것 같습니다. 제가 가끔 기
무라를 만날 때면 그런 얘기를 했어요."

"자네는 최근에도 기무라를 만나고 있나?"

"가끔이요. 하지만 제가 먼저 연락하지는 않습니다.
저는 이제 그 녀석과는 어울리고 싶지 않기 때문에 가
능하면 먼저 연락하지는 않고 있습니다."

"가장 최근에 기무라와 얘기한 건 언제지?"

"2주 전쯤일까요? 휴대폰으로 통화만 한 거지만요.

기무라가 만나고 싶다고 했지만 일이 바쁘다고 거절했습니다."

"그 이후에는 연락 온 적 없어?"

"그러고 보니 없네요. 전에는 3일에 한 번 정도씩 연락이 왔지만요." 도가시는 순간 생각에 잠기듯 말했다.

"실은 나도 기무라랑 연락이 안 돼. 기무라의 휴대폰으로 전화를 해도 받지를 않아."

내 말을 들은 도가시의 얼굴에 불안한 기색이 번졌다.

내 우려가 무슨 의미인지 깨달은 듯한 표정이었다. 나는 두 가지 가능성을 고려하고 있다. 하나는 기무라가 도주했을 가능성이다. 나는 일단 USB 메모리카드를 키쿠이에게 보낸 것이 기무라일 거라고 생각한다. 물론 그 의도는 아직 분명하지 않다. 아무튼 그것이 경찰 손에 들어가 경찰의 올가미가 바짝 죄어온다는 것을 알아챈 기무라가 도망쳤다고 해도 이상하지는 않다. 또 하나는 기무라에게 뭔가 결정적인 변고가 일어났을 가능성이다. 기무라는 그 USB 메모리카드에 들어 있는 영상을 키쿠이에게 보냄으로써 그 영상이 협박 대상자에게 전해질 것을 계산하고 있었던 것이 아닐까. 그러나 기무라의 의도와 달리 USB 영상은 경찰 손에 넘어가 버렸다. 그렇다면 기무라가 체포되는 건 시간문제일 테고, 기무라가 경찰에 체포되어 범행 일체를 자백하기 전에 기무라를 없애기 위해 '베레모 쓴 남자'가 선수를 친 것은 아닐까.

나는 이 추측을 도가시에게 이야기하지는 않았다. 어차피 USB 메모리카드 속 영상을 하야마로부터 제공받은 경찰이 사건을 재조사할 것은 당연하기 때문에, 수사당국의 손이 도가시에게까지 다가오는 것도 불가피했다.

나는 도가시가 체포당하기 전에 내게 모든 것을 이야기해주길 바랐다. 그런 다음 자수를 권할 생각이었다. 그러나 거기까지 이야기한 도가시는 뒤돌아서 가 버렸다.

"모든 것을 이야기할 마음이 들면, 먼저 스기야마 씨에게 연락하겠습니다."

도가시는 헤어지면서 그렇게 약속했다. 그러면서도 지금 단계에서는 내가 가장 궁금해하는 '베레모 쓴 남자'에 대해 이야기하는 것을 거부했다.

나는 도가시가 모든 것을 털어놓기 전에 직접 기무

라와 연락을 시도하지 않을까 생각했다. 입으로는 기무라와 헤어지고 싶다고 말하지만, 막상 헤어지려고 하면 기무라에게 기대며 살아온 습성이 그렇게 쉽사리 사라질 것 같지 않았다.

게다가 이 사건은 사형도 받을 수 있는 범죄이기 때문에 나 같은 민간인이 아니라 경찰에 직접 자수하는 것에 상당한 결단이 필요할 것이다. 어쨌든 내가 기무라와 연락이 되지 않는다고 말한 것이 도가시의 마음을 상상 이상으로 어지럽힌 듯했다.

(5)

내가 하야마의 자택을 두 번째로 방문한 것은 2010년 10월 19일로, 도가시와 이야기한 다음 날이었다. 평일인 화요일 오후 1시경이었기 때문에 지난번과 달리 딸 리하는 학교에 가서 집에 없었다. 다만, 이번에도 나는 본당 옆에 세워진 주거동 거실로 안내되었다.

"이야, 일이 커졌어요."

하야마가 녹차를 내주며 난처한 듯 말했다. 평소에는 냉정하고 침착해 보이던 하야마도 이번 일에는 동요하고 있을 것이다.

동영상에 대해 내가 어떻게 알게 된 건지는 특별히 묻지 않았다. 어쩌면 내가 가지모토와 키쿠이를 취재하고 있는 것을 이미 알고 있었을 수도 있다. 그러나 정확히 말하면, 내게 처음 동영상의 존재에 대해 말해준 사람은 쓰지모토 수사반장이었다.

"그 친구들이 가져온 영상을 봤을 때는 정말이지 눈을 의심했습니다. 처음에는 합성한 것이 아닐까 의심했지요. 그런데 희한하게 뒤죽박죽으로 찍은 게 오히려 현실적이었어요." 하야마가 말했다.

"기무라가 찍힌 사실은 금세 알아채셨습니까?"

"아니요, 몰랐습니다. 그들이 기무라와 닮았다고 말해서 그렇게 보고 나서야 그렇다고 생각했습니다."

"키쿠이도 가지모토도 동요했겠지요?"

"네, 두 사람 모두 불안해 보였습니다. 그런 게 집으로 배달되어 왔으니, 경찰이 무슨 의심을 할지도 모른다고 불안해하는 것도 당연하겠지요. 키쿠이도 그런 말을 했습니다."

"선생님은 그 둘이 고교를 졸업한 후에도 그들과 교류를 하셨나요?"

"아니, 그렇지 않습니다. 그들이 학교에 다닐 때 저는 부교장이라는 입장이었고 담임은 맡지 않았기 때문에 두 사람을 잘 알았던 것도 아닙니다. 다만, 8월에 열린 동창회 때 하야토 선생님 사건에 대해 뭔가 정보가 있는 사람은 저나 경찰에게 전해줬으면 좋겠다고 말했습니다. 하야토 부부의 행방불명 사건을 우리 학교 구성원 모두가 온 힘을 다해 해결해서 두 사람이 무사히 돌아오기를 진심으로 바랐기 때문에 동창회 자리에서 그런 발언을 했습니다. 그것을 가지모토와 키쿠이가 기억해서 제게 연락을 해 준 겁니다."

이때 그들이 USB 메모리카드를 제출하는 상대로 나를 선택해주었더라면 나도 그 동영상을 볼 수가 있었을 거라는 간사한 마음이 순간 스쳤다. 실제 내 눈으로 보는 것과 말로 설명만 듣는 것의 차이는 컸다.

물론 키쿠이와 가지모토에게 하야마는 나에 비해 연락하기 쉬운 상대였을 것이기 때문에 이렇게 된 것은 당연한 귀결이다. 게다가 USB 메모리카드의 존재는 아직 어떤 언론도 파악하지 못했기 때문에 이 사실을 아는 것만으로도 의미가 있다.

"기무라 군과는 어떠실까요? 기무라 군이 고교에 다닐 때 하야마 선생님께서는 기무라를 알고 계셨나요?"

"네, 서로 이야기를 나눈 적은 거의 없지만, 교직원 회의에서 그의 이름이 자주 거론되었기 때문에 얼굴과 이름은 알고 있었습니다. 뭐, 이런 말씀 좀 그렇습니다만, 수업 태도나 품행이 단정하지 못해서 기무라를 가르치는 여러 선생님들로부터 그의 이름이 많이 나왔습니다."

나는 고교에서 기무라를 어떤 시각으로 보았는지 잘 알고 있었기 때문에 하야마의 말은 이미 예상하고 있었다.

"기무라가 얼마 전 동창회에 참석했다고 들었습니다만, 그때 선생님은 그와 이야기를 나누셨습니까?"

"아니요, 자리가 떨어져 있었기 때문에 이야기할 기회는 없었습니다. 동창회가 끝난 후에도 아시다시피 저는 집이 멀어서 서둘러 귀가했기 때문에 그와는 전혀 말을 섞지 않았습니다."

이것도 내가 가지모토에게 들은 정보와 같았다.

"그러면 최근에도 기무라 군으로부터 연락이 없습니까?"

약간 당돌하게 들릴 질문인 것은 알고 있었다. 기무

라가 가미모토에게 자신이 가지고 있다고 했던 정보를
혹시 하야마에게 이야기했는지가 궁금했던 것이다. 물
론 기무라가 행방불명이 되었을 가능성도 여전히 있지
만, 이것을 하야마에게 언급할 생각은 전혀 없었다. 기
무라의 행방에 대해서는 쓰지모토 수사반장에게서조
차 명확히 들은 바가 없기 때문이다.

"네, 물론 연락은 없었습니다." 하야마는 내 질문이
약간 의외라는 듯한 표정으로 대답했다. 그렇다고 하
야마가 내 질문의 취지를 캐묻지도 않았다.

"USB 속 동영상에 등장하는 커플이 하야토 씨 부
부라는 사실을 쉽게 알아채셨습니까?" 나는 다시
USB 속 동영상에 대한 내용으로 화제를 돌렸다.

"아니, 그렇지도 않습니다. 상황이 특수한 만큼 그들
의 얼굴도 평소와 달라 보였습니다. 게다가 그런 영상
은 아무래도 똑바로 보기가 견디기 힘들다고 해야 할
지, 저도 자꾸 눈을 돌렸으니까요. 하지만 그들을 잘
알고 있었기 때문에 나중에는 그 두 사람이라는 걸
확신했습니다."

"장소에 대해서는 어떻습니까? 학교 마룻바닥 같은
곳에 깐 골판지 위에서 영상이 찍혔다고 하던데요."

"음, 그것도 잘 알 수가 없지만, 듣고 보니 그럴지도 모르겠다는 느낌이네요."

"사이타마 고교는 아닌가요?"

"그것도 모르겠습니다. 그렇게 골판지를 깔 만한 장소는 어디에나 있으니까요."

"동영상이 끝나갈 무렵 화면 오른쪽 끝에 등장하는 검은색 금속 찻잔 같은 물체에 대해서는 어떻습니까? 어디선가 본 적이 있는 물건이 아닌가요?"

"스기야마 씨, 좀 전에도 말씀드렸듯이 똑바로 쳐다보기 힘든 내용의 영상이었는데다가, 저는 그것을 보자마자 경찰에 제출해서 그렇게 자세히 보지 않았습니다. 그 물체에 대해 경찰도 물어봤지만, 저는 그게 찍혀 있는 것조차 알아채지 못했습니다."

하야마가 한 말은 가지모토가 한 말과 거의 똑같았다. 한 번 보자마자 곧바로 경찰에 제보했다면 하야마가 그 물체를 알아보지 못했다는 설명도 그렇게 부자연스럽지는 않다.

"그 후에 경찰에서 연락은 없었나요?"

"아니요, 하치오지 경찰서에 제보했을 때 이것저것 질문을 받았지만, 그 이후에는 연락이 없습니다."

그 이상 USB 속 영상에 대해 이야기해 봐도 진전을 바랄 수는 없을 듯했다.

"그런데 타츠야 씨의 자해 행위 말인데요." 나는 화제를 바꾸었다.

하야마의 낯빛이 한층 어두워져서 말했다. "정말 가엾은 짓을 했어요. 가족이나 친척이 심하게 추궁해서 심적으로 견디지 못했겠지요?"

하야마의 말투는 누군가를 특별히 비난하는 것 같지도 않았고, 비교적 담담했다. 그 추궁의 자리에 나도 있었다는 건 당연히 알고 있었겠지만, 하마나카 변호사처럼 나를 비난하지도 않았다.

"선생님은 그 후 타츠야 씨를 만나셨습니까?"

"네, 몇 번인가 만났습니다. 그는 이제 퇴원해서 큰아버지 댁에 몸을 의탁하고 있습니다. 타츠야의 아버님은 제가 소개한 요양원에 들어갔고, 료코 씨가 자주 찾아가 보고 있는 것 같습니다."

"현재 타츠야 씨의 모습은 어떻습니까?"

"물론 침울해 있습니다. 재판에서 무죄판결을 받았는데, 그것을 누구도 인정해주지 않는다는 심정이겠지요. 어렵습니다. 사람 감정의 문제니까요."

타츠야의 자해 행위에 대해서는 주간지 마이초가 의미심장한 기사를 썼고, 그것은 읽기에 따라서 타츠야가 역시 가와구치 사건의 범인이라고 암시하는 것처럼 해석되었다. 사실은 이 주간지의 기자가 나를 만나러 와서 멘트도 요청했지만, 나는 노코멘트로 일관했다.

사건은 지금 더 큰, 당치도 않은 전개를 보이고 있는 것이다. 나는 이제 겨우 이 커다란 사건의 전모가 조금씩 보이기 시작했다.

"그러네요. 세상 사람들의 소문을 막을 수는 없으니까요."

내가 현재 조사 중인 것을 이 시점에서 말하는 것은 너무 위험했다. 한 단계 더 높은 확신이 필요하다. 그래서 지금은 일단 숨죽이고, 해야 할 조사를 계속할 수밖에 없다.

제3부

진범의 얼굴

제1장
죽은 자들의 침묵

(1)

2010년 10월 27일.

헬리콥터에 탑재된 카메라가 사체발견 장소를 촬영하고 있었다. 치바 현 고보토케 근처의 낭떠러지 밑이다. 좌우에 녹색 산림이 펼쳐져 있지만, 위쪽에는 바위 표면이 그대로 드러난 절벽이 솟아 있다. 그 좁은 공간에서 점퍼 등에 '치바현경' 로고가 붙은 경찰관들이 분주하게 돌아다니고 있었다. 비닐 시트가 덮인 장소에 사체가 있는 것은 분명했지만, 사체의 일부조차 보이지 않는다. 아마도 카메라가 잡는 거리는 텔레비전 화면에 비치는 느낌 이상의 거리가 될 것이다. 경찰관들의 움직임이 선명하게 보이는 것에 비해서 사체의 모습은 명료하지 않았다.

오늘 오전 6시를 조금 지나, 치바 현 뉴도가미사키에서 낚시를 하러 온 남성이 절벽 아래에 담요로 감싸여 비닐 끈으로 포장된 사체를 발견하고, 사람의 손인 듯한 것이 보여서 경찰에 신고했습니다. 경찰이 그 물체를 확인해 본 결과, 젊은 남성의 사체인 것으로 판명되었고, 경찰은 현재 그 신원 확인을 서두르고 있습니다. 경찰은 사체의 손상 상태로 보아 절벽 위에서 사체를 내던졌을 가능성도 있다고 보고 자세한 상황을 조사하고 있습니다.

낮 12시 직전에 흘러나온 짧은 뉴스 속보였다. 도가시와도 연락이 끊긴 직후이다. 기무라와는 벌써 2주 넘게 연락이 되지 않는다.

나는 속보를 접하는 즉시 NHK 뉴스 채널로 바꿨다. 외교 관련 뉴스와 국내 정치 뉴스가 흐르는 동안 멍하니 화면을 쳐다보았다.

문제의 사건은 세 번째 꼭지로 보도되었다. 그러나 내용은 속보와 큰 차이가 없었다. 아직 시간이 얼마 지나지 않았으므로 사체가 발견되었다는 소식 이상은 전하지 못할 것이다.

불길한 예감이 들었다. 물론 이 정도의 뉴스 속보만 듣고 발견된 사체가 기무라나 도가시일 거라고 생각하는 것은 망상일 수 있다. 아직까지는 전혀 관계없는 사건일 가능성이 높다고 생각했다.

나는 스가이 편집자에게 전화를 걸었다. 스가이에게 부탁하고 싶은 일이 있었기 때문이다. 드물게도 바로 연결되었다.

"스가이 씨, 좀 알아봐줬으면 하는 게 있는데요. 가와구치 사건과 관련된 건데…."

"그 사건을 아직까지 쫓고 있나요?" 질린 듯한 스가이의 목소리가 돌아왔다.

나는 그 목소리를 무시하고 용건을 말했다. 이유는 말하지 않고 그저 조사해주길 바란다는 내용만 설명했다.

"그런 걸 조사하는 이유를 모르겠는데요…."

"이유는 조사 결과가 나오고 나서 말씀드릴게요. 지금은 아무 말 하지 말고 알아봐줄 수 있겠습니까?"

"알겠습니다. 조사를 맡지요." 스가이는 잠시 침묵한 후 냉정한 말투로 말했다. 스가이 나름대로 내 조사가 무슨 의미인지 눈치챘다는 뜻일까.

"그런데 고보토케 근처에서 젊은 남성의 사체가 발견되었다고 아까 뉴스에서 나왔지요?"

"고보토케? 그게 어디였지요?"

"치바 현의 가모가와 시에 있는 곳이에요."

"치바 현입니까? 그런데 그 젊은 남자가 왜요?"

나는 최근 기무라와 도가시의 동향에 대해 이야기했다. 즉, 두 사람 모두 행방불명이 되었을 가능성이 있다고 지적했다.

"설마 그 고보토케에서 발견된 사체가 그 둘 중 하나라는 건 아니겠지요?"

"물론 그건 아직 모릅니다. 다만, 그 뉴스가 자꾸 신경 쓰이는 건 아마 두 사람의 모습이 제 시야에서 사라졌다는 사실 때문일 거예요. 당연히 전혀 관계없는 사건일 가능성이 높겠지요."

나는 도가시가 나에게 핵심 부분의 증언을 하기 시작한 상황에서 그가 사라졌다는 사실을 덧붙였다.

"그럼 본인이 도망쳤다고 생각할 수도 있지 않나요? 기무라와 서로 짜고 도망쳤는지도 모르지요. 저는 전에도 말씀드렸듯이 그들이 저희에게 한 증언을 별로 믿지 않습니다."

"물론 그럴 가능성도 있습니다. 그런데 도가시는 진실을 말하면 기무라가 자기를 없앨 가능성도 시사했거든요. 어쩌면 도가시가 기무라에게 살해당했다고 생각할 수도 있어요."

스가이는 더 이상 반론하지 않았다. 하지만 그저 무의미한 논쟁을 피했을 뿐, 그가 내 말을 조금이라도 수긍했다는 생각은 들지 않았다. 나는 스가이와의 통화를 끝낸 다음, 다시 도가시의 휴대폰으로 전화를 걸었다. 하지만 역시 받지 않는다. 그래서 이번에는 기무라에게 전화를 걸었지만, 결과는 마찬가지였다.

(2)

절벽 아래에서 발견된 젊은 남자 사체의 신원이 사체 발견 6일 후 판명되었다. 뜻밖에도 불길한 예감은 적중했다. 다만, 사체는 도가시가 아니라 기무라였다.

3주 넘게 아들이 집에 돌아오지 않자 엄마 타에코가 경찰에 신고를 했고, 가모가와 시에서 발견된 젊은 남자의 사체와 대면했던 것이다. 아들의 시체를 본 타에코는 미친 듯이 울부짖었다고 한다.

사체가 발견된 절벽 인근에서 흰색 왜건 차량을 목격했다는 제보도 들어왔다. 제보를 한 사람은 가쓰우라 시에 사는 45살의 회사원으로, 회사 차량으로 가모가와 시를 방문하고 돌아가는 길이었다.

그는 후에 사건 현장 근처에 설치된 수상한 차량을

목격한 사람의 제보를 바라는 치바 현 경찰청의 현수막을 보고 제보했다고 한다. 그는 다음과 같이 진술하고 있다.

"그날 밤 9시가 조금 넘어서 안개등을 켠 하얀색 왜건 차량이 도로 옆에 정차해 있었습니다. 고장 난 차량인가 싶었기 때문에 차에서 내려 왜건 차량 앞으로 돌아가서 '괜찮습니까?' 하고 말을 걸었습니다. 그랬더니 운전석 창문이 열리고, 베레모를 쓴 채 하얀색 마스크를 낀 남자가 얼굴을 불쑥 내밀었습니다. 붙임성 있는 좋은 표정이었어요. 침착한 목소리로 '고맙습니다. 운전하다 지쳐서 잠시 쉬는 것뿐입니다. 차가 고장난 건 아닙니다.' 하고 말했기 때문에 저도 그때는 이상한 점을 못 느꼈습니다. 차 안은 거의 보이지 않았습니다. 저도 차 안을 볼 마음이 없었기 때문에 차 안에 대해서는 무관심했습니다. 보이지 않았던 건지, 보지 않았던 건지는 확실하지 않지만요. 마스크를 낀 탓도 있고, 얼굴은 거의 기억이 나지 않습니다. 오십 전후의 중년 남자라는 느낌이었는데, 그 연령대가 맞는지조차 자신이 없네요. 아주 잠깐이었고, 주변도 어두웠으니까요. 게다가 2주도 지난 일이기 때문에 생각나지 않는 것이 많네요."

하얀색 왜건 차량을 목격한 것이 10월 12일이라고
하니, 분명 2주가 넘게 지났다. 물론 경찰은 목격자로
부터 더 많은 정보를 알아내기 위해 거듭 질문했다. 하
지만 베레모를 쓴 남자의 용모에 대한 제보자의 기억
은 거의 같은 수준에 머물렀다고 한다.

하지만 제보자의 증언은 꽤 중요했다. 하얀색 왜건
차량 안에 타고 있던 남자의 용모는 잘 기억하지 못한
다 치더라도 그와 대화를 나눈 것은 분명하기 때문이
다. 어쩌면 목소리가 수사의 단서가 될지 모른다. 게다
가 왜건 차량의 차종을 특정할 수 있으면 결정적인 증
거가 될 수도 있다.

한편, 타에코에 대한 진술조사는 극히 집요했다. 아
들의 사체와 대면한 날은 일단 귀가 조치를 받았지만,
이틀 후인 11월 4일 침착함을 되찾고 나서는 경찰서로
불려가 오랜 조사를 받았다.

타에코는 경찰관들 사이에서도 주목을 받고 있었다.
나이는 41세였지만, 스무 살이 넘은 자식이 있다고는
생각되지 않을 만큼 젊어 보이고 외모도 출중했다. 아
들의 사체와 대면하고 마구 울부짖었을 때는 아무도

알아채지 못했지만, 타에코가 다른 날 진술조사를 받기 위해 단정히 하고 찾아왔을 때, 많은 경찰서 직원들의 눈이 휘둥그레졌다고 한다. 얇은 입술과 우울함을 띤 눈동자가 어딘지 모르게 요염한 매력을 풍겨 경찰서 직원들의 인상에 남은 듯하다.

긴 진술조사에서 담당 수사관이 가장 주목한 타에코의 증언은 언뜻 보기에 중요하지 않은 것처럼 생각되는 일상생활에 관한 진술이었다. 그것은 타에코가 아들의 모습을 마지막으로 본 10월 8일에 일어난 일에 관한 것이었다.

"그날, 아들이 외출한 다음 청소를 하려고 방에 들어갔습니다. 아들이 방에 있을 때는 제가 청소를 하지 못하게 하기 때문에, 저는 아들이 나가면 바로 청소를 하는 것이 습관이 있었습니다. 그때 책상 위에 우표를 붙인 갈색 봉투가 놓여 있었습니다. 받는 사람도 적혀 있고 입구가 봉해져 있었기 때문에, 저는 그것을 아들이 가지고 나가려다 깜빡한 봉투라고 생각하고, 일하러 나가는 김에 우체통에 넣었습니다."

이것은 무척 중요한 증언이었다.

사이타마 고교의 부교장인 하야마가 가와구치 사건

수사본부에 문제의 봉투와 USB를 가져온 것은 10월 10일이다. 키쿠이에게 우편물이 온 것이 10월 9일이고, 키쿠이와 가지모토가 하야마에게 가져간 것이 10월 10일이니까, 타에코가 10월 8일 익일특급으로 우편물을 보냈다는 증언은 정확한 사실에 부합한다.

"그런데 봉투 뒤에 아드님의 주소도 이름도 적혀 있지 않다는 사실에 이상하다는 생각은 안 했나요?"

수사관의 질문에 타에코는 작게 고개를 끄덕였다. 그리고 천천히 이야기했다.

"잘 기억은 안 나지만 봉투 뒤에 아무것도 적혀 있지 않았던 것을 알아챘던 기억은 있습니다. 하지만 그냥 우체통에 넣어버렸습니다. 약간 이상하긴 했지만, 봉투 속에 편지가 또 들어 있을 테고, 거기에 아들의 이름이 적혀 있을 거라고 생각했던 것 같아요. 아니면, 보내는 사람의 이름을 적지 않아도 누가 보낸 건지 알 수 있는 상대에게 보낸 거라고 생각했던 것도 같고요."

보내는 사람의 이름을 적지 않아도 누가 보낸 건지 알 수 있는 상대. 수사관은 이 말에 예민하게 반응했다.

"그렇다면 어머님도 짚이는 상대가 있다는 겁니까?"

"아니요, 그건 아닙니다. 그저 그렇게 생각한 것뿐이

에요."

수사관은 포기하지 않았다. 이것을 계기로 기무라의 친구 관계를 시시콜콜 캐묻기 시작한 것이다. 그중에는 당연히 도가시의 이름도 있었다. 하지만 타에코는 도가시를 포함해 아들의 친구 관계에 대해서는 놀랄 만큼 무지해서, "기무라는 평소 친구에 대해 아무것도 말한 게 없어요."라는 말을 되풀이하기만 했다고 한다.

"정말 도가시라는 이름도 들어본 적 없나요? 아드님이 가장 친하게 지낸 친구인데 말이지요."

타에코는 역시 고개를 가로저었다. 경찰은 도가시에게도 깊은 관심을 가지고 있었지만, 도가시의 행방 역시 알 수 없었다. 경찰은 도가시가 기무라를 살해하고 종적을 감췄을 수도 있다고 판단했다.

다만, 기무라가 살해된 시점이 애매했다. 부검을 통해 뒷머리를 둔기로 맞은 다음, 끈 같은 물건으로 목이 졸려 사망했음이 판명되었다. 그러나 사체의 부패가 진행되었기 때문에 사망 추정 시각은 사체 발견 전 2주에서 3주 정도라는 모호한 결과가 나왔고, 따라서 구체적인 날짜를 추정하기 어려웠다.

타에코가 기무라를 마지막으로 본 것이 10월 8일이

었다고 해도 기무라의 무단외박은 일상다반사였기 때문에 그가 그날 살해당했다고는 단정할 수 없을 것이다. 실제로 타에코는 2주가 지나고 나서야 아들의 행방을 걱정해 겨우 경찰에 신고했다.

결국 타에코에 대한 조사는 6시간이나 걸렸지만 아들의 친구 관계에 대해 의미 있는 진술은 전혀 나오지 않았다. 타에코의 진술에서 가장 중요하게 여겨진 것은 USB가 든 봉투를 타에코가 우체통에 넣은 경위였다.

그 봉투를 받은 키쿠이는 사이타마 고교 시절 모범생으로 알려져 있었고, 기무라 같은 비행청소년 집단과는 거의 교류가 없는 인물이다. 그럼에도 불구하고 기무라가 그런 인물에게 편지를 보낸 것이 수수께끼라면 수수께끼였지만, 그 이유를 추측하는 건 가능하다.

기무라는 가와구치 사건과 관련해 누군가를 협박하고 있었지만, 동시에 신변의 위험도 느끼고 있었다. 따라서 자신의 신변에 어떤 변고가 일어났을 때를 대비해서 그 증거품을 객관적이고 중립성이 높은 누군가에게 보낼 필요가 있었던 것이 아닐까. 그런 역할을 할 인물로 고교 동창인 키쿠이를 골랐을 가능성이 있다.

교류가 없어도 기무라가 키쿠이의 주소를 아는 것은

쉬웠을 것이다. 같은 반이었던 친구끼리는 비상 연락망을 가지고 있고, 거기에 주소와 전화번호가 적혀 있기 때문이다.

다만, 타에코의 진술을 토대로 보면, 기무라가 그 시점에 그 봉투를 우체통에 넣을 의사가 있었는지에 대해서는 애매했다. 기무라는 그 봉투를 언제라도 보낼수 있도록 준비해두었지만, 그때까지도 보낼 생각은 없었는지도 모른다. 기무라가 협박하고 있는 상대의 반응에 따라 보낼지 말지 갈등하고 있었던 것이 아닐까.

아직은 보낼지 말지 갈등상태에 있던 기무라의 본심과 달리, 엄마인 타에코가 우연히 그것을 우체통에 넣어버렸을 수 있다. 그 영상에는 잠깐이지만 기무라의 얼굴이 찍혀 있으니까 그것을 제3자에게 보낸다는 위험에 대해 기무라도 알고 있었을 것이다. 따라서 정말로 다급해졌을 때 쓸 비장의 카드로 그 봉투를 남겨두고 있었는지도 모른다.

어쨌든 그 USB의 존재가 드러남에 따라 가와구치 사건에 공범이 존재한다는 사실은 이미 부인할 수 없어 보였다. 문제는 공범 중에 토다 타츠야가 포함되는지 여부였다.

나아가, 공범이 있다면 타츠야가 주범인지, 아니면 다른 주범이 있고 타츠야는 방조범에 불과한지도 의문이다. 타츠야는 그 영상 속에 찍혀 있지 않다. 그러나 기무라 외에 미도리를 누르고 있는 다른 사람의 손이 찍힌 것과, 그 영상을 찍고 있는 사람의 존재도 상정하면, 그 현장에는 가해자 측 사람이 적어도 3명은 있었다고 생각할 수 있다. 그리고 중간에 이탈했다는 도가시의 주장이 정말이라면, 도가시까지 더해 "범인은 4명이다."라고 타츠야가 말했던 것과 정확히 일치한다.

(3)

가와구치 사건 수사에 뜻밖에도 치바 현경이 공조수사를 하게 된 것 때문에, 원래 수사를 담당하던 경찰청 수사본부 사람들은 초조해하고 있었다. 게다가 새로 나온 증거는 도쿄지방법원의 판결을 부인하는 것이나 마찬가지이다. 하야토에게 중상을 입히고 미도리를 강간한 타츠야 외의 범인이 그 영상에 찍혀 있고, 그 영상이 진짜라는 것이 판명된 이상, 가와구치 사건 수사본부에서도 당초의 판단을 뒤집을 수밖에 없었다.

경찰청장은 가와구치 사건 전체의 재검토를 은밀히

지시하고, 그 지시는 경찰청 수사반장부터 현장 수사 책임자들에게도 전달되었다. 그 결과 USB에 대한 함구령이 내려져 언론에는 극비에 부쳐졌다.

일사부재리라는 형사소송법 원칙에 의해 타츠야를 하야토에 대한 살인죄로 다시 기소할 수는 없지만, 미도리에 대한 상해죄와 강간죄로 기소하는 거라면 가능하다. 특히 타츠야가 강간에 가담했다는 전제에 입각하면 집단강간죄로, 사체가 발견되면 강간치사죄나 살인죄로도 책임을 물을 수가 있다.

수사본부는 기무라의 동창생들인 키쿠이와 가지모토에 대해서도 집요한 진술조사를 거듭했다. 두 사람이 사건과 전혀 관계가 없는 것은 수사본부도 잘 알고 있었지만, 기무라의 사망이 판명됨에 따라, 추가적으로 확인하고 싶은 것들이 생겼던 모양이다.

쓰지모토 수사반장도 가지모토의 진술조사 자리에 입회했다. 이때 동창회에 출석했던 기무라가 그 자리에 있던 네 명의 교사 외의 다른 교사를 기다리고 있는 것 같았다는 말을 가지모토가 했다. 쓰지모토는 이 말에 주목했다.

"자네가 보기에는 그때 기무라가 기다렸던 교사가

누구라고 생각하나?"

가지모토는 순간 숨을 멈춘 듯 침묵했다. 가지모토는 주저하면서도 2채널의 게시판 글과 학교에 재학시절 퍼졌던 소문을 언급하면서, 사이타마 고교의 화학교사인 오기노의 이름을 거론했다.

나는 그동안 이 동창회에 대한 이야기를 쓰지모토 수사반장에게 전하지 않았었다. 경찰로부터 취재원을 보호해야 한다는 생각도 있었지만, 내가 수집한 정보를 경찰에게 비공식적으로 전하는 것이 오기노의 인권을 침해할 수 있다는 생각도 있었다. 그러나 가장 큰 이유는 동창회에서의 기무라의 모습을 어떻게 해석해야 할지 스스로도 판단이 서지 않았기 때문이다.

쓰지모토 수사반장은 오기노를 소환해 참고인 조사를 하라고 지시했다. 사건 발생 직후 수사본부 수사관들이 고교 탐문조사를 할 때 오기노와 몇 번 이야기를 나눈 적은 있지만, 수사본부으로 불러내는 건 처음이다. 이것이 언론에 알려지면 유력한 용의자로 받아들여질 수도 있기 때문에 오기노에 대한 조사는 극비리에 진행되었다.

오기노의 진술조사는 오전 10시부터 오후 6시까지

진행되었다. 오기노는 사건 관여를 일체 부정했다. 다만, 예전에 미도리에게 차였기 때문에 토다 부부에게 좋은 감정을 가지고 있지 않았다는 점은 인정했다. 그러나 그 증오는 '두 사람에게 위해를 가하고 싶을 정도는 아니었다.'고 진술했다고 한다.

오기노는 원래 말수가 적고 더듬더듬 말하는 편이라 취조를 하면서도 감정 기복을 파악하기 힘든 면이 있었다고 한다.

그러나 이 조사를 통해 오기노의 혐의를 부정하는 결정적 증거가 나왔다. 오기노는 애당초 운전면허가 없었다. 그렇다면 하야토 부부를 납치했을 때 차 운전은 타츠야가 아닌 다른 중년 남자가 했다는 도가시나 기무라의 증언과 모순된다. 따라서 오기노는 용의선상에서 쉽게 멀어졌다.

(4)

그 교통사고가 발생한 것은 10월 20일 오후 8시 경이었다.

사고 현장의 가드레일이 바깥쪽으로 굽었고, 대형 오토바이가 쓰러져 있었다. 그 뒤에 하얀색 헬멧이 떨

어져 있다. 피해자인 남자는 사고 직후 구급차로 병원
에 이송되었지만, 이송 도중에 심장이 멈추었다고 보
고되었다.

오쿠다마가와 근처 441호 국도에서는 교통수사대
대원들이 현장검증을 하고 있었다. 오토바이는 앞부분
만 망가져 있었고, 뒷부분은 뭔가와 충돌한 흔적이 전
혀 없다. 번호판도 일그러지지 않은 듯했다.

완만한 커브였지만 운전자가 핸들 조작을 잘못해서
인지, 아니면 과속을 해서 제대로 방향 전환을 하지
못한 채 가드레일과 충돌한 것인지 알 수 없었다. 다
만, 사고 발생 지점은 도심에서 꽤 떨어져 교통량이 적
은 장소였기 때문에 과속하는 운전자가 많은 것은 사
실이었다.

한 가지 의아한 것은 피해자의 배낭과 옷 어디에서
도 면허증이 발견되지 않았다는 사실이었다.

"무면허운전을 한 걸까요?"

젊은 대원이 연장자인 대원을 향해 말을 걸었다.

"그런 것 치고는 이상한데…." 나이 많은 대원이 대
답했다.

"헬멧도 쓰고 있고 말이지요?" 젊은 대원이 다시 말

했다.

헬멧을 쓰고 있는 걸 보면 무면허 폭주족 같은 사람으로는 보이지 않는다는 뜻이다.

"아니, 그것뿐만이 아니야. 요즘 세상에 휴대폰이 없는 사람도 있나?"

그러고 보니 그랬다. 젊은 대원은 알아채지 못했었지만, 면허증뿐만 아니라 휴대폰도 발견되지 않았던 것이다. 즉, 피해자는 면허증도 휴대폰도 없이 배낭을 메고 헬멧을 쓴 채 주행했던 것이다.

물론 면허증이 없다고 해서 곧 무면허운전이라 할 수는 없고, 단순히 면허증을 지참하지 않았을 수도 있다. 그러나 휴대폰까지 발견되지 않았다면, 어떤 고의성이 느껴끼지 않을 수 없었다.

"하지만 교통사고를 신고한 사람에게 수상한 점은 없었는데 말이지요."

사고를 발견하고 경찰에 신고한 것은 어린 아이 두 명을 경차에 태운 젊은 주부였다. 그 주부는 기동대원의 질문에 다음과 같이 대답했다.

"사고가 나는 순간은 보지 못했습니다. 제가 그곳을 지나갔을 때, 오토바이는 옆으로 쓰러져 있었고, 젊은 남자가 길에 내팽개쳐져 있었습니다. 헬멧이 길에 떨어져 있고, 피해자는 머리에서 피를 흘리고 있었습니다. 거의 움직이지 않았지만, 살아 있는 건지 죽은 건지 알 수가 없었습니다. 저는 차를 갓길에 세우고 안개등을 켠 뒤, 뒤따르는 차들에게 위험을 알린 다음, 바로 휴대폰으로 경찰에 신고를 했습니다."

기동대원은 만일을 위해 그녀의 차도 넌지시 확인했지만, 전혀 흠집이 없었기 때문에 주부의 차가 오토바이와 사고를 낸 가능성은 생각할 수 없었다.

게다가 사고 현장만 봐도 이 사건은 다른 차량과 부딪친 것이 아니라 오토바이 운전자 혼자 운행하다가 일어난 자손사고로 보였다. 물론 나중에 더 자세히 사고현장을 검증할 필요가 있지만, 일단 뺑소니 사고는 아닌 것으로 추측됐다.

(5)

"10월 19일까지는 도가시가 밤이 늦더라도 집에 돌아왔습니다. 하지만 10월 20일 수요일 오전부터 일을 나간 후에는 우리와도 연락이 닿지 않았습니다."

나는 도가시의 집 응접실에서 도가시의 엄마와 여

동생과 이야기를 하고 있었다. 도가시가 10월 20일 오전 10시부터 오후 6시까지 다카이도에 있는 주유소에서 평소처럼 근무한 사실은 그곳 종업원들이 증언하고 있다.

그러니까 도가시의 소식이 끊긴 것은 근무시간 종료인 오후 6시 이후라고 표현하는 것이 보다 정확할 것이다. 그날 도가시를 찾아온 특별한 인물도 없었던 듯하다.

"그럼 어머니가 오토바이 사고를 안 것은 언제쯤입니까?"

"사고가 나고 3일 뒤인 10월 23일입니다. 그 무렵 저는 이미 경찰서에 '행방불명 신고서'를 제출했는데, 딸애가 교통사고를 당한 게 아닐까 하고 이야기했어요."

살집이 좀 있어 사람 좋아 보이는 어머니는 역시 좀 살집이 좀 있는 도가시의 여동생을 쳐다보며 말했다. 여동생은 도가시와 달리 염색도 하지 않고, 외모도 성실해 보였다.

"왜 교통사고가 났을지도 모른다고 생각했습니까?"
이번에는 여동생 얼굴을 보며 내가 물었다.

"오빠가 오토바이를 잘 못 몰아서, 자주 주차장 벽

같은 데 오토바이를 부딪쳤거든요." 여동생은 우물거리며 답했다.

"그래서 하치오지 경찰서에 전화했더니 3일 전에 오쿠다마 쪽에서 오토바이 사고가 있었는데, 신원을 알 수 없는 젊은 남자의 사체가 있으니 보겠느냐고 해서 보러 갔습니다. 그랬더니 도가시였어요." 도가시의 어머니가 끼어들었다. 그리고 불쑥 눈물을 글썽였다. 여동생도 시선을 떨어뜨렸다.

무엇과도 바꿀 수 없는 가족을 잃은 사람의 슬픔은 충분히 이해할 수 있다. 그러나 안타깝게도 내게 더 중요했던 것은 그 후 사체가 어떻게 처리되었는가 하는 점이었다.

도가시의 사체는 부검조차 하지 않았다. 교통기동대의 현장대원이 작성한 보고서에 의해 일단 경찰청 검시관의 검시대상은 되었지만, 검시관이 최종적으로 도가시의 죽음은 사건성이 없다고 판단한 것이다.

그 근거는 상세히 적혀 있지 않다. 하지만 사고 현장은 자손사고와 몹시 흡사한 상황을 보이고 있고, 그 판단을 뒤집기 위해서는 휴대폰과 면허증을 소지하지 않은 것 이상의 결정적 증거가 필요했을 것이다.

도가시의 사체는 검시종료 후 '행방불명자 신고'를 경찰에 제출했던 가족에게 인계되어 이틀 후인 11월 25일에 화장되었다. 이런 처리 과정은 평범한 교통사고와 완전히 같았다.

아무래도 가와구치 사건 수사본부는 행방을 좇던 도가시의 교통사고를 몰랐던 듯하다. 알았으면 당연히 부검을 진행했을 것이다.

이 일을 나중에 알게 된 수사본부에서는, 도가시가 기무라를 살해한 뒤 자살을 한 것 아니냐는 의견을 제시했다. 그런 견해를 가진 수사관들은 나를 통해 쓰지모토 수사반장에게 전해진 도가시의 새로운 자백이 허위라고 보는 입장이었을 것이다.

도가시보다 기무라가 먼저 죽은 것은 분명하다. 따라서 도가시가 기무라를 죽이고 자살했을 가능성도 논리적으로 완전히 배제할 수는 없었다. 그러나 도가시와 기무라를 모두 아는 나로서는 도가시가 기무라를 죽였을 가능성은 극히 낮다고 판단했다. 반대라면 가능할 테지만, 객관적으로 발생한 사망 선후가 있으므로 그러한 가설도 불가능하다.

나는 사고 현장에 휴대폰이 없었던 점의 의미를 생

각해 보았다. 나는 기무라의 이름을 사칭해서 다른 누군가가 문자메시지 등으로 도가시를 불러냈을 가능성을 염두에 두고 있었다. 아무리 생각해도 평범한 교통사고라고 생각되지는 않았다. 그날은 흐렸지만 비도 내리지 않았고, 특별히 노면상태가 미끄럽지도 않았다.

기무라를 죽인 범인이 기무라의 휴대폰을 손에 넣었다면, 문자메시지 내역을 통해 기무라와 도가시의 과거의 대화를 어느 정도 알 수 있었을 것이다. 그러면 기무라 행세를 하는 것은 그리 어렵지 않았을 것이다.

"도가시가 최근에 누군가로부터 협박당하는 모습은 없었습니까?"

내 질문에 도가시의 어머니는 놀란 듯 고개를 들었다.

"그럼 도가시는 사고가 아니라 누군가가-."

"아니요, 그렇지는 않습니다."

당황한 나는 어머니가 지나치게 앞서가는 것을 막았다.

"이건 만일을 위해서 물어보는 것뿐입니다."

내 말에 어머니는 모호한 표정을 지었다. 그때 여동생이 불쑥 입을 열었다.

"요즘 가끔 잘못 걸려온 전화나 전화를 받자마자 아무 말 없이 끊는 전화가 걸려오면, 오빠는 그걸 무척 신경 쓰는 모습이었습니다."

"그런 전화가 왜 걸려온 건지 오빠는 그 이유를 알고 있는 것 같았나요?" 여동생을 쳐다보며 말했다.

하지만 여동생은 고개를 저을 뿐이었다.

나는 범인의 보이지 않는 얼굴을 상상하고 전율을 느꼈다. 가와구치 사건의 실체를 아는 두 사람이 모두 의문의 죽음을 맞았다. 그 죽음의 사정을 아는 사람이 가와구치 사건의 진범이 틀림없었다. 하지만 진범의 얼굴은 여전히 짙은 어둠 속에 가라앉아 있다.

(6)

도가시가 죽은 지 3일째 되는 날, 사태를 더욱 혼란에 빠뜨리는 일이 발생했다. 오기노가 자기 집 욕실에서 목을 맨 채 죽어 있는 것을 그의 친형이 발견한 것이다. 오기노의 죽음은 어떻게 봐도 자살이었다.

오기노는 가와구치 사건과 관련하여 경찰청 수사본부에 불려갔었기 때문에, 자살 현장에도 만일을 대비해 수사관들이 급파되었지만, 역시 자살로 판단할 수밖에 없었다. 부검 결과도 같았다.

실제로 오기노는 수사본부에 불려가 장시간 조사를 받은 뒤 극심한 우울증에 시달렸던 모양이다. 당연히 자기가 의심받고 있다는 사실도 자각했을 것이다. 그래서 친형과도 전화로 상의했고, 그 뒤로 연락이 닿지 않자 이를 걱정한 형이 동생 집에 방문했는데, 목을 맨 것을 발견한 것이다. 자살 동기를 한 마디로 설명하기는 어려웠지만, 사건 관여를 인정한 죽음이라기보다는 경찰의 취조를 받은 것에 의해 신경쇠약에 빠졌기 때문이라고 생각할 수 있었다.

오기노의 죽음은 수사본부에게 큰 타격이 되었다. 경찰이 도가 지나친 취조를 한 것이 아닌지 언론에서 의문을 품기 시작한 것이다. 수사본부는 담화문을 발표하고 오기노는 참고인에 지나지 않았으며, 유력한 용의자도 아니었기 때문에 정중하게 수사했으며 지나친 취조 등은 있을 수 없다고 강조했다. 그럼에도 불구하고 수사본부를 비난하는 여론은 한동안 가라앉지 않았다.

결과적으로, 도가시와 오기노는 범죄성이 없는 죽음으로 판명된 반면, 명백하게 살인 사건으로 단정된 것은 기무라뿐이다. 하지만 도가시의 교통사고 현장에서 면허증과 휴대폰이 전혀 발견되지 않았다는 것은 누군가 그것을 가지고 사라졌을 가능성이 높다. 그 목적은 뻔하다. 도가시의 신원이 늦게 밝혀지게 할 의도가 있었거나, 가와구치 사건의 단서가 될 정보가 휴대폰 문자메시지함에 남아 있을 가능성 때문에 휴대폰을 폐기했을 수도 있다.

이렇게 수사가 난항을 겪는 가운데 가와구치 사건 수사본부는 하야마가 제공한 USB 속 동영상을 해석하느라 필사적이었다. 강간이 행해진 장소가 어디인지만 찾아낼 수 있다면 수사는 틀림없이 비약적으로 진전될 것이다. 수사본부의 형사들은 그것에 실낱같은 희망을 걸고 있었다.

제2장
이상한 냄새

(1)

가게 안에 큰 소리가 울려 퍼지고 있었다.

"어떻게 알았지?"

쓰지모토 수사반장은 내 얼굴을 날카롭게 노려보며 물었다. 그의 얼굴은 불쾌한 듯 일그러져 있다. 질문의 뜻은 잘 안다. 가지모토와 키쿠이에 대한 참고인 심문을 한 수사반장은 당연히 그들이 한 진술을 밖으로 누설하지 말라고 못 박았을 것이다. 특히 골판지 위에 떨어져 있던 금속 물체는 결정적인 물증도 될 수 있기 때문에 그 점에 대해서는 더욱더 비밀 엄수를 신신당부했을 것이다.

그럼에도 불구하고 그 사실을 내가 알고 있는 것은 가지모토와 키쿠이가 내게 이야기했기 때문이라고 생각할 것이다. 결국 나는 이 점에 대해 진실대로 말하는 것이 좋다고 판단했다.

"가지모토와 키쿠이에게 들었습니다."

본래 기자는 취재원을 경찰 등에게 발설해서는 안

된다. 하지만 정보의 흐름이 이렇게 뻔히 보이는데 거짓말을 할 수도 없는 노릇이었다.

"답답한 녀석들이구먼."

쓰지모토는 탄식하듯 말했지만, 그들의 말을 다시 주워 담을 수도 없었다.

우리는 하치오지 경찰서에서 도보 10분 거리에 있는 파칭코 가게에 들어왔다. 내가 쓰지모토 수사반장의 휴대폰에 전화를 걸어서 경찰서 밖으로 불러낸 것이다. 파칭코 가게는 은밀한 이야기를 하기에 최적의 장소였다. 가게 안의 시끄러운 방송과 음악, 그리고 파칭코 구슬이 나오는 소리 때문에 가게 안은 소음의 대홍수다. 그래도 우리는 주의를 살피며 파칭코 안에 구슬을 넣고 나란히 앉아 파칭코에 열광하는 척했다.

"그래서 그 강간 현장이 어딘지 알아냈습니까?"

"그걸 묻기 전에 당신이 가진 정보를 이야기하는 게 먼저잖아."

쓰지모토의 발언에 나도 모르게 고개를 끄덕일 뻔했다. '솔깃한 정보가 있다'는 말로 수사반장을 불러낸 건 나다.

"내가 가진 정보의 가치에 따라 대답을 할 것인지

결정하겠다는 거군요." 나는 약간 익살맞은 말투로 말했다.

쓰지모토는 별 반응이 없었다.

"저는 그 USB 속 동영상을 본 적이 없지만, 가지모토와 키쿠이의 이야기를 토대로 그곳이 어디인지 추측해 봤습니다."

"그게 어디야?"

"잠깐만요. 이건 어디까지나 추측이니까, 결론만 말해서는 믿지 못하실 겁니다. 그러니까 그 전제가 될 만한 이야기를 먼저 들어주세요."

여기서 나는 일단 말을 끊었다.

"전에도 말씀드린 것처럼 저는 기무라와 도가시의 증언 속에서 주범으로 여겨지는 남자가 실제로 존재한다고 믿고 있어요. 그러니까 왜건 차량의 핸들을 잡았던 남자 말이죠."

"그래서?"

쓰지모토가 마른 목소리로 다음을 재촉했다. 벌써 몇 번이나 나에게 들은 말이기 때문에 쓰지모토는 별다른 관심을 보이지도 않았다.

나는 목소리를 조금 더 크게 했다.

"그 남자는 기무라와는 이야기를 나눴지만, 도가시와는 아예 말을 섞지 않았습니다. 게다가 마스크를 쓰고 베레모를 썼어요. 이것으로부터 우리가 추측할 수 있는 사실은 그 남자가 기무라와는 아는 사이지만, 도가시와는 그때 처음 만났고 도가시에게 얼굴이 알려지고 싶지 않았다는 거겠지요. 그런데 실제로는 그 이상의 의미가 있습니다."

"번거롭게 에둘러 말하지 마. 나 바빠!" 쓰지모토가 중얼거렸다.

나는 그 말을 무시하고 비슷한 논조의 이야기를 계속했다.

"마스크는 얼굴을 가린다는 것 말고는 큰 의미가 없어요. 문제는 베레모입니다."

"그게 뭐 어쨌다고?"

"베레모의 특징은 머리를 덮는 면적이 상당히 좁다는 점입니다. 카우보이모자나 야구모자에 비하면 어차피 헤어스타일의 특징을 숨기는 데 특별한 기능이 있지도 않지요. 그런데 헤어스타일의 특징 중 가장 두드러지는 것은 뭐니 뭐니 해도 머리카락 길이겠지요. 따라서 이 남자가 베레모를 고른 것은 그것으로도 충분히 헤어스타일을 숨길 수 있을 정도의 짧은 머리를 가졌기 때문 아닐까요? 즉, 그 남자의 두발이 꽤 짧다는 추측이 가능합니다. 그것을 영상에 찍혀 있었던 금속 물체와 연결했을 때 저는 등골이 오싹했습니다."

나는 여기서 말을 멈추고 쓰지모토의 반응을 보았다. 특별히 두드러지는 반응은 없었다.

"금속 물체가 절의 주지승이 불경을 읽을 때 울리는 종과 비슷하다는 말을 하고 싶은 거잖아?" 쓰지모토는 내 대답을 기다릴 필요도 없다는 듯 말했다.

나는 깜짝 놀랐다. 역시 수사본부는 이미 그런 것쯤은 알아채고 있었던 것이다. 내 정보는 쓰지모토와 거래할 수 있는 것이 아닌 듯했다.

"그렇다면 그것이 무슨 뜻을 가지는가가 문제인데요." 이렇게 말하긴 했지만 나는 이미 동요하고 있었다. 비장의 정보라고 생각했던 것을 상대가 이미 알고 있을 때 느껴지는 수치심 때문이었다.

그리고 이런 경우 그 다음 추론을 가볍게 단정해버리는 것이 얼마나 위험한지도 나는 알고 있었다. 상대는 이미 내가 생각한 이상을 검토해봤을 수 있기 때문이다.

즉, 내 마음속에는 수치심과 경계심이 병존했다. 나로서는 차라리 쓰지모토가 다음 추론을 이어주기 바랐다. 하지만 쓰지모토 수사반장은 내 심리도 이미 꿰뚫고 있는 듯 반대로 이렇게 물었다.

"그게 무슨 뜻을 가지고 있지?"

"잘은 모르겠습니다. 그러나 곰곰이 생각해보면 그 사람이 사건 관계자 대부분과 사건 발생 전부터 연결고리를 가지고 있는 걸 알 수 있습니다. 물론 공범 중에서 사건에 일정한 관여를 하고 있는 도가시의 경우만 사건 전까지 서로 몰랐을 가능성이 있지만요."

쓰지모토는 미묘한 표정을 지었다. 현직 경찰청 수사반장으로서 근거 없는 의혹을 마구 떠들어서는 안 된다는 마음은 충분히 이해할 수 있었다. 나도 내가 하는 말에 명확한 근거가 있다고는 생각하지 않았다.

"당신이 가진 정보는 그것뿐인가?"

뼈아픈 말이다. 쓰지모토 수사반장은 파칭코 기계의 핸들을 쥐고 단숨에 구슬을 당겼다. 그러고서 자리에서 일어났다. 나도 내 기계의 구슬을 남긴 채 일어났다.

가게 밖으로 나온 순간 나는 덧붙이듯 말했다.

"게다가 동창회 때 기무라가 가지모토와 키쿠이에게

'그런데 선생님들 중에 출석한 사람은 이게 다야?'라고 물은 의미를 이제야 알아낸 것 같습니다. 기무라가 동창회에 왔을 때 문제의 인물은 이미 출석했음을 확인했으니, 기무라가 가리킨 인물이 오기노가 아닐까 예상했었는데, 지금 와서 생각해보면 그건 역시 혼동을 야기하려는 속임수 같은 발언이 아니었을까요?"

"속임수? 뭘 속이지?"

"기무라는 가지모토나 키쿠이에게 참석하지 않은 다른 교사를 만나러 온 것처럼 위장하면서 사실은 그 자리에 있던 특정 교사에게 들리도록 발언하고, 그 교사를 협박하고 있었던 것이 아닐까 싶어요. 그 말의 이면에는 '사실은 너를 만나러 온 거야.'라는 비아냥거림이 숨어 있었던 것 같아요. 기무라는 원래 그런 식으로 비꼬아 말하는 남자입니다. 동창회가 끝나고 기무라는 문제의 인물에게 별다른 말도 걸지 않았던 것 같은데, 이미 협박의 목적은 달성했다고 생각했기 때문에 그랬을 수도 있죠."

쓰지모토는 내가 한 말에 별다른 반응을 보이지 않았다. 오히려 그런 사소한 것은 아무래도 좋다는 듯 초조한 말투로 의외의 말을 건넸다.

"어이, 분명히 말해두는데 지금 자네가 말하는 그 사람은 피의자도 참고인도 아니야. 그러니까 멋대로 움직이지 마. 당신이 함부로 움직이면 우리가 일하기 힘들어져. 다만, 이것에 대해서만큼은 당신 의견이 듣고 싶어. 당신은 토다 가 사람들에 대해 깊이 조사를 했었으니까. 지금부터 내가 당신에게 보여주는 건 내가 허락할 때까지 공개하지 않겠다고 약속해!"

"그건 뭘 보여주느냐에 따라 다릅니다." 나는 흥분을 감추고 정말이지 여유가 있는 것처럼 히죽 웃으며 말했다.

쓰지모토 수사반장은 그 말에는 대답하지 않고, 입고 있던 검은색 파카 안주머니에서 두 번 접은 복사용지 한 장을 꺼내 내 코끝에 들이밀었다.

"알겠나, 보기만 하는 거다. 휴대폰으로 찍는 건 물론 똑같이 옮겨 적는 것도 안 돼."

나는 고개를 끄덕이면서 복사용지를 받아서 펼쳤다. 컴퓨터로 친 짧은 글귀가 눈으로 날아 들어왔다.

고엔지 사찰의 본당 마룻바닥을 조사해주세요. 가와구치 사건이 있던 무렵, 이상한 냄새가 났습니다. 잘 부탁드립니다.

지나가는 차와 사람들이 연주하는 길거리의 소음이
갑자기 머릿속에서 싹 사라졌다.

(2)

　그날 밤 나는 스가이를 만났다. 그때까지도 휴대폰
으로 연락은 주고받았지만, 실제로 얼굴을 보는 건 오
랜만이다.

　스가이가 나와 만나는 것에 불편함을 느끼는지는
명확하지 않았다. 하지만 어찌되었든 그가 내 부탁을
받아들였으니까 내 행동에 다소 흥미를 가지고 있는
것은 분명했다.

　스가이는 아직 삼십 대 초반으로 젊지만 자기가 한
번 관여한 일에 완전히 등을 돌릴 만큼 매정한 사람은
아닌 것 같았다. 편집자로서의 신념을 가진 나름대로
양심적인 사람인 듯했다.

　밤 8시가 지나 우리는 니시신주쿠에 있는 호텔 2층
라운지에서 이야기를 나눴다.

　회사로 돌아가 야근을 할 계획이라고 하는 바람에
우리가 이야기를 나눌 시간은 한정되어 있었다.

"귀찮은 일을 부탁해서 미안했어요." 나는 낮은 자세로 말했다.

"그런데 전혀 어렵지 않은 일이었습니다. 고교 동창회 명부 따윈 쉽게 돌아다니니까요. 연줄을 동원하니 바로 제 손에 들어왔어요. 실제 동창회 명부는 돌려줬으니 그냥 제가 말로 해도 되겠지요? 하마나카 변호사와 하야마 스님은 도립 이치나카 고교의 동창이었습니다. 게다가 3학년 때는 같은 반이었습니다. 딱 1980년에 졸업했어요. 하마나카 씨는 도쿄대 법대에, 하야마 씨는 교토대 불교대학에 진학했네요." 스가이는 메모해 온 수첩을 보며 말했지만, 이미 대부분을 암기하고 있는 말투였다.

"그런데 스기야마 씨, 이런 정보는 그다지 중요한 것으로 생각되지는 않는데요… 하마나카 씨와 하야마 씨가 고교 동창이고, 그 인연으로 하야마 씨가 하마나카 씨에게 토다 타츠야의 변호를 부탁했다고 해도, 토다 집안과 하야마 씨의 관계를 생각하면 극히 자연스러운 일이 아닐까요? 게다가 하마나카 씨는 하야마 씨가 사건을 소개해준 사실을 숨긴 적도 없잖아요. 스기야마 씨는 타츠야의 아버지를 하마나카 변호사에게

소개한 것이 하야마 씨라는 사실에 왜 그렇게 집착합
니까?"

당연한 의문이었다. 내가 새로 밝혀낸 사실에 의거
한 추론을 스가이에게 말하지 않는 한, 내 조사 방향
이 너무나도 엇나간 것으로 보이는 것도 당연했다. 나
는 그것을 말하기 위해서 스가이를 불러낸 것이고, 명
부 조사 따윈 사실 그를 불러낼 구실 정도에 지나지
않았다.

"그걸 이해하시려면 앞서 언급한 USB 메모리카드가
경찰에 건네진 경위를 먼저 이야기해야 합니다만…."

실은 이 시점에서 경찰청은 마침내 USB 메모리카드
의 존재를 언론에 공표하고 그 개략적인 내용도 발표
했다. 그러나 영상에 찍힌 검은색 금속 물체에 관한 이
야기는 여전히 비공개 상태였다. 게다가 경찰은 오기노
는 자살했고, 도가시는 교통사고로 죽었다는 판단도
여전히 번복하지 않았다.

이로 인해 시끄러워진 쪽은 텔레비전과 신문 등 언
론이었다. 근거 없는 억측이 날뛰는 것은 늘 있는 일이
지만, 그중 가장 신빙성이 높아 보이는 것은 자살한 오
기노가 주범이고, 타츠야와 기무라, 그리고 도가시가

공범이라는 추측성 보도였다.

도가시를 빼면 세 사람 모두 피해자 부부 중 한 명 혹은 양쪽 모두와 관계가 있었던 사람이므로, 이러한 추측성 보도도 어느 정도 가능했다. 하지만 오기노는 운전을 하지 못한다는 점이 결정적인데, 언론이 그 사실을 누락하고 보도하는 것은 이상했다.

나는 일단 스가이에게 문제의 USB 메모리카드가 경찰에 넘어간 경위를 상세하게 설명했다.

"키쿠이에게 그것을 보내면, 키쿠이가 반드시 그것을 하야마 씨에게 가장 먼저 보여줄 거라고 기무라는 확신했다는 거군요."

"그렇습니다. 그런데 기무라는 정말로 보내야 할지 망설였던 것 같아요. 영상이 뚜렷하지는 않지만 그 동영상 속에 자기 얼굴이 찍혀 있으니까요. 만약 그것을 하야마 씨가 경찰에 가져가면, 기무라 본인이 가장 큰 위험을 안게 됩니다. 그래서 그것을 키쿠이에게 보낼 시점은 정말로 목숨이 위험할 때라고 생각했는지도 모릅니다."

"기무라가 키쿠이에게 영상을 보낸 또 다른 이유는 그것이 키쿠이로부터 하야마 씨 손에 넘어갔을 때 하야마 씨가 그것을 경찰에 가져가지 않을 가능성도 있다고 본 거겠지요?" 스가이가 미묘하게 얼굴을 일그러뜨리며 말했다.

과연 촉이 좋은 남자다. 내가 하려고 하는 말을 반쯤은 이미 알고 있는 듯했다.

"그렇습니다. 기무라는 하야마 씨가 그것을 경찰에 가져갈 수 없는 이유도 알고 있었던 게 아닐까요?"

"그런데 그렇다면 그걸 키쿠이에게 보내는 것보다 하야마 씨에게 바로 보내면 되지 않습니까?" 스가이가 나를 시험하듯 물었다.

"그렇지 않습니다. 그러면 협박 효과가 떨어져 버릴 것입니다. 협박이라는 건 역시 키쿠이라는 제3자를 통해야 제맛이었던 겁니다."

"하지만 그렇게 키쿠이를 통하면 하야마 씨로서도 그것을 경찰에 제출하지 않을 수 없다는 사실을 기무라는 예상하지 못했던 걸까요?"

"여러 가지 가능성을 열어두었던 것 같습니다. 어쩌면 키쿠이가 본인도 범인과 한패라고 경찰로부터 오해를 받을까 봐 경찰에 제출하지 않는 시나리오를 고려했을 수도 있고, 하야마 씨가 그런 취지로 키쿠이를 설득하면서 경찰에 제출하는 건 보류하자고 제안하는 시나리오도 고려했을 수 있습니다."

"어쨌든 결론을 내지 못한 채 망설이는 사이 기무라의 어머니가 지레짐작으로 기무라에게 말도 하지 않은 채 그 서류 봉투를 우체통에 넣어버렸다는 거군요."

그런 것 같다고 나는 마음속으로 중얼거렸다. 이것이 그나마 USB 메모리카드를 키쿠이에게 보낸 기무라의 행동에 대한 설명이 된다.

"그런데 하야마 씨가 실제로 고른 선택지는 그것을 곧바로 경찰에 가져가는 것이었습니다. 이것을 우리가 어떻게 해석할지도 매우 중요합니다." 나는 그렇게 말하고 스가이의 눈을 가만히 응시했다.

스가이의 표정에는 긴장감이 가득했다. 그것은 그가 내가 하는 말에 흥미를 가지기 시작했다는 증거처럼 느껴졌다.

"뭐, 그 사람은 아무것도 켕기는 일이 없기 때문에 그것을 바로 경찰에 제출했다고 해석하는 편이 일반적일 텐데 말이지요. 그것 말고 다른 해석을 한다면, 뭔가 구체적인 근거가 필요하겠지요?" 스가이는 어디까지나 객관적이고 신중한 자세를 무너뜨리지 않고 말했다. 하지만 본심은 그렇지 않고 이미 나와 비슷한 생각을 하고 있는 것처럼도 보였다.

"이런 해석은 어떤가요. 기무라는 키쿠이에게 USB 속 영상을 보내면 그것이 반드시 하야마 씨의 손에 건너갈 것을 계산했습니다. 기무라는 동창회에 참가해서 가와구치 사건에 관한 정보가 하야마 씨에게 집중되는 시스템이 있다는 걸 간파했을 테니까요. 그래서-."

여기까지 이야기했을 때 스가이가 내 말을 이어받듯 이야기를 꺼냈다.

"스기야마 씨, 이야기를 압축합시다. 당신 말대로 하야마 씨가 가와구치 사건의 주범일 경우, 그가 그 USB 메모리카드를 경찰에 가져간 시점에 이미 하야마 씨는 기무라를 살해하기로 결심했다는 거네요. 그것이 경찰 손에 넘어가면 곧 기무라는 체포될 것이고, 그러면 그의 자백에 의해 진짜 주범이 누구인지 알려지는 것도 시간문제라고 생각했을 테니까요. 그래서 기무라가 체포되기 전에 없애버릴 필요가 있었다?"

"바로 그 말입니다. 하야마 씨가 USB 메모리카드를 경찰에 제출한 것은 10월 10일이니까, 저는 기무라가 살해된 것이 10월 11일 정도일 거라고 예상합니다. 아니, 어쩌면 USB를 경찰에 제출하기 전에 죽였을 가능성도 있으니까 10월 10일이었을 가능성도 있습니다. 그리고 그것은 사망 추정일과 크게 다르지 않습니다."

나는 여기서 다시 말을 끊었다. 스가이의 반론이 예상되었기 때문이다.

"그런데 스기야마 씨, 그것만으로는 너무 추측에 불과해요. 객관적인 증거가 필요하겠지요. 하야마 씨가 기무라를 죽여 입막음을 할 동기가 있다고 하더라도요."

그가 그렇게 말하는 것도 당연했다. 나는 긴 시간을 들여 조사한 것의 결론만을 말하고 있다. 내가 지나치게 서두르고 있다는 생각도 들었다.

경찰이 정확한 진상을 파악하기 전에 실체적 진실을 발표하고 싶다는 기자로서의 공명심이 앞섰던 것도 부정하지 않겠다. 그러나 내가 가장 두려워했던 것은 사건의 진상에 대한 해명이 늦어짐에 따라 더 많은 사람이 죽어나가는 것이었다.

"증거는 있습니다. 꽤 결정적인 물증입니다." 나는 스가이의 얼굴을 응시하며 말했다. 그날 낮에 쓰지모토 수사반장과 나눈 대화를 염두에 두고 한 말이었다.

(3)

8월 29일.

얼마 전부터 그 냄새가 늘 신경 쓰였다. 처음에는 쥐의 사체가 내뿜는 냄새가 아닐까 생각했다. 물론 범죄가 발생했다는 예감 같은 것도 없었다. 게다가 얼마 지나지 않아 냄새는 옅어지기 시작했고, 그때부터는 거의 신경 쓰지도 않았다.

하지만 또 다른 종류의 불길한 느낌은 계속되고 있었다. 방안을 누군가가 들여다보고 있다는 느낌. 벽 맞은편에서 죽은 물고기의 눈깔 같은, 빛을 잃은 기분 나쁜 눈이 이쪽을 응시하고 있는 것만 같은 생각이 드는 것이다.

욕실에 씻으러 들어갈 때도 여러 차례 비슷한 시선을 느꼈다. 누군가가 나를 관찰하고 있다. 아니, 사실은 그것이 누군지 알고 있다. 그러나 그 사람의 정체를 머릿속에 떠올리는 것이 두려웠다. 생각하지 않기로 했다. 생각하지 말자.

욕실 창문 너머 뒷산이 보인다. 깊은 어둠이 호흡하듯 이쪽을 보고 있다. 그 어둠 속에도 역시 그 탁한 빛을 발하는 눈이 숨어 있다. 그 눈의 주인은 끝없이 괴이한 웃음을 지으며 어떤 틈을 살피고 있는 것처럼 보였다.

산비둘기가 지저귄다. 그 소리는 어딘지 모르게 광기를 띤 여운을 남기고 어둠 속으로 사라져간다. 문득 생각했다. 울고 있는 건 정말 산비둘기일까. 인간이 입으로 산비둘기를 가장하고 있는 것은 아닐까. 그렇게 생각하면 오싹해졌다.

입으로 그 소리를 흉내 내는 남자는 오래전부터 같은 얼굴을 하고 있다. 게다가 잘 아는 얼굴이다. 잘 알고 있는 정도가아니다. 그 얼굴은 예전부터 변할 리도 없는 얼굴이다. 하지만가끔은 다른 사람이라고 느껴지기까지 했다. 당신은 정말 누구야?

내게는 눈도 코도 입도 없습니다. 나는 누구죠? 그런 수수께끼를 내고 싶어질 만큼 그 얼굴은 어떠한 표정조차 없었다.

그날 밤 무슨 일이 일어났는지 모른다. 하지만 그때부터 모든 것이 변한 것 같다. 그러나 그 일을 누구와도 상의하지 못했다.

그는 낮에는 만면에 미소를 지으며 행복의 나라 주인인 것같은 얼굴을 하고 살고 있다. 아무런 걱정 없는 밝은 사람으로. 하지만 밤이 찾아오면 공포의 나라 주인으로 변모한다. 늘도망치고 싶다고 생각했다. 하지만 아직 시기상조일 것이다. 진상을 확인할 때까지는 이곳을 떠나고 싶지 않다.

오늘밤도 어둠이 찾아온다. 낮에는 한여름 날씨였기 때문에밤의 서늘함에 한숨 돌린다. 하지만 비도 오지 않는데 내 귓속에서는 낙숫물 같은 불길한 소리가 울려 퍼진다. 이윽고 그것은 사람의 신음소리로 들리기 시작했다. 땅에 묻힌 인간이 괴로움에 헐떡이며 도움을 청하고 있는 소리일까. 할 수 있다면 구해주고 싶다. 하지만 그들이 어디에 있는 건지 알 수가 없다. 아니 사실은 알고 있는지도 모른다. 다만, 그 위치를 명확히 하는 것이 두려운 것뿐이다. 그 신음소리는 바로 발밑에서 들려오는 듯 느껴졌다. 바로 밑 땅속에 매장된 해골이 내 눈꺼풀 안쪽까지 올라와 있다.

(4)

"이 일기에 나오는 '누군가'라든가 '남자'라는 건 당신의 아버지지요?"

나는 다 읽은 일기장을 테이블 위에 올려놓으며 마른 목소리로 물었다. 스가이를 만나고 이틀 뒤, 요츠야에 있는 찻집에서 리하와 이야기하고 있었다. 요츠야는 리하가 올해 4월부터 다니기 시작한 유명 사립대에서 가장 가까운 지하철역이다.

"그렇습니다."

리하의 표정이 점점 창백해져간다. 아름답고 뚜렷한 이목구비였지만 병적으로 예민한 인상으로, 이미 정신병 증세가 있을지도 모른다는 불길한 예감이 들게 만드는 표정이기도 했다.

리하가 가지고 나온 일기는 고교생이 썼다고 보기에 탁월한 수준이었고, 문학적 감수성도 풍부했다. 하지만 어딘지 모르게 병적인 우울함을 내포하고 있는 것처럼 느껴졌다.

"8월 29일이라는 날짜는 2008년의 일이지요?"

"네. 제가 고등학교 1학년 때입니다."

"물어보기 어렵지만, 이 일기에서 당신이 시사하고 있는 것을 직설적으로 말하면 당신의 방과 욕실을 아버지가 들여다보고 있다는 건가요?"

"네, 그렇습니다. 저는 늘 아버지의 시선을 느끼고 있었습니다." 리하가 확실하게 대답했다. 외모에서 받는 인상과 달리 명쾌하게 말했다.

"그런 인상은 당신이 고등학생이 되고 나서 느낀 건가요?"

"아니요, 그렇지도 않습니다. 제가 초등학교 고학년일 때부터 아버지가 제 방과 욕실을 들여다보는 걸 느꼈습니다. 아직 엄마가 살아 있을 무렵이어서 그 일로 상의한 적도 있지만 엄마는 '아버지는 널 걱정하는 것뿐이야.' 하고 얼버무리듯 말하고 제대로 받아주지 않았습니다."

나는 타츠야의 관음증 소문이 떠올랐다. 그래서 일기 초반에 나오는 '누군가가 들여다보고 있다.'라는 글을 읽었을 때, 처음에는 그 주인공이 타츠야를 의미하는 것이 아닐까 생각해 보기도 했다. 그런데 리하의 아버지에게도 그런 버릇이 있었다니, 믿을 수가 없었다.

심적으로 무척 동요한 나머지, 곧바로 적절한 말이 나오지 않았다. 하야마가 가진 평소 이미지와 리하가 말하는 하야마의 모습은 너무 달랐다.

리하는 계속 이야기를 이었다. "하나 더 걱정인 것은 아버지의 음주 버릇입니다. 일정한 양을 넘으면 갑자기 몹시 취해서 제정신을 잃고 흉포해집니다."

이것도 의외의 발언이었다. 나는 가지모토나 키쿠이 등 사이타마 고교와 관련한 취재에서 하야마가 술을 전혀 못한다고 들었던 것이다. 그 점을 바로 리하에게 물어보았다.

"엇, 저는 아버님이 술을 한 방울도 못 드신다고 들었습니다만…"

"겉으로는 그런 걸로 되어 있습니다. 아버지도 자기의 고주망태 버릇을 자각하고 있습니다. 그래서 학교 모임이나 이웃 사람들이 절에 찾아오는 공적인 자리에서는 절대로 술을 마시지 않습니다. 하지만 저는 어릴 때 아버지가 술을 좋아한다는 걸 엄마에게 들어서 알고 있었고, 아버지가 집에서 술을 마시는 것도 보았습니다. 아버지는 정말로 술을 좋아합니다. 하지만 아버지 스스로도 자신의 주사를 두려워하고 있어서 가능한 한 술을 마시지 않도록 노력하고 있는 듯합니다. 하지만 가끔 그 금욕 생활을 견디지 못해 몰래 집에서 많은 술을 마십니다. 엄마가 돌아가신 다음 그 경향은 점점 강해졌습니다. 분명 제 방과 욕실을 들여다보는 것도 술을 마시고 취했을 때라고 생각합니다. 제가 옷을 갈아입으려고 할 때에도 방 열쇠 구멍을 통해 저를 들여다보는 시선을 느꼈고, 문을 열어보면 어두운 복도를 걸어 자기 방으로 돌아가는 아버지의 뒷모습이 보인 적도 있습니다. 그 걸음걸이는 술에 취해 비틀거리는 걸음이었기 때문에 그때도 역시 취해 있었던 것이 틀림없습니다."

"하지만 그 투서를 경찰에 제출하려고 결심한 것과, 아버님의 그런 바람직하지 않은 성벽과는 직접적 관련이 없는 것 아닐까요?"

리하는 이미 쓰지모토 수사반장이 내게 보여준 그

투서가 자신이 쓴 것이라는 사실을 인정하고 있었다. 생각해 보면 투서는 에두른 표현이었다.

나로서는 리하가 가와구치 사건에 대한 아버지의 관여를 어느 정도로 생각하고 있는지 궁금했다. 밀고문은 어디까지나 사체가 있다는 것을 암시하는 것일 뿐, 반드시 아버지가 가와구치 사건의 진범임을 지명하는 것은 아닐 수도 있기 때문이다.

"아니요, 제 머릿속에서는 관련이 있습니다. 물론 아버지가 진범인지에 대해서는 저도 확신이 없고, 어쩌면 그냥 망상에 지나지 않을지도 모릅니다. 하지만 아버지가 술을 마셨을 때 당치도 않은 범죄 행위를 저질렀을 수도 있지 않을까 하는 불안함을 지울 수 없습니다. 고3 때는 대학수학능력시험을 앞두고 있었기 때문에 그런 생각을 하지 않도록 노력했지만, 대학에 입학하자마자 제 머릿속은 그것으로 가득 차 신경쇠약에 걸렸습니다. 사정을 모르는 친구들은 5월이 되어 찾아온 무기력증이라고 했지만 결코 그런 게 아니었습니다. 그래서 스기야마 씨가 연락을 주셨을 때 갈등을 겪기는 했지만 계속 괴롭게 사는 것보다는 진실을 이야기하고, 기자인 스기야마 씨의 의견도 듣고 싶었습니다.

제 사생활인 일기를 보여드릴 결심을 한 것도 그 때문입니다."

리하가 나와의 만남을 승낙한 것에는 그런 배경이 있었던 것인가. 리하가 스스로의 상태를 신경쇠약 상태라고 표현하는 것은 리하의 이성이 아직 완전히 망가지지는 않았다는 방증이기도 했다. 나는 이 여성의 인권에 최대한 주의를 기울이며 진실을 끌어낼 방법을 필사적으로 생각하기 시작했다.

"그런데 아버님의 음주 버릇이나 관음증 증세, 그리고 본당에서 이상한 냄새가 나는 것만으로 아버님이 가와구치 사건에 관여했다고 생각하는 것은 조금 경솔하지 않을까요?"

나는 본심을 숨기고 신중하게 발언했다. 하야마에 대한 내 심증은 잿빛이었지만, 가족 앞에서 그것을 노골적으로 보일 수도 없었다. 나는 오히려 하야마 입장에 서서 변명하듯 계속 이야기를 이어갔다.

"리하 씨는 아마도 이상한 냄새 때문에 본당 마룻바닥 밑에 행방불명된 토다 부부의 사체가 있다고 예상하는 것이겠지만, 사실 낯선 사람이 본당에 침입하여 거기에 사체를 숨겨놓았을 수도 있잖아요. 물론 당신과 아버님이 사는 집이 본당과 인접해 있지만, 본당과는 다른 동에 있던 사람이 가와구치 사건이 발생한 날 본당에 침입했을 가능성도 배제할 수 없지요. 당신은 가와구치 사건이 발생한 날 밤 집에 계셨나요?"

"아니요, 그날 밤에는 우연히 고교에서 3박 4일 일정으로 구주쿠리에 갔었기 때문에 저는 집에 없었습니다." 리하는 그렇게 말하고 가만히 내 눈을 들여다보듯 쳐다보았다.

단순히 객관적인 사실을 털어 놓은 것이 아니라, 그것에 싹터 있는 특수한 의미를 알리고 싶다는 눈빛으로 이해되었다. 즉, 자기가 집에 없었기 때문에 오히려 아버지는 자신의 존재를 신경 쓰지 않고 자유롭게 행동할 수 있었다고 말하고 싶은 것처럼 보였다.

그러나 리하가 정작 내뱉은 말은 그것과는 조금 다른 내용이었다.

"그리고 저는 아버지가 타츠야 씨를 감싸고돌았다는 점도 신경이 쓰입니다. 아버지는 어찌된 영문인지 타츠야 씨를 무척 동정하면서 '그런 남자는 감싸줘야 해.'라는 말을 입버릇처럼 달고 살았습니다. 타츠야 씨가 한번은 이웃집을 훔쳐본다는 불만사항이 절에 접수된

적이 있었습니다. 그때도 불평하러 온 사람들에게 아버지는 타츠야 씨가 그런 짓을 할 리가 없다면서 타츠야 씨를 계속 감쌌습니다."

"그건 아버님의 종교관에서 비롯된 것이라고 생각하면 그렇게 부자연스러운 일도 아니지 않나요?"

"정말 그럴까요? 저는 그렇게 보지 않습니다. 왜냐하면 그런 일이 있던 날 밤, 아버지는 오랜만에 집에서 술을 드시고 타츠야 씨에 대해 좀 신경 쓰이는 말을 했습니다. 그렇게 많이 마시지는 않았기 때문에 아버지는 그때 별로 취하지도 않았습니다. 그러니까 진심으로 그런 말을 한 거라고 생각합니다."

"어떤 말을 했지요?"

"그 녀석이 정말로 이웃집을 훔쳐봤을지도 몰라. 하지만 그게 뭐 대수야? 남자라면 많든 적든 다들 그런 욕망을 가지고 있다는 식의 말을 했어요. 저는 그때 아버지의 탁한 눈빛을 잊을 수 없어요."

나는 리하의 말에 바로 반응하지 못하고 한 호흡 뜸을 들였다. 아버지에 대한 리하의 불신이 절정에 이른 듯했다.

다만, 그것이 곧 하야마가 가와구치 사건에 관여하

고 있다는 증거는 아니다. 사춘기인 딸 입장에서 보면 추태로 보이는 일들이 이 세상에서 수없이 많이 자행되고 있는지도 모른다. 적어도 그것이 살인의 직접적 증거는 아니다.

"어머님이 돌아가신 후에 아버님이 다른 여성과 사귄 적이 있나요?"

아내를 잃은 남자가 그 직후부터 성적인 방종을 보이기 시작하는 것은 흔한 일이다. 내 질문에는 그런 뜻이 담겨 있었다.

"실은 아버지에게 5년 정도 사귀고 있는 여성이 있었습니다. 제가 근래 몇 년 동안 아버지와 사이가 좋지 않은 이유도 거기에 있습니다. 저는 돌아가신 엄마를 정말 좋아했기 때문에 그런 아버지를 용서할 수 없습니다."

이야기는 뜻밖의 방향으로 전개되기 시작했다. 그것은 또 다른 문제다. 나는 그 여성에 대해서 좀 더 물어볼 필요가 있다고 느꼈다.

"그 여성은 사이타마 고교와 관계가 있거나 예전에 관계가 있었던 분인가요?"

나는 두 명의 여성을 머릿속에 떠올리며 물었다. 솔

직히 말하면, 그 중 한 명은 미도리였다. 말도 안 된다고 생각하면서도 미도리가 결혼 문제를 상담하러 하야마에게 갔을 때 두 사람이 맺어졌을 가능성도 배제하지 않았던 것이다.

"그렇습니다. 그 고등학교 학생의 학부모니까요."

리하는 명쾌하게 말했다. 숨길 마음은 전혀 없는 듯했다. 그렇다면 그 여성은 적어도 미도리는 아니다.

나는 곧바로 나머지 한 명을 머릿속에 떠올렸다. 그 인물이 틀림없이 맞을 것이다. 그러나 이 시점에서도 나는 하야마가 가와구치 사건에 관여했다는 것을 절대적으로 단정짓는 것은 문제라고 스스로를 다독였다.

(5)

"저, 그분과는 이제 완전히 연을 끊었기 때문에 진실을 말씀드리는 겁니다. 거짓말할 필요가 없으니까요. 그분은 따님이 정신병을 앓고 있는 것을 정말 고민했습니다. 저는 그 절에 자주 출입했기 때문에 본당에도 몇 번 들어갔습니다. 리하가 본당에서 냄새가 난다고 자주 말했던 것도 알고 있습니다. 하지만 그건 텔레비전과 신문에서 가와구치 사건에 대해 빈번히 보도하던 무렵이었기 때문에 신경쇠약에 빠졌던 리하의 망상이었다고 생각합니다. 저는 그런 냄새를 한 번도 느끼지 못했습니다."

오후 4시 경, 나는 타에코의 집 거실에서 타에코와 이야기를 나눴다. 투룸짜리 연립주택으로 낡은 목제 식탁을 앞에 둔 채 타에코와 마주 앉아 있었다. 벽에는 작은 불단이 있었고, 기무라의 영정 사진이 장식되어 있다. 살짝 웃고 있는 표정이었지만, 내게는 그 미소의 의미가 알쏭달쏭하게 느껴졌다.

타에코는 가슴팍이 약간 벌어진 하얀색 원피스를 입고 있다. 새로 산 제품처럼 보여서 타에코의 아름다움을 돋보이게 하는 동시에 어지럽혀진 실내의 모습과는 무척 대조적이었다.

"하지만 리하 씨는 명문대에 단번에 합격했으니까, 신경쇠약에 걸려 망상에 빠져 있었다는 건 좀 무리가 있지 않을까요?"

나는 에둘러 말했다. 타에코가 한 말을 믿을 수 없다는 의사표시였다.

"그건 그 애가 부모님의 피를 이어받아서 원래 머리가 좋기 때문이 아닐까요?"

타에코는 싱긋 웃는 얼굴로 말했다. 하지만 그것은 동시에 도발적인 발언으로도 들렸다.

"하야마 선생님과는 어떤 계기로 교제를 하게 되었나요? 반 담임도 아니고 그분이 학부모들과 접할 기회는 별로 없었을 것 같은데요."

"아니요, 그렇지는 않습니다. 부교장님이야말로 여러 행사에 참석하셔서 우리 학부모들을 자주 만났습니다. 아들이 무척 신세를 졌기 때문에 감사 인사도 할 겸 인사를 나누던 사이에 여러 가지 일들을 상담하게 되었고, 뭐 그것이 그분과 만난 첫 계기네요."

나는 이 점에 대해 타에코가 하는 말이 반드시 정확한 것은 아니라는 점은 알고 있었다. 타에코가 학교 행사에서 하야마를 발견하고 가끔 말을 나누었던 것이 거짓말은 아니겠지만, 두 사람이 본격적으로 친해진 것은 절도 사건이 계기였을 것이다. 기무라가 그 사건으로 하야마에게 도움을 요청했을 테고, 하야마가 하마나카 변호사에게 타에코의 변호를 부탁했을 것이다. 그리고 여기에는 내 추측도 포함되는데, 하야마는 그 일을 핑계로 성관계를 강요한 것이 아닐까. 그러나 이 자리에서 그런 것을 적극적으로 따질 마음은 없었다.

"하야마 선생님이 차 운전을 하는지 아십니까?" 불쑥 화제를 돌렸다.

"네, 하세요. 벌써 몇십 년이나 운전을 하고 계신 것 같아요." 타에코는 별 생각 없이 대답했다. 그 질문의 중요성을 알아챈 것처럼 보이지는 않았다.

"그런데 그 절에 자전거만 있지, 차가 주차되어 있는 건 본 적이 없는데요."

"네, 집에는 두지 않습니다. 가와구치 초등학교 뒤쪽에 월정액 주차장이 있어요. 그 주차장의 소유자는 고엔지 재단의 한 사람으로, 그 사람으로부터 특별히 저렴한 가격으로 주차장을 빌리고 있는 것 같습니다. 이전에 절의 부지 안에 차를 세워뒀더니 누가 차량을 훔쳐간 적이 있다고 해서, 주차장이 더 낫겠다는 판단을 한 것입니다. 하긴 주차장이라고는 해도 이런 시골 주차장이니까 CCTV도 없어서 절에 두는 것과 크게 다르지 않은 것 같지만요. 그래도 절 안에 차를 세워두면 찾아오는 사람들이 어디어디까지 데려다 달라는 둥 말이 많았나봐요. 그래서 그런 말을 피하기 위해서라도 차를 멀리 세워두기로 한 게 아닐까요? 그 차를 알고 있던 건 그분과 극히 친한 몇 명뿐이에요."

"그 차의 색이나 종류는요?"

"저, 차에 대해 잘 몰라서 이름은 모르지만 하얀색 왜건 차예요. 그분이 절 한 번 태워준 적이 있거든요."

온몸에 심한 경련이 일었다. 하얀색 왜건 차량. 그것은 기무라나 도가시의 증언과 일치했다. 겨우 도착해야 할 목적지가 보이기 시작한 듯했다.

제3장
사건의 진상

(1)

쓰지모토 수사반장에게서 걸려온 전화 소리에 잠에서 깼다. 갑자기 휴대폰 스피커에서 귀를 찢는 듯한 고함 소리가 들렸다.

"어이, 까불지 마. 왜 그런 걸 썼어?"

무슨 말인지 알 수 없었다. 연재 중단 후 나는 어떠한 매체에도 가와구치 사건에 대해서 쓰지 않았고 언급조차 하지 않았다.

"무슨 일입니까?"

"시치미 떼지 마. 오늘 발매된 주간지 '매일아침'을 읽었다고."

불길한 예감을 느껴졌다. 내가 누명을 썼다는 것보다도 정보가 새나간 것이 더 걱정이었다. 게다가 나는 때를 보면서 내가 파악한 가와구치 사건의 진상을 공표할 기회를 기다리고 있었기 때문에, 이 단계에서 정보가 밖으로 새나갔다면 나에게도 치명적이었다.

"진정하세요. 저는 안 썼습니다. 유감스럽지만 그 신

문사에서는 저에게 원고 의뢰가 안 들어왔어요."

"그럼 어떻게 전부 실려 있는 거야? 내가 떠든 것도, 당신이 조사한 것도. USB 속 동영상에 종 같은 모양의 금속 물체가 찍혀 있는 것도. 이상한 냄새에 대해서도. 경찰이 가와구치 초의 어떤 절을 압수수색 할 거라는 말도 쓰여 있었어. 그리고 동창회에서 기무라가 가지모토와 키쿠이와 나눈 이야기까지 자세히 쓰여 있어. 이런 걸 전부 알고 있는 건 당신뿐이야!"

이 말을 들은 내 얼굴은 틀림없이 창백해졌다. 실은 그런 것을 알고 있는 사람이 나 말고 한 명 더 있기 때문이다.

"아무튼 쓰지모토 씨, 그 기사는 제가 쓴 게 아닙니다. 그 기사는 제 이름이 실려 있는 실명 기사였나요?"

"그건 아니지만…." 쓰지모토의 목소리에 약간의 냉정함이 돌아온 듯했다.

"하지만 정보가 새어나간 건 분명한 것 같네요. 혹시 그렇다면 의심할 수밖에 없는 인물이 딱 하나 있습니다. 지금부터 그 남자에게 연락을 해보겠습니다."

"그런 건 아무래도 좋아!" 다시 완전히 흥분한 쓰지모토의 고함소리가 날아들었다.

"새어나가버린 정보의 출처를 찾는 게 무슨 의미가 있지? 정보가 새어나간 것은 사실이고, 그걸로 끝이야. 당신이 그걸 누구한테 떠들고 다녔고, 그자가 왜 주간 지에 그걸 불었는지는 아무 의미가 없어. 실제 우리는 고엔지 절을 압수수색 할 준비를 하고 있던 참이야. 그 런데 이 기사 때문에 그것도 무의미해졌다는 수사본 부 내 의견도 있어. 주간지가 예언하고 있는 일을 그대 로 경찰이 하는 건 그 주간지에 정보를 누설한 게 경 찰이라고 자백하는 거나 매한가지라는 거야. 그렇다면 언론이 또 건수 하나 잡았다고 난리를 치겠지. 자네 때문에 경찰과 언론의 신뢰 관계가 완전히 덜그럭거리 고 있어!"

"어쨌든 수사본부도 고엔지와 하야마에 대한 의심 을 품고 있군요? 압수수색이니까 강제수사를 하는 거 지요?"

"아니, 그것도 아니야. 임의수사야!"

어떻게 된 것일까. 내가 맥락을 전혀 파악하지 못하 고 있다는 기분이 들었다.

"어떻게 그럴 수가 있습니까?"

"하야마가 신청을 했어. 본당 마룻바닥 밑을 조사했

으면 좋겠다고 말이야. 딸이 3년 전부터 계속 이상한 냄새가 난다고 말했던 것도 인정했어. 자기는 판단하기 힘드니까 경찰의 힘을 빌리고 싶대. 그래서 압수수색을 한다고 해도 영장이 필요 없어."

완전히 머릿속이 하얗게 바뀌었다. 그 신청이 무엇을 의미하는지 바로 판단하기가 어려웠다.

(2)

2011년 11월 17일.

텔레비전 화면이 고엔지 절 전경을 비추고 있었다. 본당 앞에는 취재를 위해 많은 언론사 기자들이 모여 있었다. 각 방송국에서 리포터를 내보내 생방송으로 고엔지에 대한 수색을 중계하고 있었다. 어떤 방송국의 젊은 여성 리포터가 새된 목소리로 외치고 있었다.

수색은 이 절 주지 스님의 요청에 의해 오전 8시부터 임의 수사로 시작되었습니다. 현재는 오전 9시 5분이고 시작한 지 벌써 1시간 정도 경과했습니다만, 사체를 발견했다는 소식은 아직 들어오지 않았습니다. 그러나 경찰은 다양한 정황을 통해 토다 하야토, 미도리 부부의 사체가 고엔지 사찰 내 어딘가에 숨겨져 있을 가능성도 염두에 두고 수색을 하고 있는 모습입니다. 결과를 알 수 있을 때까지는 꽤 긴 시간이 걸릴지도 모릅니다.

본래 극비사항으로 행해질 압수수색이 이렇게까지 언론에 미리 알려지게 된 것은 물론 주간지 '매일아침'에 뜬 기사 때문이었다. 구체적인 절 이름이 적혀 있지 않았지만, 가와구치 초에 있는 절은 고엔지뿐이었기 때문에 그것을 알아내는 것은 누워서 떡 먹기였다.

게다가 하야마가 직접 경찰의 수색일자를 공공연히 언론에 떠들었다. 수사본부도 다양한 생각을 하였고, 결국 하야마의 요청에 응하는 형식으로 수색을 실시하기로 결정한 것이다.

다만, 나는 부정적인 예감을 하고 있었다. 두 사람의 사체가 발견되지는 않을 거라고 느꼈던 것이다. 하야마는 이미 그곳에 사체가 없는 것을 알기 때문에 자발적으로 수색을 경찰에 요청한 것이 아닐까.

하야마에게는 자신의 결백을 어필하기 위한 수색일지도 모른다. 하야마가 언론에 이번 수색에 대해 당당히 이야기한 것도 명백하게 의도적일 테고, 가능한 한 많은 언론을 모아서 자신의 결백을 대대적으로 세상에 보도하고 싶었을 것이다.

내 예상은 적중했다. 밤 9시 텔레비전 뉴스에서 사체는 결국 발견되지 않았다는 내용을 보도했다. 동시에 그날 오후부터 하야마에 대한 자발적 참고인 조사가 경찰서에서 행해졌고, 현재도 진행 중이라고 했다.

나는 수차례 쓰지모토 수사반장에게 전화를 걸었지만 받지 않았다. 그가 전화를 받지 않는 것은 하야마에 대한 진술조사가 매우 첨예한 상황이기 때문으로 추측됐다.

분명 본당 마룻바닥 밑에서 사체가 발견되지는 않았겠지만, 과학수사의 시대인 만큼 잠시 동안이라도 그곳에 사체가 놓여 있었다면 어떠한 흔적이 남아 있을 수 있다. 그래서 수사본부가 장시간에 걸쳐 하야마에게 참고인 진술을 듣고 있는 건지도 모른다.

나는 일단 이 단계에서 쓰지모토 수사반장에게 연락을 취하는 건 단념했다. 그 대신 수 차례 스가이의 휴대폰에 전화를 걸었다. 하지만 여전히 응답은 없다.

주간지 '매일아침'에 기사가 나온 후 스가이와는 일절 연락이 되지 않았다. 부재중 음성메시지도 남겼지만 그것에 대해서도 감감무소식이다. 스가이가 고의로 나를 피하고 있는 것이 분명했다.

나는 결국 여명 편집부로 전화를 했다. 몇 사람을 빙빙 거쳐 겨우 무카이라는 편집장이 전화를 받았다.

"아아, 스기야마 씨, 오랜만입니다. 스가이는 세 달쯤 전에 그만두었습니다."

"다른 부서로 이동을 했다는 뜻입니까?"

"아니요, 우리 회사를 그만두었습니다."

그 후 스가이가 다시 취직한 출판사 이름은 내가 예상한 그대로였다. 주간지 '매일아침'을 발행하는 대형 출판사였기 때문이다. 물론 그 출판사에는 다양한 부서가 있기 때문에 스가이가 반드시 주간지 '매일아침' 담당이라고 단정 지을 수는 없을 것이다. 그러나 상황을 봤을 때 그것은 너무나 명백했다.

"요컨대 그는 제가 조사한 것을 그 회사에 이직한 선물로 기사화시킨 거네요." 거의 혼잣말하듯 중얼거렸다.

무카이의 당혹스러운 목소리가 들렸다.

"스기야마 씨, 당신과는 오래 알고 지냈고, 우리 잡지에도 몇 차례 원고를 주었기 때문에 말씀드리는데,

이번에 스가이가 한 행동은 우리 회사와는 아무런 관계가 없습니다. 스가이는 다른 회사로 옮긴다는 말을 일절 하지 않고 일신상의 사정으로 사직서를 제출한 거니까요. 스가이가 그쪽 출판사로 옮긴 것을 우리가 안 것도 최근 일입니다. 그런데 그가 당신이 조사한 내용을 무단으로 썼다면, 정말 기자로서 자질이 의심스러운 일이고, 당신에게는 정말 안된 일이라고 생각합니다. 하지만 이것은 우리, 즉 여명과는 무관한 일이라는 점을 다시 한번 알아주셨으면 합니다."

무카이도 주간지 '매일아침'의 기사를 훑어본 듯, 내가 이런 전화를 걸 거라고 예상하고 있었던 것 같다. 무카이의 말처럼 여명은 이번 건과 무관하다. 따라서 내가 무카이에게 달려들면 흥분해서 이성을 잃고 눈이 뒤집혔다는 말을 들을 수밖에 없다. 나는 냉정하게 대응하는 척하고 싸움을 그만둘 수밖에 없었다.

성실하고 인권 의식도 높아 보이는 스가이가 이런 행동을 했다는 것이 너무나도 의외였다. 그런 기미를 보인 부분이 있다면 앞서 녹음기 사건 정도지만, 그 정도의 반칙은 필요하면 나도 저지를지도 모른다.

다만, 분명 스가이는 그 녹음기를 내게 건네지 않고

계속 혼자 가지고 있었다. 나도 기사를 쓰면서 확인하고 싶은 것이 있었기 때문에 몇 차례 녹음기를 빌려달라고 말한 기억이 있다. 그러나 스가이는 적당한 구실을 붙여서 계속 미뤘다. 그 시기에 나도 여러 원고 마감에 쫓기고 있었기 때문에 계속 요구하지는 않았다.

스가이가 스스로 특종 기사를 쓰고 싶다는 욕망에 사로잡힌 것인지, 유리한 조건으로 직장을 옮기기 위한 수단으로 그 특종 기사를 써먹은 것인지는 알 수 없다. 그러나 나는 인간의 어두운 본성을 목도한 기분이 들었고, 맥이 턱 풀리는 느낌이 들었다.

그런데 그 기분은 연상작용을 일으켜 내 머릿속에 타츠야를 떠올리게 만들었다. 어둠에 빠진 기분이라는 걸로 따지면 타츠야야말로 그 최고봉일 것이다.

타츠야의 현재 상태는 나도 자세히 몰랐다. 그저 1년도 더 된 일이지만 료코가 내 휴대폰으로 전화를 걸어와, 타츠야의 자해 행위는 자기 때문이 아니라고 말했다. 나는 그 주장을 흘려들었다. 료코는 그때 타츠야가 퇴원하면 큰아버지 부부의 집에서 지내게 될 거라고 말했다. 실제로 타츠야가 그렇게 했다고 하야마에게 들었다.

갑자기 불안감이 엄습했다. 팔순이 넘어 보이는 고령의 부부가 타츠야를 돌보는 건 어렵지 않을까.

나는 타츠야의 자해 행위에 대해 일정한 책임을 통감하고 있고, 하마나카 변호사에게 비판받은 적도 있었기 때문에, 타츠야가 퇴원하면 어떻게든 그와 접촉해서 그의 마음을 진정시킬 계획을 가졌었다. 하지만 가와구치 사건이 너무나 급속히 전개되어서 그것도 1년 넘게 실현하지 못했다.

(3)

고엔지 절에 대한 수색이 이뤄진 다음 날, 나는 타츠야의 큰아버지인 토다 히데아키로부터 연락을 받았다. 타츠야는 현재 히데아키의 집에서 지내고 있는데, 타츠야가 나와 이야기하고 싶다고 말했다고 했다.

11월 18일 목요일 오후 3시경, 하치오지 시내에 있는 히데아키의 집 응접실 소파에서 타츠야를 만났다. 히데아키는 아내와 함께 현관에서 나를 맞았지만, 나와 타츠야가 이야기하는 동안 응접실에는 한 번도 들어오지 않았다.

타츠야의 큰아버지와 큰어머니인 두 사람이 왜 나

와 타츠야가 단둘이서 이야기할 장소를 마련해준 것인지 궁금했다. 그들은 건실한 사람들로 보였는데, 두 사람 다 벌써 팔순이 넘다보니 이제 남은 인생의 시간이 그렇게 길지 않다고 생각한 모양이다. 그래서 타츠야가 진실을 이야기하고 어떤 형태로든 하야토 부부의 행방이 판명되기를 바라는 순수한 마음에서 그렇게 한 게 아닌가 싶다. 그것이 죽은 타츠야의 어머니 토다 키쿠코에 대한 최고의 공양이 될 것이다.

타츠야는 곤색 바지에 하얀색 와이셔츠를 입고, 베이지색 카디건을 걸친 차림으로 내 앞에 나타났다. 이전에 비해 말쑥한 인상이었다. 그 복장에서부터 큰아버지 부부의 배려를 느꼈다.

"건강은 어떠십니까?"

나는 먼저 타츠야의 건강 상태를 물었다. 하마나카 변호사의 나에 대한 혹독한 비판이 내 귓속에서 울리고 있었다.

하지만 타츠야는 나의 인사를 무시하고 불쑥 본론으로 들어갔다.

"어제 고엔지 절을 수색했지요?"

"네, 알고 계셨습니까?"

처음에는 잡담부터 할 생각이었는데, 나도 모르게 화제는 최근 있었던 일이 되었다.

"텔레비전으로 봤어요."

"하지만 아무것도 안 나온 것 같네요." 나는 선수 치듯 말했다.

"당연하지. 사체는 이미 이동한 뒤니까요."

갑자기 긴장감이 높아지고, 나도 모르게 몸을 앞으로 기울였다. 이렇게 직설적으로 표현할 줄은 예상하지 못했다. 사체라는 표현이 묘하게 생생했다.

"어떻게 그걸 압니까?"

나는 어디까지나 냉정함을 잃지 않은 척 가장하고 물었다.

"내가 옮겼으니까요."

타츠야는 여전히 억양 없는 말투로 말했다. 평소의 둔하고 탁한 눈빛도 그대로이다.

"언제 그랬습니까?"

"벌써 3년이나 전에요. 사건이 일어나고 나서 2주 정도 지났을 때였을까? 그 절의 딸이 냄새가 난다 한다면서 곤란하다고 해서 두 사람의 사체를 다른 곳으로 옮겼어요."

"다른 곳이라는 건 어디입니까?"

"그건 좀, 지금은 말 못 해요."

또다시 낙담했다. 사체만 발견되지 않으면 어떻게든 도망칠 수 있다는 마음이 아직 타츠야에게 있는 것일까. 그는 범죄를 저지른 흉악범의 교활함과는 거리가 멀어 보였다. 그렇다면 고백의 충동과 본능적인 방어 사이에서 심적 갈등을 겪고 있는 듯했다.

"하야마 씨가 부탁한 거지요?"

내 말에 타츠야는 시선을 떨어트리고 입을 다물었다. 그것은 내게는 긍정의 반응으로 보였지만, 타츠야는 명료한 대답을 하지 않았다.

"처음부터, 얘기해주실 수 있나요?" 나는 조용히 말했다.

타츠야가 먼저 이야기하고 싶다고 말한 이상, 어떠한 고백을 할 거라는 건 예상하고 있었다. 하지만 이제까지 조개처럼 입을 꾹 다물고 있던 남자가 갑자기 사건의 전모를 이야기할 거라는 생각도 들지 않았다. 어쩌면 또다시 사체의 이동만 인정할 뿐, 그 이상은 이야기하지 않을 요량인지도 모른다는 걱정도 들었다.

"이야기하겠지만, 이걸 이야기하면 나는 분명 사형

에 처해지겠지." 타츠야는 그렇게 말하면서 허공을 올려다보았다.

"그건 알 수 없습니다. 당신은 주범이 아닌 것 같으니까 사형판결이 나올 거라고 단정할 필요는 없어요."

내 발언에 타츠야는 특별히 반응하지 않았다. 하지만 마침내 겨우 결심한 것처럼 무거운 말투로 이야기하기 시작했다.

타츠야가 이야기한 내용은 사실관계로 말하자면 도가시가 처음 비행청소년들 중 한 명에게 이야기한 내용과 비슷한 편이었다.

나는 타츠야와 그 공범들이 납치한 두 사람을 고엔지 절로 옮긴 부분에서 일단 이야기를 끊고 질문했다.

"거기까지는 잘 알았습니다. 다시 한번 확인하자면, 당신이 준비했던 원예용 도끼로 방 안에서 하야토 씨를 찍은 건 기무라였고, 당신은 차 안에서 미도리 씨의 상반신을 위에서 덮듯이 해서 미도리 씨가 꼼짝하지 못하게 했고, 도가시가 당신을 돕기 위해 미도리 씨의 발을 붙잡았지요?"

타츠야는 말없이 고개를 끄덕였다. 나는 계속 말했다.

"그런데 미도리 씨는 도중에 차 안에서 반항을 했고, 하야토 씨도 중상을 입긴 했지만 아직 그 시점까지는 살아 있었다는 얘기지요?"

타츠야는 이것에 대해서는 고개를 끄덕이지 않았다. 그러나 나는 그것도 긍정의 반응으로 해석했다.

내가 정작 가장 묻고 싶었던 것은 역시 흰색 왜건 차량에 남아 습격에는 가담하지 않았던 베레모를 쓴 남자였다. 나는 타츠야가 이야기하기 편하도록 하야마라는 말을 쓰지 않고 '베레모를 쓴 남자' 혹은 '그'라는 대명사로 계속 표현했다. 타츠야도 시종일관 그 남자를 하야마라고 부르지 않았다.

"그 베레모 쓴 남자가 누구든지 간에 그가 주범, 즉 사건의 주모자인 것은 인정하지요?"

"아니, 그게 미묘해요. 그가 우리에게 제안한 건 미도리 씨를 납치하고 윤간하자는 것뿐이야. 그것을 영상으로 찍으라고는 말했지만."

"그렇다면 기무라가 하야토 씨의 머리를 원예용 도끼로 때리는 바람에 계획이 바뀌어버렸다는 건가요?"

"그런 것 같아요. 나중에 기무라에게 화를 냈거든. 하야토에게 이런 중상을 입혀버린 이상 죽여버릴 수밖에 없게 됐다고."

"나중이라는 건, 그들을 고엔지로 옮겼을 때 말인가
요?"

"그래요. 그래서 나도 기무라가 하야토를 원예용 도
끼로 찍은 건 처음 계획에는 없었던 일이구나, 라고 생
각했어요. 기무라도 순간적으로 패닉 상태에 빠져서
그런 거 같아요."

하지만 그 얘기는 납득하기 힘들었다. 하야마는 지
적 수준이 높은 사람인데, 미도리를 납치하고 강간 장
면을 영상으로 찍어둔다고 해서 모든 일이 끝난다고
생각했을 리 만무하다. 역시 최종적으로는 입막음을
하기 위해 두 사람 모두를 살해하려고 처음부터 계획
했던 게 아닐까. 하지만 그것까지는 기무라와 타츠야
에게 말하지 않았을지도 모른다.

그리고 영상으로 찍어둔다는 것은 언뜻 협박의 재
료로 쓰일 거라고 해석할 수도 있지만, 진짜 목적은 소
장하면서 성적 흥분을 얻는 것이든가, 원한의 감정을
푸는 것일 수도 있다.

"원예용 도끼는 당신이 준비했었나요?"

타츠야는 모호하게 고개를 끄덕였다.

"그 동기는 당신이 체포당한 후 형사나 검찰에 이야기한 것과 같지요?"

나는 타츠야가 그 부분에 대해서 이야기하고 싶어 하지 않는 것을 알고 있었기 때문에 속사포처럼 말했다. 대답하지 않아도 된다는 뉘앙스가 느껴졌을 것이다. 이 질문에 대해서도 타츠야는 말없이 고개를 끄덕였다.

수긍이 갔다. 그렇다면 기무라가 그 원예용 도끼를 사용해서 하야토의 머리를 구타한 것이 우발적으로 저지른 일이었을 가능성이 있다.

"결행일은 그날이라고 미리 정해져 있었나요?"

"아니, 아니에요. 그날 갑자기 내 휴대폰으로 '오늘 결행한다.'고 그 사람이 전화를 했어요."

"언제쯤이지요?"

"그들이 오기 1시간 정도 전이었으니까 새벽 2시경이 아니었을까?"

그렇다면 그 시점에 원예용 도끼는 타츠야가 이미 뜰에 있는 헛간에서 하야토와 미도리가 자는 방으로 옮겨왔을 것이다.

아마도 타츠야는 범행의 대략적인 내용만 들었을

뿐, 그날 결행하는 것은 미리 알지 못했을 것이다. 따라서 타츠야가 훔쳐보기 행위를 하는 도중에 갑자기 그 연락이 들어왔고, 그래서 사태는 훔쳐보기를 하다가 뜻밖의 방향으로 전개되었을 지도 모른다. 타츠야의 자백이 담긴 조서 앞부분은 실제 일어난 일을 그대로 말했기 때문에 그렇게 생생했던 것이다.

"그들을 고엔지 절에 데려간 다음 일을 이야기해주실 수 있나요?"

사건의 전체 그림을 먼저 파악하고 싶었기 때문에 너무 세세한 내용에는 집착하고 싶지 않았다. 가장 먼저 고엔지의 본당에서 무슨 일이 일어났는지를 알고 싶었다. 그 부분에 대해서는 USB 속 영상이 남아 있기는 하지만 정확한 것은 아무것도 알지 못했다.

"하야토가 보는 앞에서 나와 기무라가 미도리 씨를 강간했어요."

타츠야는 그렇게 툭 내뱉고 입을 다물었다. 역시 말하기 힘든 듯했다. 타츠야 입장에서 보면 남동생 앞에서 남동생의 아내를 윤간한 것을 고백하는 것이어서 말하기 힘든 것도 당연하다.

"베레모 쓴 남자는요?"

"휴대폰으로 영상만 찍었고 강간에는 가담하지 않았어요."

이것도 예상한 대로였다. 영상에 기무라의 얼굴만 나오고, 타츠야의 얼굴이 찍혀 있지 않은 것도 아마 하야마의 의사가 작용했기 때문일 것이다. 하야마는 여차하면 비행청소년들의 집단 강간살인 사건으로 수사 방향이 틀어지기를 노렸는지도 모른다.

"그 강간행위가 이뤄졌을 때 하야토 씨는 어떤 상태였습니까?"

"그게 이상해요. 이미 집에서 중상을 입어서 차 안에서는 거의 의식이 없는 빈사 상태였는데, 강간이 시작되니까 갑자기 의식을 되찾아서 울부짖기 시작했거든요."

"그럼 무슨 일이 일어나고 있는지를 이해하는 느낌이었습니까?"

"그건 몰라요. 역시 평소의 동생과는 달랐어요. 왠지 꿈속에서 울부짖고 있는 느낌이었어요."

"저항한다든가 강간을 말리려고 하는 모습은요?"

"전혀 없었어요. 그저 발을 동동 구르고 울고 있을 뿐 일어서지도 않았어요. 아마 혼자서 일어날 수 없었는지도 모르겠지만요." 타츠야는 그렇게 말하고 어두운 표정으로 깊은 한숨을 토했다.

"그리고 그 다음에는 어떻게 됐습니까?" 나는 약간 재촉하듯 물었다. 이런 어둡고 끔찍한 이야기는 간략하게 끝내고 싶었다.

"내가 남동생을 목 졸라 죽이고, 기무라가 미도리 씨를 목 졸라 죽였습니다." 타츠야가 바로 대답했다.

서두르는 내 마음이 타츠야에게도 전염된 듯했다. 나는 그때 타츠야의 눈에 큰 눈물방울이 맺힌 것을 알아챘다.

"베레모를 쓴 남자가 그렇게 하라고 지시한 건가요?"

"네, 그는 이렇게 된 건 기무라 때문이라고 되풀이해서 말했고 화를 냈습니다. 하야토에게 이렇게 큰 상처를 입혔으니 죽일 수밖에 없게 되지 않았느냐면서요."

"당신을 향해 직접 그렇게 말하지는 않았군요?"

"그렇지만, 제 입장에서 보면 저에게 하는 말처럼 느껴지기도 했습니다. 게다가 남동생은 그대로 두어도 죽을 빈사 상태였고, 미도리 씨는 반대로 의식이 또렷해서 살려두면 나중에 우리를 경찰에 신고할 걸 알았기 때문에, 우리는 두 사람을 죽일 수밖에 없었습니다."

"둘 중 누구를 먼저 죽였습니까?"

"내가 먼저 남동생을 죽였습니다. 정면에서 목을 졸라 죽였어요. 그 녀석은 럭비 선수였기 때문에 평소라면 나보다 힘이 셀 텐데 그때는 전혀 힘이 없었어요. 머리에서 계속 피가 흘러나오고 있었기 때문에 더 이상 저항할 힘도 없었겠지요."

"남동생은 살해당할 때 당신에게 무슨 말인가 했습니까?"

"내가 목을 조르면서 '넌 항상 나를 바보 취급했어.'라고 말했더니 '형, 용서해줘. 미안해.'라고 울면서 사과했어요. 그렇지만 내가 손아귀의 힘을 풀지 않고 계속 졸랐더니, 입으로 토사물을 토해냈고 그게 기도를 막아 죽었어요."

타츠야의 목소리는 쉬어 있고, 엄청난 양의 눈물이 뺨을 타고 흘렀다. 나는 그 눈물의 의미가 무섭기도 하면서 복잡다단한 것으로 느껴졌다.

"미도리 씨는 그 광경을 보고 있었던 거네요."

"그녀는 허릿심이 빠진 것처럼 바닥 위에 쭈그려 앉

아 있었는데, 동생을 보고 울부짖으면서 기어서 도망치기 시작했어요. 알몸이었기 때문에 왠지 추하고 웃긴 느낌이 들었고, 기무라는 그걸 보고 깔깔 웃으면서 미도리 씨의 엉덩이를 때리고 쫓아다녔어요. 그런데 그 사람이 갑자기 미도리 씨의 배를 발로 찼고, 그녀는 똑바로 뒤집어졌어요."

"그 사람이라는 건 베레모 쓴 남자지요?" 타츠야는 말없이 고개를 끄덕였다.

"그 후는요?"

나는 그 다음 상황을 다시 재촉했다. 역시 빨리 끝내고 싶었다. 도저히 견딜 수 없는 이야기다.

"잘 기억나지 않지만 배를 걷어차였을 때 그 충격으로 미도리 씨가 오줌을 대량으로 쌌습니다. 그랬더니 그 사람이 엄청 흥분해서 '네년이 절의 본당을 오줌으로 더럽히다니, 똥이라도 쌀 생각이냐.' 하고 고함쳤습니다. '어이 기무라, 이렇게 더러운 여자 빨리 목 졸라 죽여버려.'라고 말했어요. 제수씨가 '죄송합니다, 죄송합니다.'라고 울면서 몇 번이나 사과했지만 결국 기무라가 그녀의 배에 올라타서 목 졸라 죽였어요. 그때 기무라도 큰 소리로 아우성쳤지만 나는 기무라가 뭐라고 말하는지 알 수가 없었습니다."

타츠야는 이야기를 다 끝내고 손으로 눈물을 닦았다. 나는 재킷 주머니에 들어있던 손수건을 꺼내서 건넸다. 나도 한동안 말을 잇지 못했다. 너무나도 잔혹하고 부조리하며 정체를 알 수 없는 이야기였다.

"그다음 두 사람을 일단 본당 마룻바닥 밑에 묻었군요."

"네, 그랬는데, 나는 그 사람이 시키는 대로 그 둘을 묻는 건 돕지 않고 집으로 먼저 돌아왔어요. 내가 집으로 빨리 돌아가지 않으면 내가 제일 먼저 의심받을 거라고 그랬거든요."

이 점은 내 예상과 딱 맞아떨어졌다. 그러나 아직도 알 수 없는 것 투성이였다. 특히 미도리에 대한 하야마의 발언에서 헤아릴 수 있는 이상한 증오의 감정은 대체 그 원인을 알 수 없었다. 그것은 타츠야에게 물어봐도 모를 것 같았다.

우리는 다시 입을 다물었다. 나는 온몸에서 힘이 빠져나가고 자유를 속박당한 것처럼 깊숙이 소파에 몸을 묻었다.

"이제 아시겠죠? 어떻게 봐도 이건 사형이 내려질 수

밖에 없는 이야기예요."

타츠야가 손수건으로 눈물을 닦으며 말했다. 나는 불쑥 각성한 듯 상반신을 일으켰다. 하지만 대답할 말이 떠오르지 않았다. 방금 타츠야가 한 말 그대로 사실이 인정되면 사형판결도 충분히 가능한 사건이었다.

"아니, 오해하지 마요. 나는 내가 사형되는 게 두려운 게 아니야. 내가 사형에 처해지든 말든 그건 아무래도 좋아. 다만, 료코가 말한 것처럼 사형을 당하는 것보다는 자결을 통해 동생 부부에게 사죄하는 것이 좋을 것 같다는 생각이 들어서 말이지요. 당신은 나와 달리 머리가 좋은 사람일 테니까, 당신에게 그걸 좀 묻고 싶어요. 나는 역시 자결을 통해서 사죄하는 편이 좋겠지요?"

타츠야의 눈에서 다시 엄청난 양의 눈물이 떨어졌다. 이번에는 그것을 닦으려고 하지도 않는다. 타츠야를 만나면서 내가 이제까지 본 적이 없는 풍부한 감정 표현이다.

하지만 대답하기는 역시 어려웠다. 나는 어떻게 말해야 할지 도저히 모르겠었지만, 과감하게 일단 간략하고 알기 쉬운 표현만 골라 말했다.

"죽으면 안 됩니다. 제대로 사죄를 한다는 건 그런 게 아니에요."

계속 살아서 속죄하며 살아갔으면 좋겠다고 덧붙이고 싶었는지도 모른다.

그런데 아직 중요한 것을 묻지도 못했다. 그렇다면 대체 하야토 부부의 사체가 현재 어디에 있는지 타츠야는 여전히 말하지 않았다. 이만큼의 고백을 하면서 그것만은 은폐하려고 하는 타츠야의 마음을 나는 당최 알 수가 없었다. 그것은 역시 하야마에 대한 충성심이나 의리와 무관하지는 않을 거라고 생각했다. 타츠야는 대체 하야마에게 얼마만큼의 신세를 지고 있었다는 것일까.

나는 결국 그날 하루에 모든 것을 묻는 걸 포기하기로 결심했다. 료코의 행위가 반면교사로 작용했다. 강제적이고 무리한 추궁이 타츠야의 자해 행위를 일으켰던 것이다.

이토록 중대한 사항을 단숨에 말하게 하면, 다시 타츠야가 비슷한 생리 반응을 일으켜 걷잡을 수 없는 사태를 불러올지도 모른다. 또한, 타츠야를 혼자 두는 것이 얼마나 위험한 것인지도 알고 있었다. 타츠야의 발언은 자살을 암시하고 있다고 받아들여질 수도 있었기 때문이다.

나는 그 집을 나오면서 현관으로 배웅나온 히데아키와 그의 아내에게 모쪼록 타츠야에게서 눈을 떼지 말아 달라고 조용히 부탁했다. 타츠야는 응접실에 머문 채 현관까지 나오지는 않았기 때문에, 내 목소리는 타츠야에게 들리지 않았을 것이다. 나는 타츠야와의 대화 내용도 일절 전하지 않았고, 그들도 내게 묻지 않았다.

나는 다음 날 아침 9시에 다시 한번 찾아오고 싶다고 그들에게 부탁하고 승낙을 받았다. 아직 더 묻고 싶은 것이 있어서라기보다 타츠야의 자살을 막기 위한 목적이 더 컸다. 내 다음 역할은 타츠야에게 살아갈 희망을 줌으로써, 내가 아닌 사법당국에 나에게 했던 진술을 이야기하게 하여 공정한 법의 심판을 받게 하는 것이라 생각했다.

(4)

다음 날 나는 약간 무례하다는 것을 알면서도 약속보다 이른 아침 8시 반경에 타츠야의 큰아버지 히데아키의 집을 방문했다. 왠지 모를 불길함에 가슴이 두근 거렸기 때문이다. 그리고 내 예감은 적중했다.

타츠야는 이미 큰아버지 집에 없었다. 전날 밤 8시 경 가와구치의 본가로 돌아갔다고 했다. 흥분한 모습 도 아니었고, 본가를 오래 방치해둘 수 없어서 일단 돌 아가겠다고 말하고 나선 것 같았다. 내게는 타츠야가 연락하겠다고 말했다고 하는데, 연락은 오지 않았다.

나는 허둥지둥 택시를 잡아타고 바로 가와구치 초 로 갔다. 하지만 토다 가에 도착하자 어안이 벙벙했다. 신문사 기자, 잡지 기자, 방송국 스태프 등 열 명도 넘 는 언론 관계자들이 이미 타츠야의 집 앞에 모여서 집 안의 모습을 살피고 있었기 때문이다. 아무래도 이틀 전 고엔지 절 수색에 대해 타츠야가 어떻게 느끼고 있 는지, 각 언론이 직접 인터뷰를 하려고 하는 듯했다.

1, 2층 창문 모두 덧문은 닫혀 있지 않았지만 커튼 이 쳐져 있고 몹시 조용했다.

"집에 없나?"

나는 우연히 아는 주간지 기자를 발견하고 물어보 았다.

"아니, 그렇지도 않은 것 같아. 이웃집 주인 말에 따

르면 어젯밤에 집에 불이 켜져 있었다고 하니까. 하긴
요 1년 동안 집을 비우는 일이 많았다고는 하지만…."

그는 토다 가 앞에 있는 나카야스의 집 문패를 가리
키며 대답했다. 1년 전에 있었던 타츠야의 자해 행위
에 대해서는 모르는 말투였다. 나카야스 가 사람들은
당시 구급차가 왔던 소동을 알고 있을 테지만, 바로
앞에 사는 이웃에 대해 너무 자세한 이야기는 하지 않
았는지 '집을 비울 때가 많다.'라는 무난한 말을 고른
것 같았다.

모여 있는 언론 관계자들이 몇 차례 인터폰을 눌렀
지만 응답은 없었다. 나는 일단 그들로부터 벗어나, 몰
래 타츠야의 휴대폰 번호로 전화를 걸었지만 받지 않
았다.

그때 멀리서 경찰차 사이렌 소리가 들렸고, 점차 그
소리는 가까워졌다. 이윽고 야단스러운 사이렌을 울리
는 경찰차가 토다 가 앞에 멈추고, 우리 언론 관계자
쪽으로 두 명의 제복 경찰관이 걸어왔다.

"무슨 일이 있었습니까?"

몇 명의 목소리가 경찰관들을 향해 마구 날아들었
다.

"아니, 그렇지 않습니다. 당신들이 시끄럽다고 이웃에서 불평하고 있습니다. 그리고 경찰에 신고 전화가 들어왔습니다. 즉시 이곳에서 떠나주세요." 연배가 있어 보이는 경찰관이 온화하지만 의연한 말투로 말했다.

"하지만 이건 취재니까요. 취재 활동의 자유는 인정해주셔야지요." 신문 기자처럼 보이는 안경 쓴 중년 남자가 반론을 제기했다.

"그건 알지만, 여러분이 서 있는 곳은 사유지입니다. 허가 없이 타인의 집에 들어와 있는 것이기 때문에 엄밀히 말하면 주거침입죄에 해당합니다."

체포하겠다는 말은 하지 않았지만 말의 이면에는 이대로 계속 눌러앉아 있으면 체포할 수 있다는 뉘앙스가 분명 있었다.

"경찰관님! 잠시 이쪽으로 와주세요."

그때 토다 가의 뒤쪽에서 겁에 질린 남자의 목소리가 들렸다. 우리는 반사적으로 집 뒤쪽으로 이동했다. 경찰 두 명도 그쪽으로 걷기 시작한다.

거기에는 방송국 스태프인 듯한 남자들 세 명이 있었다. 키 큰 젊은 남자 한 명은 촬영용 카메라를 끌어안고 있었는데, 카메라가 돌아가고 있지는 않았다. 그런데 그 얼굴이 새파랗게 질렸다.

문득 올려다보니 욕실 창문이 조금 열려 있었다. 키 큰 남자가 창문을 밖에서 열고 욕실 안을 들여다본 듯하다. 창문은 잠겨 있지 않았던 모양이다.

심장에 둔한 통증이 내달렸다. 위산이 역류하는 것을 느꼈다. 넓지 않은 욕실 형광등 소켓 부분에 밧줄을 매달고 목을 맨 남자의 얼굴이 보였다. 길게 뻗은 목과 혀. 울혈이 생기고 움푹 팬 안구.

처음 보는 얼굴 같았다. 그러나 그 빛을 잃은 눈과 어딘가 앳된 표정이 타츠야의 얼굴을 떠오르게 했다.

사람들의 웅성거림이 멀리서 들려왔다. 이윽고 그것도 사라졌다. 초겨울 아침의 여린 햇살이 멍한 내 얼굴에 쏟아졌다. 눈이 부시지도 않았다. 그러나 시야에 비치는 모든 풍경이 하얗게 떠오르는 흑백 영화 속에 잠겨버린 것처럼 느껴졌다.

두 명의 경찰 중 젊은 쪽이 경찰차로 뛰어가는 발소리에 나는 정신을 차렸다. 휴대폰으로 전화를 거는 사람들의 목소리가 여기저기서 난무했다.

"앗, 데스크입니까? 토다 타츠야가 사망했습니다. 아

마도 자살 같은데 자세한 건 아직 모르겠습니다. 욕실 창문으로…."

그 흥분한 목소리를 들으며 나는 휴대폰으로 하마나카 변호사의 전화번호를 찾고 있었다.

(5)

나는 하마나카 변호사와 료코의 휴대폰에 일단 전화를 걸었지만, 둘 다 받지 않아서 부재중 음성메시지를 남겼다.

'긴급사태가 일어났습니다. 바로 전화 주세요.'

그 이상의 말은 하지 않았다. 먼저 연락이 온 것은 료코였다.

"오빠가 죽은 건 나 때문이 아니에요."

내게서 타츠야의 죽음을 들은 료코의 첫마디는 그것이다. 특별히 동요하는 목소리도 아닐뿐더러 슬픈 목소리도 아니다. 오히려 안도감이 담긴 목소리였다. 나는 이 여동생이 친오빠를 처참하게 추궁해가는 모습을 전부 목격했기 때문에, 료코의 모습을 보고 정말 견딜 수 없는 기분이 들었다. 료코가 하야토를 더 생각하는 건 이해하지만, 타츠야에게 가족으로서 조금의 연민도 없는 것일까.

나는 료코에게 담담하게 사실만을 전하고, 전화를 끊었다.

한편 내 메시지를 받고 하마나카 변호사에게 걸려 온 전화는 내가 감당하기에 한층 더 힘든 것이었다. 하마나카도 특별히 나를 비난한 것은 아니다. 그러나 그 말투는 차가웠다.

"이렇게 된 것이 의외가 아니라고 생각합니다. 모두가 타츠야를 추궁했습니다. 그러나 실체적 진실이라는 것은 하느님이 아닌 이상 그 누구도 영원히 알 수 없는 것입니다. 그렇다면 근대 형법에 의거하여 무죄판결이 나온 이상 그것이야말로 실체적 진실이라고밖에 생각할 수 없습니다. 그런데도 이런 결과가 발생한 것에 저도 책임을 통감하고 있습니다."

그러니 당신은 더 책임감을 느꼈으면 좋겠다는 뜻인가. 나는 반론하지 않았다. 하마나카는 전날 나와 타츠야가 나눈 대화를 모른다. 알고 있다면 비판하는 목소리가 훨씬 더 날카로웠을 것이다.

나는 잠시 뜸을 들인 뒤, 죽은 타츠야가 하야마의 지시를 받고 하야토 부부의 사체를 옮긴 사실과, 사건에 하야마가 관여한 것을 타츠야가 암시적으로 말했다는 것을 하마나카에게 언급했다. 그러나 하마나카의 반응은 이 점에 대해서도 좋지 않았다.

"스기야마 씨, 토다 타츠야 씨가 사망한 이상 내 역할은 이제 끝났습니다. 진범이 누구인가 하는 이야기에 깊이 관여할 생각은 없습니다. 게다가 이건 당신에게 개인적으로 부탁하는 것인데, 더 이상 희생자를 늘리는 일은 그만두어야 한다고 생각합니다."

어이가 없었다. 이 발언에는 분노가 끓어올랐다.

타츠야의 죽음에 대한 책임은 인정하지만, 마치 내가 기무라나 도가시, 거기에 더해 오기노의 죽음에까지 책임이 있다고 말하는 것처럼 들렸기 때문이다. 그리고 내 과잉 취재가 하야마에게까지 뻗쳐 결국 하야마까지 자살할 가능성이 있다고 말하는 것처럼 들렸다.

"그런데 하야마 씨에 대한 의혹이 이만큼 불거진 이상 가와구치 사건의 담당 변호사로서 그것이 진실인지 밝혀낼 의무가 있지 않습니까? 하야마 씨가 당신의 고교 동창인 것은 알고 있지만 그것이 그를 감싸도 되는 명분은 되지 않지요."

더 이상 희생자를 늘리지 말라는 하마나카의 말이 나를 흥분하게 만든 것은 틀림없었다. 내 말투도 악의에 가득 차 있었다.

"그가 내 동창인 것은 아무런 의미도 없습니다. 다만, 당신이 지금 한 말로부터 깨달았습니다. 당신은 자신의 생각에 사로잡혀 어차피 그렇게밖에 생각하지 못하는 사람이네요."

불쑥 전화가 끊겼다. 하마나카가 통화종료 버튼을 누른 듯했다. 나는 다시 같은 번호로 발신을 하고 싶었다. 그러나 간신히 참았다. 하고 싶은 말은 산더미처럼 많다. 하지만 지금 다시 하마나카와 이야기를 한다고 해도 서로 비난만 할 것이다.

나중에 부검을 통해 안 것이지만, 타츠야의 사망추정 시각은 사체발견 전날 밤인 오후 10시에서 11시경이었다. 따라서 히데아키의 집에서 본가로 돌아오고 나서 얼마 지나지 않아 스스로 목숨을 끊은 것이다.

내게 그런 고백을 한 시점에 이미 죽음을 결심했던 것일까. 자살이라는 점은 과학적으로도 상황적으로도 명료했다. 타살을 의심할 요소는 경찰의 수사에서도 무엇 하나 나오지 않았다.

하야마도 참고인 조사만 한 번 받았을 뿐, 그 이상 하치오지 경찰서에 불려오지 않았다. 의외였다. 나는 타츠야의 고백 내용을 거의 전부 쓰지모토 수사반장에게 이야기했기 때문이다.

쓰지모토 자신은 그 이야기에 부정적이지 않은 듯했다. 그런데도 수사본부 안에는 타츠야가 료코와 같은 가족이나 언론에 밀려 하야마에게 책임을 분산시키는 듯한 엉터리 고백을 하고 자살한 게 아니냐는 의견도 있었다.

무엇보다도 결정적이었던 것은 하야마의 사건 관여를 나타내는 객관적인 물증이 무엇 하나 없다는 점이었다. 물론 하야마 자신도 사건 관여에 대해 전면적으로 부정하고 있었다.

분명 USB 속 동영상에 찍혀 있는 곳은 고엔지 절 본당의 마룻바닥이었다. 또 수색 결과 바닥 밑에는 희미한 혈액반응이 인정되어 사체를 일단 그곳에 숨긴 다음, 다시 어딘가로 옮겼을 가능성도 부정할 수 없었다. 그런 점은 모두 타츠야의 고백에 부합하는 것이다.

수사본부 형사들 대부분의 견해는 미도리를 강간한 후 하야토와 미도리를 살해한 것은 타츠야의 고백대로 타츠야와 기무라이고, 그 영상을 찍은 사람이 있었다고 해도 그것은 주범이 아닐뿐더러 기무라가 속한 비행청소년들 중 한 명이었을지도 모른다는 것이었다. 그것이 도가시라고 해도 이상하지 않다는 의견까지 있는 듯했다.

기무라도 도가시도, 게다가 타츠야도 사망한 현재, 도가시가 중간에 사건 현장에서 이탈한 것을 객관적으로 증명할 수 있는 사람도 없어졌다. 그러나 나는 타츠야가 한 증언에 신빙성이 높다는 것을 쓰지모토 수사반장에게 강조했다.

"저는 타츠야가 거짓말을 했다고 생각할 수 없습니다. 타츠야 자신이 무죄라고 주장하는 거라면 허위일 가능성도 당연히 상정해야 하겠지만, 타츠야는 동생에 대한 살인을 인정하면서 그렇게 말했어요! 게다가 미도리와 하야마와의 관계, 혹은 기무라의 어머니와 하야마와의 관계 등을 생각하면 하야마는 유력한 용의자입니다."

그러나 내가 한 말도 사실은 정황 증거일 뿐이고, 하야마를 직접 가와구치 사건과 연관지을 수 있는 물증은 아니었다. 딸인 리하의 증언도 역시 정황증거일 뿐이었다. 하야마와 사건을 연결하는 직접적인 증언으로 여겨졌던 타츠야의 고백도, 엄밀히 말하면 그 '베레모 쓴 남자'가 하야마라고 인정한 것은 아니라는 점에서 결정적이라고 말할 수 없었다.

"의심은 남아. 하지만 사체가 나오지 않으면 더 이상 어떻게 할 수 없어." 쓰지모토 수사반장은 내 발언을 끊듯이 내뱉었다.

게다가 가와구치 사건의 중심에 있었다고 여겨지는 인물 대부분이 사망한 상황에서 설령 사체가 발견된다고 한들 그 이상의 수사는 진전이 없을 수도 있다.

나는 그것이 법의 맹점이라는 것을 잘 안다. 그러나 내 머릿속에서는 하야마에 대한 의혹이 영원히 사라지지 않는 아지랑이처럼 계속 머물렀다.

(6)

나는 탈출이 불가능해 보이는 막다른 골목으로 들어가 마지막 발버둥을 치고 있었다. 이제 하야마가 사건과 결부된 부분에 대해서 전부 조사한 느낌이 들었다. 부족한 부분이 있다면 그것은 그의 출신 문제였다.

보통 절의 주지 스님이라고 하면 두 종류가 있는 듯

했다. 대대로 혈연관계에 의해 이어져오는 절과, 본산에서 파견되는 사람이 주지에 앉고 그가 정년이 되면 본산에서 다시 다른 사람을 파견하는 절이 있다. 하야마의 경우는 아버지도 할아버지도 대대로 고엔지의 주지 스님이었기 때문에 명백히 전자에 속한다. 절의 주지로서는 금수저인 셈이라고 할 것이다.

나는 하야마의 고교 동창 중 몇 명에게 전화를 걸어, 하야마와 하마나카의 관계에 대해 물어보았다. 그 취재를 통해 알아낸 것은 하마나카뿐만 아니라 하야마도 고교 내에서 톱클래스의 성적을 거둔 수재였다는 사실이었다.

"하마나카와 하야마는 무척 친했지만, 동시에 라이벌이기도 했습니다. 하야마도 사실은 도쿄대 법대를 들어가고 싶었던 것 같아요. 하지만 꼭 절의 주지를 잇게 하고 싶다는 아버지의 의지가 강해서, 하야마는 어쩔 수 없이 불교대학 입시를 치는 상황이 되었겠지요."

이렇게 말한 사람은 하야마와 하마나카를 잘 아는 고교 동창이다. 다른 취재에서는 대학입시를 둘러싸고 아버지와의 불화를 겪은 하야마가 고엔지의 주지를 아버지로부터 이어받은 후에도 아버지에게는 차가

웠고, 뇌경색으로 쓰러진 아버지를 요양원에 보낸 후에는 제대로 돌보지 않았다는 제보도 있었다.

이것은 누구에게나 상냥하고 절의 주지 스님으로서 친절하게 상담에 응했다는 일반인들의 이미지와는 괴리가 있다.

한편, 어머니에게는 다정해서 여동생 부부와 함께 사는 어머니에게는 자주 선물을 보냈다고 한다. 89세로 사망한 어머니의 장례식 때는 하야마가 사람들 눈을 의식하지 않고 오열했다고 하는 이야기도 전해진다.

하야마의 취미는 서양미술 감상이었다. 그것도 일본 고전이나 한문을 가르치는 하야마의 현재 이미지로 봐서는 약간 예상외였다. 특히 17세기 스페인 회화에 조예가 깊었던 듯하다. 같은 취미를 가져서 하야마와 친했던 고엔지 재단에 속한 대학 교수는 다음과 같은 증언을 했다.

"나도 그도 서양미술이 취미였기 때문에 자주 그런 이야기를 했습니다. 그는 17세기 바로크 시대의 스페인 회화에 남다른 관심을 가지고 있었는데, 이 시기의 대표적인 화가라고 하면 역시 '벨라스케스'지요. 그런데 그는 그런 대가에게는 별로 관심을 보이지 않았습니다. 왜냐하면 그의 경우 화가보다 그림 속에 그려져 있는 인물에 관심이 있었습니다. 그가 비상한 관심을 보인 것은 '루크레티아(정숙한 로마 여인 루크레티아가 겁탈당하고 자결한 이야기는 한 개인의 비극을 넘어 로마 공화정의 탄생을 이끌어낸 일대 사건이었다. 쿠르레티아의 일화는 셰익스피어의 서사시 <루크레티아의 능욕The Rape of Lucrece>에서 재조명되기도 하였다.-편집자 주)'의 죽음을 그린 일련의 작품군입니다."

나는 이 발언을 듣고 하야마가 참 일관된 사람이라고 생각했다. 그가 끊임없이 집착한 것은 질리지 않는 역겨운 욕망에 농락당하는 나약한 인간의 모습이 아니었겠는가.

그가 이어서 말했다.

"진품을 손에 넣는 일은 누가봐도 불가능할 텐데, 하야마는 진품을 갖겠다는 집착도 있었던 것 같아요. 그렇기 때문에 그렇게 말도 안 되는 사기 사건에 휘말린 거겠지요."

말도 안 되는 사기 사건?

나는 이 말에 크게 반응하지 않을 수 없었다.

(7)

　나는 긴자에 있는 화랑 '동광'의 경영자 다카기 켄사쿠를 만났다. 다카기는 벌써 팔순이 넘었고, 이미 인생의 종착점을 맞는 사람의 달관이 베어나오는 남자였다.

　"물론 그건 완전히 저의 실수이고 부끄러울 따름입니다. 루크레티아를 그린 회화 작품은 여러 개 존재하기 때문에, 그 중 한 점이 일본에 있어도 그렇게 이상하지 않다고 믿어버렸습니다. 그러나 단호히 말씀드리지만 사기를 칠 마음 따윈 전혀 없었습니다. 실제로 저는 주지 스님께 확실하게 말씀드렸습니다. 저는 진품이라고 믿고 싶지만, 솔직히 말해서 자신이 없다고요. 그래도 좋다면 드리겠다고요…."

　다카기는 그 그림을 35만 엔에 하야마에게 팔았다. 그러나 그 대가가 당치도 않은 고액이 되어 돌아올 것을 다카기는 예상하지 못했다.

　"무슨 말씀인지 아시겠어요? 17세기 바로크 시대의 그림을 고작 35만 엔에 팔린 겁니다. 누가봐도 진품이라면 그럴 리 없잖아요. 진품이라면 최소한 몇 천만 엔

단위입니다. 그러니까 35만 엔이라는 가격은 어떤 의미에서 가짜 작품이라는 것을 전제로 붙인 가격입니다. 이상하게 들리실 수도 있겠지만, 모작들 중에서도 완성도가 높고 역사적으로 유서 깊은 것이라면 그 정도 가격이 붙는 경우가 왕왕 있습니다. 그런데 하마나카라는 변호사가 나타나 저를 사기죄로 고소하고, 결국 위자료 등 명목으로 저에게 합계 2백만 엔 정도를 뜯어갔습니다."

여기서도 하마나카의 이름이 등장한 것은 결코 우연이 아니었다. 하마나카는 원래부터 미술품 사기 사건을 연간 50건 정도를 취급하고 있었다. 그 중 민사재판 혹은 형사재판까지 이른 것은 5퍼센트 정도이고, 대부분의 경우에는 재판 전에 합의가 이루어졌다. 다카기와 얽힌 것도 그중 하나였다.

"그렇다 쳐도 35만 엔에 판 것인데 2백만 엔을 토해 낸 것은 손해배상 액수로서 너무 지나치네요. 하마나카 변호사는 어떤 명목으로 당신에게 2백만 엔을 청구했을까요?"

"처음에는 35만 엔만 돌려달라고 했습니다. 저도 그것까지는 납득했습니다. 그런데 하마나카 변호사 말로는 하야마 씨가 이미 사기죄로 고소장을 접수했기 때문에 경찰이 움직였다고 했습니다. 그리고 사기죄는 친족 사이에 일어난 것 외에는 친고죄가 아니기 때문에 하야마 씨가 고소를 취소한다고 해도 수사는 계속될 가능성이 있다고 설명했습니다. 그 수사를 멈추기 위해서는 피해자가 지불한 돈을 돌려주는 것만으로는 안 되고, 위자료로 백만 엔 정도를 더 내서 사죄의 의사를 명확히 표시할 필요가 있다고 했습니다. 그래서 35만 엔에 더해 일단 백만 엔을 하마나카 변호사에게 건넸습니다. 그런데 그걸로 끝나지 않고 변호사 비용도 하야마 씨를 대신해서 저에게 전가시켰기 때문에 다시 백만 엔 가까운 돈을 뜯겼습니다. 저는 비싼 돈이 든다는 이유로 변호사도 고용하지 않고 제가 혼자서 상대방 변호사인 하마나카 씨와 교섭했기 때문에 불리할 거라는 건 처음부터 알고 있었지만요."

이상한 이야기였다. 사기죄의 경우 피해 변제가 어느 정도 이뤄졌는지는 분명 검찰의 기소 여부에 큰 영향을 준다. 그러나 그것은 피해액을 완전히 변제하지 못한 경우의 판단기준이지, 이 건처럼 피해 금액이 완전히 변제되었는데 다시 위자료를 크게 얹어서 주었다고 해서 검찰이 기소 여부를 결정하지는 않기 때문이다.

나는 쓰지모토 수사반장에게 이 사안에 관해 하야마가 정말로 경찰에 고소장을 접수했는지 확인을 부탁했다. 확인 결과 그런 사실조차 없다고 판명되었다. 아마도 하마나카가 사용한 협상기술의 하나로, 있지도 않은 고소를 있는 것처럼 조작했을 것이다.

내 머릿속에서 하마나카의 이미지가 크게 무너지기 시작했다. 그때까지는 진정한 인권의 의미를 두고 나와 갈등을 겪기는 했지만, 하마나카가 누명을 쓴 피고인을 위해 싸우는 인권 변호사라는 기본적인 인식이 흔들리지는 않았었다. 타츠야에 대한 하마나카의 자세에 대해 나는 일종의 경의를 표하고 있었을 수도 있다.

하지만 보이지 않는 물밑 세계에서 하마나카가 그런 부정한 방법으로 경제적 이익을 올리고 있었다면 인권 변호사라는 평가 자체가 속임수에 지나지 않는다.

나는 예전에 하마나카 변호사 사무실에 근무하다가, 하마나카와 대립해 사무실을 떠난 사십 대 변호사에게 익명을 조건으로 인터뷰를 부탁했다.

"뭐, 하마나카 씨의 경우 저명한 인권변호사니까 다른 평범한 변호사에 비해 특히 높은 윤리 의식이 요구

되겠지요. 그러나 당신 말처럼 경제적 이익에 관한 그의 태도는 악착같았습니다. 형사 고소를 변호사가 협상 수단으로 사용하는 것은 평범한 일이지만, 실제로 이루어지지 않은 가공의 고소를 사용하는 경우는 별로 없습니다. 그건 협상 테크닉이라기보다 반칙, 엄밀히 말하면 사기 행위지요. 다만, 그것이 변호사 자격을 박탈할 정도의 행위냐고 묻는다면 그것은 답하기 어렵네요. 하마나카 씨가 세상을 속이고 상당히 아슬아슬한 테크닉을 구사해서 돈을 벌고 있다는 것은 부정할 수 없습니다. 법조계에서는 그가 돈 많은 의뢰인들과 질척한 관계에 있다는 것이 공공연한 비밀이니까요."

이 변호사가 예전에 하마나카와 대립했던 변호사인 점을 고려한다고 하더라도, 그 말투에서 어느 정도의 공정성과 객관성이 느껴졌다.

의뢰인과의 질척한 관계. 나는 하마나카의 얼굴을 떠올렸다. 그렇다면 세상은 그 부드러운 언동과 온화한 표정에 속고 있는 것이다.

그러나 이 '질척'이라는 표현이 하마나카와 하야마의 관계에 들어맞는 것 같지는 않았다. 하야마는 특별히 엄청난 자산가도 아니고, 경제적 관점으로만 본다면 하마나카에게는 더 큰 의뢰인들이 많을 것이다. 다만, 하야마가 하마나카의 부도덕한 이권 추구 행위에 대해 알고 있어 하마나카의 약점을 잡고 있었는지는 모른다.

내 상상은 꼬리에 꼬리를 물기 시작했다. 하야마가 하마나카에게 타츠야의 변호를 의뢰한 시점에서 하마나카가 사건의 진상을 몰랐던 것은 당연할 것이다. 아니, 도쿄지방법원의 판결이 나오기 전까지도 하마나카는 적어도 하야마가 사건에 깊숙이 관여하고 있다는 사실을 몰랐을 것이다.

문제는 그 후의 전개이다. 특히 키쿠이에게서 USB 메모리카드가 하야마에게 전해진 상황을 지금에 와서 생각해보면 하야마는 상상 이상으로 내몰렸다고 생각된다. 그 궁지에 몰린 상황 속에서 하야마가 고교 동창이자 저명한 변호사인 하마나카에게 자문을 구한 것은 당연하지 않을까. 물론 이 시점에서 하야마가 기무라나 도가시를 이미 살해했었는지는 알 수 없고, 하마나카에게 진실을 몽땅 이야기했을지도 의문이다.

아마도 자신이 어쩔 수 없이 사건에 휘말려 절의 본

당을 강간과 살인 현장으로 제공해 버렸다는 정도의 설명은 했을 것이다. 그리고 하야마는 어떤 형태로든 자신이 사건에 관여한 것만큼은 세상에 알리고 싶지 않다고 했는지도 모른다.

하마나카와 하야마가 친한 고교 동급생인 것, 그리고 회화에 관련된 하마나카의 위법행위를 하야마가 알고 있는 것을 생각하면 하마나카가 하야마를 돕는 것도 별로 이상하지 않다. 즉 USB 메모리카드를 경찰에 신속히 제공한 것은 하야마의 판단이라기보다 하마나카의 지시가 아니었을까. 그 시점까지는 하마나카도 하야마의 사건 관여가 비교적 작은 부분이라 여기고, 설마 하야마가 가와구치 사건의 주범일 거라고까지는 생각하지 못했을 테니까.

물론 이것들은 모두 내 머릿속에서 재구성한 상상에 불과하다. 하지만 타츠야의 자해 행위가 있었을 때 하마나카가 나에게 보인 태도를 생각하면 수긍이 가는 구석도 있다. 하마나카가 타츠야의 인권을 방패로 타츠야에 대한 나와 언론의 추궁을 비판한 진짜 이유는, 타츠야를 법적으로는 무죄지만 계속해서 의혹의 대상으로 남겨두고 싶었기 때문이 아닐까.

만약 타츠야의 유죄가 명백해지면 사건의 진상을 규명하려는 움직임이 가속될 것이고, 궁극적으로는 하마나카와 하야마의 관계가 드러난다. 하마나카는 이런 사태를 가장 두려워했는지도 모른다.

나는 출구 없는 미로에서 헤매고 있는 것처럼 느꼈다. 전부 추측에 지나지 않는 것이고, 하야마를 추궁할 수단이 생긴 것도 아니었기 때문이다.

그때 한 가지 퍼뜩 떠오른 생각이 있었다. 나와 하야마의 전쟁이 시작되었을 때, 하마나카를 끌어들이면 그 나름의 활로가 열릴 수도 있겠다는 생각이 든 것이다. 즉, 하마나카는 스스로 진실을 이야기하지 않으면 자신의 변호사 자격을 박탈당할 수 있다고 판단할 때 하야마를 버릴 수도 있는 인물이다. 어차피 잡아야 할 사람은 하야마이지 하마나카가 아니기 때문에 그렇게만 되더라도 내가 의도한 대로이다.

그러나 그렇게 되기 위해서는 얼마만큼의 세월이 더 필요할지 의문이었다. 그저 그때에 대비해 만반의 준비를 해둘 생각이었다.

(8)

2011년 12월 18일.

나는 이날 리하를 만나서 두 번째 취재를 했다. 그것은 경찰이 고엔지 절을 수색한 다음 하야마를 장시간 조사하고 나서 대략 한 달 정도 지났을 무렵이었다.

나는 그때까지 수차례 리하의 휴대폰에 전화와 문자메시지를 넣었지만 응답이 없었다.

하야마는 고엔지 절에 대한 수색이 있었을 뿐만 아니라 타츠야가 자살한 탓도 있어서 일부 언론에서는 하야마에 대해 '의혹의 주지'라고 요란하게 떠들고 있었다. 인권을 신경 쓰는 방송국은 노골적인 언급을 피했지만, 여러 주간지가 명백하게 하야마라는 걸 알 수 있는 표현을 사용해서 그 의혹을 언급하고 있었다.

이 관련 기사에 특히 힘을 쏟고 있는 것은 주간지 '매일아침'이었다. '의혹의 주지'라는 말을 처음 사용한 것도 이 주간지였다.

내 취재를 이용해서 하야마의 의혹에 대해서 특종 기사를 쓴 스가이는 지금 주간지 '매일아침'에서 가와구치 사건을 쫓는 핵심 기자인 것 같다고, 여명의 편집장인 무카이가 전화로 가르쳐주었다. 스가이는 원래는 여명에서 나의 담당 편집자였기 때문에, 무카이도 스가이의 이적 행위가 몹시 괘씸했을 것이다.

　나는 한때 스가이와의 연락을 포기했었다. 그러나 무카이의 이야기를 듣고 분노가 다시 치솟아 스가이의 휴대폰으로 연락을 해보았다. 스가이가 내 전화를 전혀 받지 않았기 때문에 연결되리라고는 생각하지 않았다. 그런데 의외로 스가이가 선뜻 내 전화를 받았다.

　"어이, 스기야마 씨, 오랜만입니다."

　스가이의 태평한 응답에 순간 허를 찔린 기분이 들었다. 그러나 나는 바로 제정신을 차리고 심한 말로 스가이를 비난했다.

　"스기야마 씨, 그런 말은 부당하지요. 당신도 나한테서 정보를 제공받았으니까 피차 마찬가지고 내가 일방적으로 비난받을 일은 아니지요."

　어안이 벙벙했다. 나는 적어도 스가이가 변명으로 일관할 거라고 생각했고, 이렇게 당당하게 반론을 펼칠 거라고는 예상하지 않았다.

　"내가 당신한테 무슨 정보를 제공받았다는 겁니까?"

　"하야마 씨와 하마나카 변호사가 고교 동창이라는 걸 당신한테 가르쳐준 건 납니다."

다시 어안이 벙벙했다. 그건 내가 부탁을 해서 스가이가 알아낸 정보에 불과하다. 시간을 절약해야 했기 때문에 당시 신뢰하고 있던 스가이에게 실무적인 작업을 부탁한 것에 지나지 않는다. 나는 그런 말로 스가이의 말에 반론을 했지만, 스가이는 그 후에도 궤변을 내뱉으면서, 내 정보를 가로챘다는 기본적인 사실조차 인정하려고 하지 않았다.

"부끄러운 줄 아세요. 당신이 그러고도 기자입니까!"

내가 마침내 고함을 쳤다.

"기자? 자기가 그렇게 대단한 사람이라고 생각하는 것이야말로 오만입니다. 우리는 어차피 정보꾼이라는 걸 자각해야 해요."

스가이는 자조 섞인 어조로 읊조리고는 전화를 끊었다.

정보꾼이라? 휴대폰 액정화면을 쳐다보며 나도 모르게 중얼거렸다.

내가 단순한 정보꾼일까? 스가이가 쓴 기사를 포함하여 여러 주간지는 타츠야와 하야마가 공범이 아니냐는 의혹을 제기하고 있는 것은 맞지만, 아직까지도 타츠야가 주범, 하야마가 공범이라는 논조이다. 나는 타츠야에게서 직접 들은 자백이 얼마나 중요한 가치를 지닌 것인지 그 중요성을 새삼 인식했다.

리하도 언론이 자신을 집요하게 쫓아다녔기 때문에 어딘가로 도망쳤던 듯하다. 그러나 그날은 리하가 갑자기 내 휴대폰에 전화를 걸어와서 바로 만나고 싶다고 했다. 원래 다른 취재 계획이 있었지만, 급히 취소하고 리하를 만났다.

장소는 지난번처럼 요츠야에 있는 찻집이었다. 한 달 반 만에 나타난 리하는 여전히 힘들어 보였다.

"수색 결과 아무것도 나오지 않았으니 오히려 마음이 조금 나아지지 않았나요?"

내 물음에 리하는 다소 당혹스럽다는 표정을 지었다.

"네, 일단 제가 했던 생각이 망상이었는지도 모른다는 기분은 듭니다. 확실히 이상한 냄새는 느꼈지만, 그것이 쥐 같은 작은 동물 사체가 내뿜는 냄새였을 가능성도 있는 거니까요. 일부 언론은 아버지 일로 아직도 시끄럽지만 아무것도 나오지 않아서 아버지에 대한 의혹은 다소 옅어졌는지도 모릅니다. 하지만 행방불명된 두 사람의 소식을 알지 못하는 이상 제 마음은 여전히 무섭습니다."

"그건 그렇지만 일단 고엔지 절 수색에서 아무것도 나오지 않았고, 경찰도 그 후 아버님에 대해서 조사를 계속하고 있지는 않으니까요."

내가 이렇게 말한 것은 리하의 마음을 배려하는 것도 있었지만, 리하의 진짜 마음을 확인하고 싶었기 때문이다.

"저는 여전히 안심할 수가 없어요. 아버지가 경찰에 불려갔던 날, 저도 경찰서 다른 방에서 심문을 받았습니다. 그때 저도 모르는 것을 경찰이 파악하고 있어서 깜짝 놀랐습니다."

"그건 무엇인가요? 문제 되지 않는 선에서 가르쳐주실 수 있나요?" 나는 조심스럽게 물었다.

"미도리 씨가 결혼 문제로 아버지께 상의했던 시절의 일입니다." 리하는 주저하지 않고 말했다. 나는 재촉하지 않고 다음 말을 기다렸다.

"미도리 씨와 헤어진 뒤 교사생활을 접고 학원 강사가 된 선생님이 있었는데, 아버지가 미도리 씨를 대신해서 그 선생님과 접촉하여 위자료로 백만 엔에 가까운 돈을 미도리 씨에게 지불하도록 했답니다. 아버지가 그런 일로 미도리 씨와 상담하고 있다는 것은 알고 있었지만 돈을 놓고 그렇게 구체적인 협상까지 하고 있는 줄은 몰랐습니다. 잘은 모르겠지만 위자료의 명목은 그 선생님이 미도리 씨와의 결혼을 약속해놓고 결국 이행하지 않았다는 점이랍니다."

후지쿠라를 칭하는 것이라는 걸 바로 알아챘다. 하지만 위자료 얘기는 나도 몰랐다. 아마도 수사본부가 후지쿠라를 직접 심문한 결과이리라. 그것이 의외인 것은 둘째 치고, 그렇다면 분명히 하야마와 미도리의 관계가 생각 이상으로 깊고 복잡하다는 것을 직감했다. 그리고 리하가 다음에 한 말은 내 생각을 확신으로 바꾸었다.

"하지만 지금 생각하면 짚이는 것이 있습니다. 미도리 씨가 사이타마 고교를 그만두고 다른 고교로 옮겼을 때 아버지는 집에서 술을 마시고 무척 난폭해졌습니다. 아무리 자기에게 반한 교사가 사이타마 고교에 남아 있어서 사이가 어색하다고 하더라도 미도리 씨가 다른 학교로 옮겨가버리는 건 제멋대로라고 말하면서요. 저는 그때 미도리 씨가 교장 선생님의 권유를 받아들여 그렇게 결정한 것에 화가 나신 거라고 생각했는데, 지금은 그게 아니라 역시 미도리 씨에 대한 아버지의 집착이 아닐까 싶어요."

일리가 있는 말이다. 그동안은 미도리가 오기노와의 관계가 어색해 다른 고교로 간 것이라고 생각했지만, 사실은 하야마에게서 벗어나기 위해서 그런 행동을 취했다고 생각할 수도 있을 것 같다. 그리고 타츠야의 고백이 진실이라면, 살해 현장에서의 미도리에 대한 잔학하기 그지없는 주범의 언동과도 맥락이 닿아있다.

사실 가와구치 사건의 주범이 하야마라고 생각했을 때 가장 이해할 수 없는 부분이 바로 범행 동기였다. 하야마가 하야토 부부 중 미도리에 대한 엄청난 집착을 갖고 있었던 것이 아닐까? 게다가 하야토도 운동선수 출신이라 신중하지 못한 언행으로 타인의 마음에 상처를 입히는 일이 잦았는데, 하야마에게도 뭔가 노여움을 살만한 일을 하지 않았을까?

그렇지만 하야마를 처음 인터뷰했을 때 하야토의 성격에 대한 하야마의 평가가 떠올랐다.

"겉과 속이 다르지 않은 운동선수다운 성격이었어요. 그렇다고 해서 상대의 마음을 무시하고 억지로 일을 진행하는 사람은 아니었습니다."

지금 생각하면 그 평가의 뒷부분이 실제 자신의 생각과 반대로 갖다 붙인 것일 수도 있다.

한편, '두 사람에게 위해를 가하고 싶을 정도는 아니었다.'라고 말한 오기노의 진술이 떠올랐다. 오기노의 그 말은 의외로 진실에 부합하는 말이었을 수 있다. 뒤집어 말하면, 미도리도 오기노의 그런 마음을 알았기 때문에 오기노는 별다른 위협 상대가 아니었고, 오히려 자신에게 위협이 되는 사람은 위자료까지 후지쿠라에게 받아 내주면서 이상한 집착을 보이는 홀아비 하야마가 아니었을까? 종교인으로서 금욕 생활을 하던 인간은 오랜 기간 욕망의 마그마를 축적하고 있다가, 배우자의 사망이라는 기폭제를 만났을 때 갑자기 폭발할지도 모른다.

"그런 이야기를 경찰에도 하셨나요?" 애써 침착한 척하고 넌지시 물어보았다.

"아니요, 하지 않았습니다. 아버지에게 불리할 것 같은 이야기를 적극적으로 하기는 어려웠어요."

이상한 냄새가 난다는 밀고문을 경찰서에 보낸 것은 맞지만, 리하의 혼란스러운 정신상태를 감안하면 그 이상의 주관적인 추측을 경찰에 말하기 힘든 측면도 있었을 수 있다.

"음주도 그렇고, 아버지는 직업상 색욕과 무관할 거 같지만, 딸인 제가 볼 때는 그렇지도 않았습니다. 저는 아버지가 미도리 씨에게 집착했던 걸 잘 압니다. 아버지와 함께 있는 일이 많았던 그 사람도 저와 마찬가지로 느꼈을 겁니다."

여기서 말하는 '그 사람'이란 타에코였다. 타에코는 이제 하야마와 완전히 인연이 끊어졌다고 말하면서도 하야마가 가와구치의 공범인가에 대해서는 일관되게 부정적인 입장이다. 물론 사랑하는 아들을 죽인 것이 누구인가에 대한 문제까지 접근하면 이야기는 달라질 수 있겠지만.

"제가 질문을 하나 해도 될까요?" 화제를 바꾸듯이 말했다. 더 이상은 하야마의 집착과 색욕에 대해 이야기를 해도 제자리걸음만 할 것 같았기 때문이었다.

리하는 작게 고개를 끄덕였다.

"2008년 8월 13일 밤, 즉 가와구치 사건이 발생했다고 추정되는 밤 말인데요, 당신은 고교행사 때문에 구주쿠리에 가서 집에 없었지요. 평소 본당의 잠금장치는 어떻게 되어 있나요?"

"아버지나 제가 밖에서 열쇠로 잠갔습니다. 평소에는 아버지가 했지만 가끔 아버지의 부탁으로 제가 할 때도 있었습니다."

"그러면 그날은 당신이 없었으니까 당연히 아버지가 했겠네요."

"네, 하지만 그 점도 명확하지 않습니다. 경찰 이야기로는 아버지는 그날 잠금장치에 대해 잘 기억이 나지 않는다고 말한 것 같습니다. 게다가 본당을 잠그는 것은 평소에 별로 신경 쓰지 않는다고 했답니다. 안에 훔쳐갈 물건도 없기 때문에 잠그나 안 잠그나 별 차이가 없다는 말도요. 하지만 그건 분명 거짓말입니다. 아버지는 평소에 본당을 잠그는 문제에 대해 무척 집착해서, 제가 잠그고 온 후에도 몇 번 더 확인하러 갈 정도였거든요."

"방금 말한 이 의견도 경찰에는 전하지 않았다?"

"네."

"경찰에 말씀하시지 않았던 것을 지금 제게 전하는 건 어떤 심정 때문인가요?"

내 질문에 리하는 잠시 침묵했다. 그러다 갑자기 표

정이 어두워져서 이야기했다.

"저도 잘 모르겠습니다. 역시 어떤 불안감 때문이겠죠. 경찰은 바로 아버지를 잡아갈 수 있는 수사기관인 반면, 당신은 수사기관은 아니면서도 비교적 객관적인 입장이니까 의견을 듣고 싶었던 건지도 모릅니다."

"가족 입장으로서는 아버님이 하시는 말씀을 믿어주는 편이 좋다고 생각합니다. 경찰이 심문을 하고도 아버님을 체포하지 않았던 것은 일단은 아버님에게 혐의점이 없었기 때문이겠지요."

나로서는 신중하게 말을 고르며 발언했지만 내 발언은 본심과 다르다. 수사본부는 하야마에 대해 진범에 가까운 심증을 갖고 있지만, 기소해서 유죄판결을 받게 하기 위한 물증이 아직 부족하다고 생각하고 있을 뿐이다.

"경찰이 그렇게 만만한 곳이 아닙니다, 의혹이 있으면 더 집요하게 추궁했을 겁니다. 그런데 최근에 전혀 움직임이 없습니다."

나는 또다시 거짓말을 했다. 이것으로 리하는 겨우 안심하는 듯한 부드러운 미소를 지었다. 역시 리하가 그날 나를 만나러 온 것은 나를 통해 아버지에 대한 수사가 어떻게 진행되는지, 그래서 아버지가 과연 진범인지 궁금했기 때문이었던 것 같다.

리하가 미국으로 유학을 간 것은 그로부터 다시 1년하고 5개월 후의 일이지만, 그 사이 만나기는커녕 문자메시지를 주고받거나, 전화나 대화도 하지 못했다. 내가 수차례 문자메시지나 전화를 했지만 대답은 받지못했다.

아무튼 리하와의 두 번째 인터뷰는 별 진전이 없이끝났다. 리하는 유학 후 미국인과 결혼해서 잘 살고있다는 소문이 돌았다.

진실이 밝혀지면 리하처럼 전혀 죄 없는 사람들이상처받을 수도 있다. 그렇다고 하야마를 이대로 방관하는 것도 사회정의에 반하는 것일뿐더러 피해자들과유족을 절망의 늪에 가라앉히는 것과 같다. 내가 하야마를 규탄하게 되면, 리하가 얼마나 괴로워할지 쉽게상상할 수 있다. 차라리 리하가 미국으로 유학 갔다는사실이 리하에 대한 나의 죄책감을 조금 덜어주었다.

나는 이제 하야마와의 전쟁을 기다리고 있었다. 그것은 어디까지나 기자로서 실체적 진실을 낱낱이 고하겠다는 의미이다.

(9)

 2015년 8월 7일, 가와구치 사건과 관련해서 큰일이 있었다. 고엔지 절 뒷산 땅속에서 사람의 사체 두 구가 발견되었고, DNA 감정결과 토다 하야토와 토다 미도리로 판명된 것이다. 두 사람 모두 알몸인 상태로 옷 등은 발견되지 않았다.

 그날은 최고기온이 37.7도, 최저기온이 26.8도인 몹시 더운 날이었다. 사체를 발견한 사람은 버섯을 채취하러 야산에 들어갔던 중년 부부였다.

 두 사람이 행방불명된 지 7년이 지났기 때문에 사체는 완전히 백골 상태여서 사인을 특정하는 것은 어려웠다. 그러나 두 사람 모두 목덜미를 졸린 자국이 확인되었기 때문에 최종적으로는 교살당한 것으로 추정되었다. 이 점에서도 타츠야가 내게 한 고백은 틀리지 않았다.

 그렇다면 타츠야가 끝까지 '베레모 쓴 남자'가 하야마인 것을 부정하지 않았으면서도 하야마가 맞다고 단언하지도 않았던 것은 무슨 의미일까?

행방불명되었던 두 사람의 사체가 발견되었다는 이 중대한 국면에서도 하야마에 대한 의혹이 체포영장을 발부할 만한 혐의점으로 발전하지 못했다. 고엔지 절 뒷산은 법적으로 절의 부지 내였지만 누구라도 들어 갈 수가 있는 장소이기 때문이다.

사체가 발견되던 무렵 하야마는 이미 사이타마 고 교를 퇴직하고, 고엔지의 주지 스님으로만 살고 있었 다. 물론 사체 발견을 계기로 다시 한번 수사본부에서 장시간 심문을 했지만 역시나 결정적인 진술을 끌어내 지는 못한 듯했다. 쓰지모토 수사반장이 '사체만 발견 되면 어떻게든 된다.'라고 했었지만 그렇지도 않았다. 어쩌면 사체가 너무 늦게 발견된 것일까.

경찰은 하야마가 흰색 왜건 차량을 절 부지 바깥 주 차장에 세워두고 있던 사실도 파악하고 있었다. 내가 타에코의 증언을 전하지 않았음에도 경찰은 독자적인 수사로 이 사실을 파악했다. 그런데 이번에도 하야마 스스로 경찰에게 이 차에 대해서도 조사하도록 제안 했고, 경찰도 실제로 그렇게 했다.

그러나 차 안에서 하야토의 혈액 반응은 확인되지 않았고 외견상 충돌 흔적도 없었다. 혈액 반응에 대해서는 납치로부터 7년이 지난 시점이니, 혈액 반응이 없는 것도 큰 의미는 없었다. 차 안을 철저히 청소하고 일정한 세월이 지나면 혈흔을 지우는 것이 불가능하지도 않다. 그 왜건 차량의 수리 이력도 조회했는데 특별히 수리를 한 기록도 없었다고 한다. 수리 이력에 대한 경찰의 집착은 당연히 도가시의 교통사고를 염두에 둔 것이리라. 그것은 정말이지 외견상 자손사고의 양상을 보였던 것이다.

도가시가 사망한 날 하야마의 알리바이는 모호했다. 그가 진술한 것에 따르면 그날은 수요일이었지만 안식날로 하루 종일 집에 있었다고 하는데, 딸은 고등학교에 가서 집에 없었기 때문에 그것을 증명할 사람이 없다.

그 점에 대해 하야마의 흰색 왜건 차량이 주차장에는 없었다는 두세 명의 이웃 증언이 있다. 또 기무라의 사체가 유기되었다고 추정되는 날짜에도 주차장에 하야마의 차량이 없었다는 증언도 있었다. 하지만 타에코가 말했듯이 오래된 주차장이라 CCTV가 설치되어 있지 않기 때문에 차량 출입을 입증할 객관적인 기록은 없다.

나는 가와구치 사건의 큰 그림을 파악하고 있었다. 하야토와 미도리를 직접 덮친 것은 타츠야, 기무라, 도가시 이 세 사람일 것이다. 각자 동기는 다를지도 모른다.

타츠야는 주범에 의한 지시와 교사가 있었지만, 기본적으로는 단순한 성욕이 주된 동기 같다. 물론 남동생에 대한 반감과 질투심도 영향이 있을 것 같다. 다만, 타츠야가 주범에 대해 느꼈던 의리라는 것이 무엇인지는 여전히 명료하지 않다. 평소 주변 사람들로부터 무시당해 오던 타츠야는 훔쳐보기 행위를 감싸주었다는 정도만으로도 의리를 지켜야 한다고 생각한 것일까.

기무라의 동기는 더 복잡하다. 우선, 주범인 하야마와 엄마 사이의 우호적 관계 때문에 주범의 지시를 따랐다고 생각할 수 있다. 즉, 하야마는 엄마의 치부를 아는 남자였고 엄마의 애인이기도 했으며, 엄마가 어려움에 처했을 때 하마나카 변호사를 소개해 준 사람이기도 했다. 하지만 동시에 기무라에게 하야마는 증오의 대상이기도 했을 것이므로 하야마를 협박하고 싶었을 수도 있다. 비록 하야마를 협박한 순간 기무라에게 죽음의 그림자가 드리웠지만.

도가시의 동기는 단순명쾌하다. 그저 부주의하게 기무라의 선동에 넘어가 어쩌다가 사건에 휘말린 것뿐이다.

강간과 살해가 일어난 장소는 타츠야의 고백대로 고엔지 절의 본당이고, 그 현장에 있던 사람은 타츠야와 기무라, 그리고 주범인 남자였다. 도가시가 그전에 이탈해서 본당에서 일어난 일에는 관여하지 않았다고 한 점은 믿어도 된다.

본당에서 타츠야와 기무라가 하야토와 미도리를 최종적으로 목 졸라 죽였다. 주범의 지시로 타츠야는 사체를 본당 마룻마닥 밑에 숨기는 것은 돕지 않고 먼저 집으로 돌아갔다. 고엔지와 토다 가의 거리는 도보 10분 거리이기 때문에 타츠야는 손쉽게 오전 6시 전에 집으로 돌아갈 수 있었다.

후에 본당 마룻바닥 밑에 묻었던 사체는 타츠야에 의해 뒷산 땅속에 다시 묻히게 되는데, 그것은 하야마의 딸인 리하가 본당에서 이상한 냄새가 난다고 언급한 시기와 거의 일치한다.

하야마가 내게 거짓 진술을 한 것이 여럿 있다. 그중

하나가 오기노가 과거 기무라의 담임을 맡은 적이 있다는 진술인데, 그것은 암암리에 오기노와 기무라의 엄마 타에코 사이에 어떤 연결고리가 있는 것처럼 보이게 하여 오기노에게 누명을 씌우려는 의도로 보인다. 진위를 확인해 본 결과, 시타라 쿄코 선생의 건강검진 결과에 이상이 있었던 것은 맞지만, 정밀검사 후 이상이 없어서 2주 만에 다시 담임으로 복귀했다는 게 밝혀진 것이다.

(10)

2017년 여름을 맞았다.

나는 2009년 10월호부터 세 달에 걸쳐 여명 잡지에 가와구치 사건에 관한 연재기사를 실은 바 있다. 당시 편집부가 소년법과 관련된 인권 문제를 거론하여 앞서 언급한 것처럼 연재를 중지했었다. 언제가 그 연재를 부활시키고 싶었지만, 결국 가와구치 사건 발생 후 9년의 세월이 흐르고 말았다.

연재 당시 잡지의 판매는 호조를 보였다. 여명은 원래 정치 소재를 다루는 딱딱한 잡지였기 때문에 그때만큼 많이 팔린 적은 없었다.

쓰지모토 수사반장은 내게 정보를 흘린 것 때문에 내부에서의 입지가 나빠졌다고 들었다. 그는 결국 2012년 4월 1일자로 본청 수사1과를 떠나서 시타야 경찰서의 부서장이 되었다. 표면적으로는 승진이었지만, 좌천의 색이 짙은 인사발령이다.

가와구치 사건과 관련하여 나는 영원히 침묵하고 싶은 마음에 시달릴 때도 있었다. 그러나 이대로 끝낸다는 것은 정말이지 뒷맛이 찜찜했다.

2017년 시점에서 가와구치 사건은 이미 종말을 맞은 듯했다. 여론도 잠잠했고, 수사본부도 규모를 축소했다고 한다. 언론이 마지막으로 달아오른 것은 하야토 부부의 사체가 발견되었을 때이다. 나는 그때도 타츠야가 죽기 직전에 한 고백을 언론에 공표하지 않았다.

그러나 2017년 9월, 잡지 여명을 출간하던 출판사가 단행본으로 가와구치 사건에 대해서 서적을 간행하면 어떻겠냐는 제안을 해왔다. 그 무렵 무카이가 그 출판사의 단행본 부문의 편집장이 되어 있었다. 어쩌면 나와 스가이의 경위를 알고 있는 무카이로서는 다소나마 속죄의 마음이 있었는지도 모른다.

단행본 출간 제안의 동기는 무엇이든 좋았다. 이대로 끝나는 것은 너무 분하고 어정쩡했기 때문에 무조건 고마운 제안이었다.

물론 큰 위험을 각오해야 할 것이다. 머릿속에 바로 떠오른 것은 하야마보다 하마나카 변호사의 얼굴이다.

하마나카에 대해서는 무카이와 의견이 엇갈렸다. 무카이는 하마나카에 대해 너무 비판적인 내용을 담는 것을 우려했다.

"어디까지나 타깃은 하야마여야 한다고 생각합니다. 당신이 조사한 하마나카 변호사의 의혹은 또 다른 문제지요. 그건 가와구치 사건과 직결된 것은 아니에요. 인권 변호사로 유명한 하마나카가 사실은 두 얼굴을 가지고 있고, 합법과 불법의 아슬아슬한 경계선에서 비열하게 돈을 벌고 있다는 것은 주간지로서는 흥미로운 기사지만, 이번 단행본 기획의 의도에서는 벗어나 있어요."

"저는 하마나카 변호사가 가와구치 사건과 전혀 관계가 없다고는 생각하지 않습니다. 물론 하야토 부부의 납치와 살해라는 의미에서는 관계가 없겠지요. 또, 기무라와 도가시 살해와도 관련이 없다고 생각합니다. 그러나 어느 시점부터, 아마도 그것은 하야마에게 USB 속 영상이 전해진 시점일 거라고 생각하는데, 하마나카가 하야마의 관여를 알아챘을 가능성은 있다고 생각합니다. 하야마 본인이 고백했을 가능성도 있어요. 그러니까 진실 의무를 져버렸다는 점에서 하마나카 변호사의 부정을 폭로하는 것은 가와구치 사건과 무관하지 않습니다."

무카이는 여전히 납득하기 힘든 표정이었지만 반박하지 않았다. 결국 출판사와 무카이의 배려 속에 1년 후인 2018년 9월 단행본을 출간하기로 결정하였다.

1교 편집을 끝내고 편집자들의 2교를 기다리는 동안 나는 하야마에게 질문지를 보냈다. 그 회답이 인쇄 전까지 도달한다면 그것도 책에 수록할 생각이었다.

의사소통의 수단으로 편지를 고른 것은 달리 방법이 없었기 때문이다. 타츠야가 자살한 뒤로, 하야마는 내 문자메시지에 답장하지 않았고 전화도 받지 않았다. 휴대폰 번호도 도중에 바꾼 듯했다. 2010년 10월 19일에 하야마를 만난 후로는 한 번도 만나지 못했다. 내가 쓴 편지는 아래와 같은 내용이다.

오랫동안 연락드리지 못했습니다.

오늘 편지를 드리게 된 것은 가와구치 사건에 관해 꼭 여쭙고 싶은 것이 생겨서입니다. 두서없지만 몇 가지 의문점에 대한 회신을 듣고 싶습니다. 실은 조만간 가와구치 사건에 관해 제가 쓴 책이 어느 출판사에서 간행됩니다. 오랫동안 가와구치 사건을 취재해온 기자로서 이대로 진상을 묻어두는 것은 피하고 싶고, 한 권의 서적이라는 형태로 진상을 해명하는 데에 기여하고 싶기 때문입니다. 이러한 취지를 감안하시어 모쪼록 협력을 부탁드리는 바입니다.

돌이켜보면 가와구치 사건 관계자 분들 중에 실로 많은 분이 돌아가셨습니다. 물론 사고사나 병사하신 분도 계시지만, 그중에는 명백하게 살해당한 분들, 혹은 변사나 자살로 생을 마감하신 분들도 계십니다. 현재 제 판단으로는 관계자의 사인은 아래와 같습니다.

토다 하야토, 미도리	타살
기무라 마사토	타살
도가시 카즈키	변사 (교통사고사 혹은 타살)
오기노 켄스	자살
토다 타츠야	자살
토다 키쿠코	병사

돌아가신 일곱 분 중 병사하신 토다 키쿠코 씨와, 자살의 가능성이 농후한 오기노 켄스 씨, 그리고 토다 타츠야 씨를 제외하면, 네 명의 분들이 살해당하거나 변사했습니다. 이 분들의 사망을 본격적으로 조사하려면 엄청난 노고와 시간이 소비될 것은 틀림없어서, 저 개인의 조사 능력 바깥의 일입니다. 결국 이것은 경찰의 힘에 맡기기로 하고, 저는 질문의 범위를 한정해서 당신이 뭔가를 알고 계시거나 깨달으셨으리라 추정되는 부분에 대해서만 질문 드리도록 하겠습니다. 부디 회답해 주시기를 간곡히 부탁드립니다.

　질문 내용은 지금까지의 취재에 의해서 발생한 하야마에 대한 의혹에 관한 것이고, A4용지 3장 정도 분량이다. 하야마가 대답하기 쉽도록 항목별로 질문하는 형식을 취했다.

　내가 이 편지를 하야마에게 보낸 것은 2018년 8월 2일이다. 그것에 대한 답신은 생각보다 빠른 3일 후에 도착했다. 봉투를 여니 편지지 2장이 들어 있었다. 그러나 한 장은 백지이고, 나머지 한 장에는 달필이기는 하지만 고작 몇 줄의 문장이 쓰여 있을 뿐이었다.

질문에 대한 답은 할 수 없고 그럴 필요도 없습니다. 또한 현재 하마나카 변호사에게 의뢰하여 명예훼손죄로 당신을 형사고소할 준비를 진행하고 있습니다. 그런 의미 없는 소송을 피하고 싶다면 저서의 출판을 즉시 중단하기 바랍니다.

당연히 이 편지의 경고를 받아들일 마음은 없다. 따라서 '진범의 얼굴 - 가와구치 사건 진상 보고서'는 2018년 9월 28일자로 출판될 것이다.

세상은 내 책 때문에 시끄러울 것이고, 출판사에도 독자로부터 많은 의견이 들어올지 모른다. 당연히 호의적인 내용만 오지는 않을 것이다. 그러나 하야마와 하마나카가 명예훼손죄로 나를 정말 고소하여, 또다시 수사기관의 조사를 불러일으키는 반격을 해올지는 지극히 의문이다.

Epilogue

에필로그

2018년 9월 17일 오전 1시를 지나, 하치오지 시 가와구치 초에 있는 고엔지에서 화재가 발생했다. 그 모습을 어떤 신문의 조간에서 아래와 같이 전하고 있다.

17일 오전 1시 5분경 도쿄도 하치오지 시 가와구치 초의 주민이 '고엔지 절이 불타고 있다.'는 내용을 119에 신고했고, 고엔지 본당 및 주거동 등 약 1200평방미터가 전소했다. 화재 현장에서는 세 구의 시체가 발견되었고, 그중 한 구는 고엔지 주지 스님인 하야마 요스케(56) 씨로 보인다. 나머지 두 구는 젊은 남녀로 현재 신원은 특정하지 못하고 있다.

본당 서쪽 옆에 있는 주거동 거실에서 불이 시작되었다고 보이는데, 불이 난 원인은 알 수 없다. 그날 오전부터 하야마 씨의 딸과 약혼자가 고엔지를 방문하고 있었고, 경찰은 발견된 나머지 두 구의 시체와 그들의 관련성을 조사하고 있다. 고엔지 뒷산에서는 3년 전인 2015년에 가와구치 사건의 피해자 두 명의 사체가 발견되었고, 경찰은 이번 화재와 가와구치 사건과의 관련성도 포함해서 신중하게 수사를 진행하는 상황이다.

아마도 조간 마감 시간에 아슬아슬 맞춘 기사였을 것이다. 기본적인 사실 말고는 거의 아무것도 판명되지 않은 단계에서 쓴 기사인 것이 틀림없다.

그러나 17일 오후가 되자 텔레비전 등 언론은 특집 방송을 편성해 이 화재에 대하여 자세한 보도를 하기 시작했다.

당초 신원을 알 수 없었던 두 구의 사체는 하야마의 딸인 리하와 그 약혼자인 멕시코계 미국인 카를로스 페르난데스인 것이 판명되었다. 신속한 부검이 이루어졌는데, 리하도 페르난데스도 거의 연기를 마시지 않았다는 점이 밝혀졌다. 즉, 두 사람의 사망 시점은 화재가 발생하기 전이라는 뜻이고, 바꿔 말하면 화재는 살인 후에 일어난 방화라는 것을 뜻하고 있었다.

실제로 화재가 심하게 발생했던 주거동 거실 바닥에는 기름을 뿌린 흔적이 남아 있었다. 리하의 목덜미에는 끈 같은 것으로 교살했을 때 생기는 삭흔이, 페르난데스의 뒷머리 부분에는 큰 둔기로 구타당한 듯한 함몰흔이 확인되었다.

나는 하루 종일 각 방송국의 뉴스를 좇았다. 내가 알던 리하의 슬픈 얼굴이 망막에서 떠나지 않아 나는 몇 번이고 고개를 가로저으며 한숨을 내뱉었다.

방송은 일단 가와구치 사건과의 관련성에 대해서는 언급하지 않았고, 하야마가 리하와 페르난데스의 결혼을 극구 반대했던 사실을 집중 보도하고 있었다. 어떤 방송국에서는 얼굴을 비추지 않고 음성도 변조한 익명의 제보자 음성이 흘러나왔다. 그는 평소 하야마와 친하게 지내던 사람이라고 했다.

"뭐, 그 반대하는 정도가 보통 아니었어요. 요즘 같은 국제화 시대에 유학을 간 딸이 외국인과 결혼하는 일은 허다하니 그 정도로 반대할 일은 아닌 것 같은데 말이지요. 다만, 그에게는 아들이 없기 때문에 리하와 결혼하게 될 남자에게 고엔지를 잇게 하고 싶었던 것 같네요. 그래서 순수 일본인이 아니면 안 된다고 말했어요. 하지만 그건 표면적인 이유고 본심을 말하면 일본인이든 누구든 결국 그를 납득시킬 만한 리하의 결혼 상대는 없지 않았을까요? 그만큼 리하에 대한 그의 애정이 깊었다는 거겠지요."

나는 이자가 하는 말을 잘 이해할 수 있었다. 가와구치 사건의 내막을 자세히 아는 내게 이것은 하야마가 딸을 영원히 자신의 것으로 하기 위해서 벌인 동반

자살이라고 생각할 수밖에 없었다. 이 또한 딸에 대한 집착의 산물이었다.

보도를 통해 알려진 사실에서 하야마가 딸과 약혼 자에 대해 품은 강한 살기가 느껴졌다. 먼저 압도적으로 강력한 둔기로 힘센 남성을 순간적으로 때려눕히고, 그 후에 힘이 약한 쪽을 죽인다. 구체적으로 어떤 둔기를 썼는지는 알 수 없지만, 나는 가와구치 사건에서 사용된 원예용 도끼가 떠올랐다.

나는 바로 이 사건을 취재했다. 무카이에게도 연락을 취해 새로운 정보를 알게 될 경우 단행본 발간일을 약간 연기하는 것도 고려했다.

하지만 그 후의 취재에서 특별히 주목할 만한 사실이 나오지는 않았다. 표면적으로는 딸과 아버지의 애증에 의해 발생한 참극이라고밖에 해석할 수 없었다.

하야마는 다량의 수면제를 먹은 후 방화를 했다. 다만, 수사 관계자의 이야기로는 리하의 체내에서 남자의 체액이 발견되었고, 이는 사망 직전에 남자와의 성행위가 있었음을 의미한다고 했다. 미묘한 것은 페르난데스의 사망추정 시각이 리하보다 1시간 정도 빠르기 때문에, 페르난데스는 그 성행위 전에 사망했을 가능성이 높다고 한다.

사망추정 시각에는 다소의 오차가 있는 것이 사실이지만, 반대하는 아버지에게 결혼 승낙을 받으러 왔던 두 사람이 본가에서 성행위를 하는 것은 생각하기 힘들다. 그렇다면 그것은 대체 누구의 체액인가 하는 극히 심각한 문제가 발생한다. 아마도 추가적인 법의학적 소견이 나오겠지만, 내 판단으로는 그것이 공표될 가능성은 극히 낮다. 게다가 그 정보는 가와구치 사건 해결에 꼭 필요한 사항도 아니다.

나는 무카이와 협의하여 일단 28일 발간을 예정대로 진행하기로 했다. 이 방화 동반자살 사건은 가와구치 사건과 본질적 관련이 없다는 점도 고려했다.

그런데 발매일을 일주일 앞두고 내 휴대폰으로 하마나카 변호사가 전화를 걸어왔다. 예상하지 못했던 일에 나는 허를 찔린 기분이 들었다.

"또 저질렀네요!"

전화를 받자마자 하마나카가 한 첫마디는 이것이었다.

"무슨 뜻입니까?"

내 목소리는 쉰 상태였고, 틀림없이 날카로워졌을 것

이다.

"하야마 씨를 죽인 건 당신이네요. 이것으로 당신 때문에 생긴 희생자가 대체 몇 명째냐는 말입니다."

특별히 독기가 오른 것도 아닌 침착한 목소리다. 그러나 몹시 냉혈한이 하는 말처럼 울렸다.

"무슨 말을 하는 겁니까! 그건 리하 씨의 결혼을 둘러싼 부녀간의 갈등이 원인인 사건이에요. 가와구치 사건과는 직접적인 관계가 없습니다."

겨우 제정신을 되찾은 사람처럼 나는 큰소리로 반박했다. 하마나카의 비웃음 소리가 수화기 너머에서 희미하게 새어나왔다.

"표면적으로는 그렇겠지요. 그러나 하야마 씨를 신경쇠약 상태로 몰고 간 건 당신입니다. 가와구치 사건에 관한 당신의 근거 없는, 그러나 집요한 추궁으로 그는 정상적인 판단력을 잃었고, 그렇게 당치도 않은 짓을 저질렀습니다. 그러니까 하야마 씨도 리하 씨도 페르난데스 씨도 모두 당신이 죽인 겁니다. 여기까지 와보니, 가와구치 사건의 진상을 제대로 알았어요. 진범은 당신이에요!"

말도 안 되는 소리에 나도 모르게 웃음이 나올 뻔했

다. 내가 진범이라는 건 정말 최고의 완성도 높은 추리 소설의 결말일 것이다.

나를 범인이라고 주장하는 하마나카의 악의적 주장은 눈에 보이지 않는 정체 모를 세균이 무방비한 피부를 통해 들어와 체내에 독소를 마구 뿌리는 것 같았다. 그 사이 하마나카의 말은 계속되고 있었다.

"정의로운 기자를 자처하면서 당신은 잇따라 사건 관계자를 벼랑으로 몰아갔고, 가와구치 사건을 실제 이상으로 심각하게 보이게 만들었습니다. 그런 의미에서 당신이 주역이었습니다. 우발성이 강한 사건을 어떤 인간에 의해 교묘하게 짜인 계획적인 복수극으로 만들어내는 데 성공한 겁니다."

이것이 하마나카의 선제공격인가.

나도 일방적으로 그 말을 듣고 있을 마음은 없었다. 나는 반격을 개시했다.

"당신은 지금도 하야마 씨는 사건과 관계가 없다고 생각합니까? 하마나카 씨, 나는 당신이 하야마 씨에게 USB 속 영상이 전달된 시점부터 하야마 씨가 사건에 관여하고 있는 것을 눈치채고 있었을 거라고 생각합니다."

냉정함을 되찾고 조용한 말투로 말했다. 하지만 하마나카는 내 반격을 불문곡직하고 고압적으로 내뱉었다.

"스기야마 씨, 나는 당신 같은 사람과 토론할 마음이 전혀 없습니다. 다만, 이 말만은 해두겠습니다. 그 단행본 발간은 그만두어야 합니다."

"결국 그 말을 하고 싶었던 겁니까? 경고는 감사하지만 저는 발간할 것입니다. 당신이 나와의 대화를 거부하는 이상 나는 책을 통해서 내 의견을 당신에게 전할 수밖에 없습니다. 이번에 내는 책에는 당신의 변호사로서의 활동상 문제점, 특히 서양화 위작 사기사건에 관한-."

전화가 끊기는 소리가 귀에 울렸다. 언젠가 경험한 듯한 정적이었다. 타츠야의 죽음에 대해 하마나카와 언쟁했을 때가 떠올랐다. 물론 그때는 대립하면서도 하마나카의 인권 의식에 일종의 경의를 표하고 있었으므로, 지금과 다르긴 하지만.

나는 다시 한번 무카이에게 전화를 걸어서 대책을 협의했다. 그 결과 발간일을 연기하고 하마나카와의 통화 내용을 에필로그로서 소책자로 만들어 책에 끼

우기로 했다. 발간 후 일어날 일에 대해서는 무카이도 각오하고 있는 듯했다.

무카이와 이야기를 끝내고 휴대폰을 끊은 후 허무함에 빠졌다. 앞으로 일어날지도 모르는 명예훼손 관련 재판을 포함해 하마나카가 어떻게 되든 그게 무슨 상관이냐는 생각이 든 것이다.

하마나카는 어차피 가와구치 사건과는 직접적 관계가 없는 조연에 지나지 않는다. 내 눈앞에서 죽어간 기무라, 도가시, 타츠야, 하야마의 얼굴이 주마등처럼 흘러갔다. 나는 가와구치 사건에 대한 그들의 관여도를 책 속에 대략적으로나마 제시했다. 그러나 그것으로 가와구치 사건이 완전히 해명되었는지 누군가 묻는다면 여전히 침묵으로 답할 수밖에 없다.

내 머릿속에서 가와구치 사건은 여전히 미제 사건 파일 속에 담겨 있다.

옮긴이 김성미

일본 출판물 기획 및 번역가. 번역작으로 《돌이킬 수 없는 약속》, 《상냥한 저승사자를 기르는 법》, 《기다렸던 복수의 밤》, 《도지마 저택 살인사건》, 《스마트폰을 떨어뜨렸을 뿐인데》, 《보호받지 못한 사람들》 등이 있다.

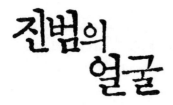

초판 2019년 2월 1일 1쇄
저자 마에카와 유타카
옮긴이 김성미
ISBN 978-89-98274-36-8   03830

출판사 도서출판 북플라자
주소 경기도 파주시 파주출판단지 문발동 638-5
전화 070-7433-7637
팩스 02-6280-7635
홈페이지 www.book-plaza.co.kr

영화 판권, 오탈자 제보 등 기타 문의사항은 book.plaza@hanmail.net으로 보내주세요. 잘못된 책은 구입하신 서점에서 교환해 드립니다.